汪政 著

人与自己的内心有多远

中国书籍出版社
China Book Press

图书在版编目（CIP）数据

人与自己的内心有多远 / 汪政著 . — 北京 : 中国书籍出版社，2019.1
ISBN 978-7-5068-7097-9

Ⅰ.①人… Ⅱ.①汪… Ⅲ.①随笔—作品集—中国—当代 Ⅳ.① I267.1

中国版本图书馆 CIP 数据核字 (2018) 第 252379 号

人与自己的内心有多远

汪　政　著

图书策划	牛　超　崔付建
责任编辑	邹　浩　尹　浩
责任印制	孙马飞　马　芝
出版发行	中国书籍出版社
地　　址	北京市丰台区三路居路 97 号（邮编：100073）
电　　话	（010）52257143（总编室）　（010）52257140（发行部）
电子邮箱	eo@chinabp.com.cn
经　　销	全国新华书店
印　　刷	三河市华东印刷有限公司
开　　本	650 毫米 ×940 毫米　1/16
字　　数	240 千字
印　　张	18.75
版　　次	2019 年 1 月第 1 版　2019 年 1 月第 1 次印刷
书　　号	ISBN 978-7-5068-7097-9
定　　价	58.00 元

版权所有　翻印必究

目录

第一辑

家声与教育 / 002

文学兴化 / 007

故事宜兴 / 011

纸上的黄桥 / 015

古里说"古" / 019

诗游震泽 / 023

酒是什么东西 / 026

泗阳悟道 / 029

认认真真地过年 / 033

"圣诞树" / 036

顾敦沂校长 / 039
写给张华：常乐之行说张謇 / 044
刘昕的成长 / 048
彩霞之子 / 053

第二辑

书放在哪里（外四章） / 058
文人回家 / 067
短论四章 / 071
老人与散文 / 088
两种智慧 / 094
审美课堂 / 098
漫谈科技阅读与人文研究 / 106
高产：中国作家的时代症候 / 116
看不见的手 / 121
什么时候开始文学创作是适宜的 / 125
干涸的河床 / 128
大树下的写作 / 131
文体、文学生态与夜的生活 / 134
作家的阅读 / 137
纪实的不能承受之重 / 140

文学，让我们"文学"地对待　/ 143
要不要经纪人，这不是一个问题　/ 150
是你的，谁也短不了　/ 154

第三辑

文化的变迁　/ 158
我们的身体　/ 162
"英雄"无觅，风流总被雨打风吹去　/ 166
温柔的陷阱　/ 170
音乐，为什么"流行"　/ 174
也来"崇拜"一回F4　/ 178
云想衣裳　/ 183
今天，我们读什么？　/ 187
面对电视　/ 191
节日、贺卡与手机短消息　/ 196
生活在别处　/ 200
感觉互联网　/ 204
文学的时尚化与作家的明星化　/ 208
购物的幻像　/ 215

第四辑

故事总是这样开始："从前……" / 222
从生活的结束处开始 / 227
人与自己的内心有多远 / 233
繁茂如树的乡愁 / 238
驮着故乡爬行 / 242
我们的家乡我们的根 / 247
微言有大义 / 250
相　遇 / 253
约好今秋看溱湖 / 258
文字因年轻而美丽 / 261
挽留时光 / 264
君自故乡来 / 269
我们如何赞美 / 272
张晓林文学评论集序言 / 276
作为一种生活的诗歌 / 279
兴化女作者文集序 / 283
如何建立中国新诗认同 / 286
知识生产与地方文化 / 291

第一辑

家声与教育

俄国学者洛扎诺夫曾经说过，"家庭是真正的学校"。这当然不是说要让家庭取代学校，而是说在教育中，家庭、学校与社会各有各的作用。由于洛扎诺夫认为一个人的道德品质与人格修为更重要，而家庭在日常生活中恰恰可以给予孩子这些影响，所以他才强调这一点。"只有家庭，也唯有家庭才能培养儿童最重要的文化品质，教给儿童最高尚、最基本的东西"，他不无偏激地这样比较家庭与学校："家庭唯一能给孩子的是使之健康成长，使之有信仰，使之处事认真，这就是给孩子工具，如同给旅行者一根手杖一样。如果家庭能做到这一切，就让学校给孩子其他次要的知识吧。"

那么一个家庭在教育孩子上到底有哪些资源？从传统家庭来说，"家声"无疑是重要的元素。在现代汉语特别是当下的日常用语中，这大概已经是个很陌生的语汇了吧？但在中国家庭文化中，它却是一个十分重要的概念。它既是一个家庭的传统，又是一个家

人与自己的内心有多远

庭的理想。说白了,家声就是一个家庭的荣誉和声望,不管家族如何迁徙延续,每一个子孙都要对得起列祖列宗,为家族的荣耀添光增彩。可千万不能小看了这一点,它是社会进步的前提。

又提家声,是因为几个月前的梅州之行。这趟南国之旅不但使我对家声有了进一步的认识,关键是它让我看到了它的现实存在,它对社会的教化作用。梅州是客家人的聚集地。"客""家",这两个南辕北辙的字组合在一起真让人有一种苍凉而又悲情的感觉。客于他乡不可为家,但偏偏客家人就是这样的家族流徙与人生图景。走进梅州客家文化博物馆,迎面看到的是一堵百家姓墙,中间一个大大的"偓"字,这是客家人的自称,相当于"我"。作为会意字,它形象地表明了客家人从中原来到南方倚山而居的生存状况。但我宁愿将这个字理解为人在悬崖,这才是客家人在逃亡避难迁徙时的心态,战战兢兢,如临深渊,像动物般警醒,须臾不可大意。一个辗转千里万里的族群,一个在陌生环境寻找栖身之所的民系,一个不断需要重建家园、救亡图存的群体,他们的家族大概都十分看重自己成员的精神追求和道德品格吧?都十分在意自己家族的荣光,在意开拓、进取、永续生存的能力吧?总之,他们十分看重自己的"家声"。

所以,走过梅州那些客家围屋和连排新居,总会看到或新或旧的对联,"振家声""美家声""远家声""召家声""扬家声""播家声"等等目不暇接,这些对联不仅自豪地叙述了各自家族辉煌的历史,更在昭示后人光前裕后薪火传承。特别是那些围屋,一走进去,几乎处处有楹联,间间有匾额,这是一种特殊的文化,客家人大概早就知道环境育人的道理吧?这些楹联和匾额汇聚了万千家族对自己历史的回望和思考,对家族价值观的申述和张扬,于耳提面

003

命中充满了殷殷嘱托。"念先人积善余庆，支分六脉，孰为士、孰为农、孰为商贾，正业维勤，方无忝祖宗之遗训；在后嗣报本反始，祀享千秋，告以忠、告以孝、告以节廉，大端不愧，庶几称子孙之能贤""尊祖敬宗，岂专在黍稷馨香，最贵心斋明以躬节俭；光前裕后，诚唯是簪缨炳赫，何非家礼乐而户诗书"，毋用多引，这样的训诫传承无疑是家族声望兴隆的理念支撑。由于家族发祥地不一，迁徙过程中的经验教训不一，家族成员生存技能也不一样，所以我们在客家不同家族中会看到对家训家规不同的表达，对家声不同的期望。但是，又由于环境相同，经历相近，客家人又会在长期的生存中形成大致相同的民系价值认同，那就是"耕读传家"，这是客家人共同的家声。"东种西成，经营田亩须勤体；升丰履泰，出入朝端必读书""创业难，守成难，涉世尤难，且从难中立志节；耕田乐，读书乐，为善最乐，须向乐里作精神""继先祖一脉真传，克勤克俭；教子孙两行正路，维读维耕""汝水源长，惟读惟耕绳祖武；南疆裔盛，克勤克俭贻孙谋"。我在客家文化博物馆看到梅州黄氏族谱《江夏渊源》中记载的家训是这样十五条："戒轻谱，畏法律，戒异端，戒犯上，戒非为，戒争讼，戒犯违，修坟基，隆师道，端士品，务本业，明礼让，和乡里，睦宗族，敦孝悌。"如此的具体，如此的周详！客家人之所以能有今天，之所以英才辈出，民系遍布海内外，正是因为秉承了这样的传统，弘扬了这样的家声吧？

　　如果对客家文化有进一步的了解，当会对其看重家声有更深切的理解。其实，这种看重是中国家庭文化的典型体现。家庭是社会最小的细胞，也是一个社会道德风尚最基本的载体和践行单元，由家庭而家族，而乡里，而地方，而整个社会，公序良俗正是这样

人与自己的内心有多远

形成,核心价值也是这样凝聚的。这样的道德序列在中国更为严密,因为中国社会是建立在血缘基础上的,家庭与家族在长期的农耕文明中是最基本的生产单位,不仅是物质的生产与生活资料,包括道德资源都是一个家族不可或缺的财富和可持续发展的支撑。而这些都需要长期的积累,所谓三代才能出一个真正的读书人并非虚言。我不知道现在还有多少家庭在自觉地维护自己的家声,我更不知道现在有多少家庭注重家声对孩子的引领作用。其实,不仅仅是家庭,学校以及整个社会都应该重视这一点。但是,现在的情形似乎是所有教育环境都同质化了,学校固然把学业放在了首位,孩子回到家里也是做作业,这样,家庭便成了第二学校。到了周末,家长带着孩子奔走在一个个教学机构,补习、学艺、考级,社会也成了孩子们的学校。这是非常奇怪的。我曾经对家长说,不要那么关心孩子的作业,你们要关心的是孩子们的身心健康。与其关心孩子的作业,不如把自己的家庭建设好,建立起自己家庭的声望和荣誉,为孩子做出榜样,让孩子有自豪感、幸福感,气定神闲,心有归依。而学校也该如此,不要在学生面前悬那么高的理想,拉那么远的人物,为什么不让学生建立起他们对家庭的信任,不让他们向自己的父母学习呢?哪怕他们是普通的劳动者!老师们能不能让学生们将各自家庭或家族的祖训、家规和家风收集整理出来呢?能不能让学生讲讲各自家庭或家族的历史,讲讲父母们的亲情与创业故事,讲讲他们的祖先和家声呢?

说到这儿,我倒不是太同意洛扎诺夫的意见。学校不仅是教育机构,不仅要传授知识,它同时是一个地方的精神高地,承担着引领风尚、建设社会的责任。重视家声,不仅是开发教育资源,同时也在强化学生的家庭认同与身份担当,学校以诸如此类的教育行为参与到社会进步事业中。在社会、学校与家庭三者中，学校因为其专业性应该成为整个教育的设计者与示范者，它不应该只注重自己的教育行为，而应该同时将社会和家庭纳入教育的整体运作中并责无旁贷地担负起领航员的使命，以开放和互动的方式为孩子们构建起学习与成长的全能环境，三者精神贯通而又各司其职，和而不同。在这样的全能环境中，岂止是家声，那该有多少的丰富的教育资源，又会有多少的创新的教育作为！

　　当然，这是理想，但正因为是理想，所以那么美好而令人向往。

人与自己的内心有多远

文学兴化

今年暑期曾经到英国和爱尔兰，这两个国家都可以称为文学的国度。特别是爱尔兰，这个土地七万平方公里，人口四五百万的西欧小国对世界文学做出了与她的"小"不成比例的巨大贡献，斯威夫特、叶芝、萧伯纳、王尔德、乔伊斯、贝克特、希尼，这些如雷贯耳的文学大师都来自爱尔兰，我们在都柏林，随处可见这些作家留下的痕迹，仅仅乔伊斯的故居就有好几处。今年，联合国将都柏林评为"文学之城"，可谓实至名归。说实话，置身都柏林，并不觉得这个城市有多繁华，站在著名的吉尼斯啤酒厂观光塔上俯瞰整座城市，我惊讶地发现只有几处零星的建筑工地，塔吊屈指可数。爱尔兰，包括都柏林的经济数据并不理想，但在这个城市人们的脸上看不见一点紧张、惶恐和焦虑，你和当地人交谈，他们对自己的生活非常满意，当他们知道我们是来进行文学交流的时候都很兴奋，说我们来对了，然后会如数家珍地向我们介绍他们心中的文学偶像。好像这个城市有了这些人就够了,其他都是不重要的。

我对这个文学之城充满敬意,我更对这个城市的人们对文学的态度充满尊敬。我们经常为这样一个简单的问题困惑,文学有什么用?文学不是经济、不是物质,不能给人带来财富,但是文学是一种精神,它会给人滋养、给人安慰,会使人的心灵变得崇高而宽广,特别是在这个追逐利益,人人为财富而焦虑的时代,文学是可以使人安静,使我们的生活变得充实而平和的。我曾经在另一个场合讨论过,一个地方存在的根本是什么,一个地方的文化精神命脉又在哪里,它的个性由什么决定。显然不是物质,而是精神,而在众多精神样式中,文学又是至关重要的。如果一个地方的物质文化形态没有文学的涵泳,如果一个地方的精神文化缺少了文学,那怎么说都是一种缺憾。文学是以语言方式在思考和观照世界,它能以自己特殊的方式来塑造地方,凝聚精神,并且非常便捷地传承下去。我想,都柏林人能有这样的自信,能拥有那种优如的生活方式与令人羡慕的心态,正是因为文学对他们精神的强大支撑。

其实,我并不想过多地介绍爱尔兰,介绍都柏林,我实际上是想说地球的另一个地方。在都柏林的时候,我就不时地联想到中国苏中地区的一个小县城,它处在里下河的腹地,是这个水网地区的最低处,历史上有锅底之称。它没有山,也无江无海,它有因地理环境形成的垛田,春天有遍地的菜花,它有莲藕,有鱼虾,但这些农业文明时代的自然物产还是财富吗?不过,就是这个平原小县,却拥有令人吃惊的文学大家。我说的是江苏的兴化市。也许别人在这方面并没有特别地留心,尤其是普通读者,有谁去注意那些名著的作者都是哪个地方的人呢?而实际上,中国古典长篇小说中的四大古典名著,除《红楼梦》外,其他三部都与兴化有着不可分割的

人与自己的内心有多远

渊源。《水浒》的作者施耐庵是兴化人；《三国演义》的作者罗贯中是施耐庵的学生；而《西游记》的作者吴承恩，据说在创作《西游记》的时候曾经得到兴化人李春芳的指点和资助。除四大名著外，兴化在明清之际还出现过一批小说家，如陆西星、李清，前者留下了《封神演义》，后者的《梼杌闲评》也相当有名。另外，女作家刘韵琴也是兴化人，她家常渊源，是清代著名文艺评论家刘熙载的孙女，早年侨居马来西亚，回国后在上海做记者，创作过许多小说，如《大公子》《湘民苦》《报夫仇》《行路难》等，可以称得上是中国白话小说创作的先驱。说到当代，兴化籍的作家也灿如星云，像毕飞宇、朱辉、罗国明、梅国云、庞余亮、顾坚、刘仁前都是非常有成就的小说家。

中国是一个有着文学写作传统的大国，在过去，没有几个识文断字的不会舞文弄墨，因此，夸张一点说，从祖上找出几个文学上有些声名的也许并不是什么难事。但是，如果要说到本土的作家，说到坚持在本土写作并取得成就，说到如今还有那么多的本土作者依然笔耕不辍的，那就不是太多了。而这方面，兴化就显出了与众不同。到兴化去看一看，文学创作在这块苏中平原的土地上几乎蔚然成风，葛玉莹、陈钟石、沈光宇、王凤祥、钱国怀、朱道平、刘春龙、戴中明、顾维萍、王兰、周飞、王锐等老中青作家都有不俗的作品，一个县级市，有这么多的人坚持在地方写作，在这个年代几乎可以说是一个奇迹。

兴化，是称得上中国的小说之乡或文学之乡的。

上世纪九十年代，毕飞宇在《收获》杂志上发表了中篇小说《楚水》，楚水就是兴化的古称，故事发生在抗日战争时期。小说的具体内容我已经忘得差不多了，但有一个背景式的情节我印象一直很深，大意是楚水城有一个大户人家，老爷德高望重，城里不管谁家办事，都得请他，否则就没场面。后来日本人来了，强迫说日语。大户人家的威望是建立在母语上的，母语陷落了，他家的地位自然也就没有了。我经常举它讲语言方面的知识，比如，语言是文化的载体，语言是可以突然死亡的。其实文学与文化，与人，与地方的关系不也是如此？文学的失落与边缘化对文化的影响，对人的精神世界的萎缩也许一时半刻还看不出来，但终有一天会显现出来，如同物种的消亡之于自然生态的影响。从这个意义上说，兴化是幸运的，这是传统的力量，抑或是兴化人自觉的体认？

兴化在发展，兴化在走自己的路，也许，比起一些发达地区，它不够快，但我相信，兴化的文化会不断给它注入活力。他们与灵魂相伴。

人与自己的内心有多远

故事宜兴

对一个有阅历、有内涵的成熟的人，我们通常称他是个有故事的人。人如此，地方也是一样。有故事的地方是有历史的、有传统的，谈起它，总有说不完的话。它不是平淡的，而是充满了传奇，它不是白纸一张，而是卷帙浩繁，让后人诵读不尽。

一个地方的美丽与魅力在哪里？是那儿的山水？是那儿的物产？还是那儿的吃食？仔细想一想，好像是，又好像都不是。泰山美，但比泰山美或者与泰山一样美的山岳又何其多。到杭州，总要游一下西湖，但比西湖漂亮的地方也多得是。是西湖的水大，水清？还是西湖的草绿花香？恐怕都不是，而是那里的传说，那里的历史。如果没有孔子登泰山，泰山会这么有名？如果没有白蛇传，西湖会这么迷人？我们可以据此回忆一下自己旅游的经历，也可以梳理一下中外的旅游胜地，名山大川，是不是这么回事。想想那些口吐莲花的导游，他们都在说什么，不都在说故事，说传奇吗？好容易介绍到一座山，一汪水，他还是要你去想它像什么？仙女，还是莽汉？也许大家不曾细细琢磨过，即使到了那荒无人烟处，我们去看的，去体验的也还是故事和传说。是的，可能那里的故事还没开始，但我们不是自备了足够丰富的故事么？我们有的是知识，有的是想象力，有的是情感和思想，这些足以将还是一穷二白的地方变得富有。因此，与其说是游它们，不如说是游自己。

这当然是些浅显的道理，但是，我每到宜兴，都还是会想诸如此类的话题。宜兴当然美，她有太湖、有竹海、有天目山，但更具魅力的还是那些说不尽道不完的故事传说。我曾经在一篇文章中说过，宜兴的性格中有文人的一面，文人为宜兴撑起半壁江山，我甚至说过，宜兴，只凭一句"流光容易把人抛，红了樱桃，绿了芭蕉"便可以不朽，何况，她还有蒋防、周济、陈维崧，何况，苏东坡、陆游、赵孟頫、唐伯虎、文徵明等文人雅士为宜兴写下了那么多的清词丽句。

宜兴的故事和传说岂止于文人。如果不是周处的传说，宜兴的刚勇威猛如何表达？如果不是范蠡，宜兴的隐逸该如何呈现？如果不是陆羽、苏东坡，人们怎么知道宜兴的闲情雅致，而宜兴的茶又将失去多少的风味！至于梁山伯与祝英台，则让宜兴的多情得到了淋漓尽致的表现，好事的骚人墨客终于将喝茶的家什变成了独一无二的艺术品紫砂……宜兴太完美了，正是这些故事与传说传达出宜兴多样的性格，她的每一个性格的侧面都会有许多的故事去表演，去传唱，当然，你也可以说，是这些故事和传说在塑造宜兴、美化宜兴、丰富宜兴。

一个地方的故事传说都不是天生的，上天给了地方山水自然，但故事与传说却是后天的创造。所以也可以这样说，一个地方故事

人与自己的内心有多远

与传说的丰盛与否大概可以作为检验一个地方文化、衡量一个地方创造力的标尺。

也正因为如此,我们不能满足于已有的故事和传说,而应该不断地创造与发展。只有不断地为地方创造新的故事和传说,才能延续一个地方的文化血脉,也才能使一个地方的文化不断地丰富,不断地提高一个地方的魅力指数。令人欣慰的是,如今的宜兴,这样的创造依然保持着旺盛的传统和生命力。我在许多场合都以宜兴为例子讨论过这个问题。宜兴是紫砂之乡、书画之乡,就这样一个县级市,就这样一个在经济发展压倒一切的时代,就这样一个江南富庶地,却有着对艺术、对文化持久的兴趣和追求。那么多的人,似乎对身边的真金白银熟视无睹,专心于自己那块艺术天地。正是他们的创造,使这个地方保持了人文的华彩,富有了韵味与诗意。

我特别要提到宜兴的文学,说到地方性写作,我总要提到宜兴。也许,对大多数宜兴的作者们来说,他们的作品很难被外界知晓,也不会在所谓文学界博得大名,但我们不能说他们的写作就没有意义。恰恰相反,他们的意义就在他们身边,就在地方,就在宜兴。长期以来,文学与普通民众,与乡土和地方变得遥远了,对人们来说,文学是别人的事。文学的活动,文学的研究,一切与文学有关的事都变现"势利"了。文学有时就在比谁的作品挣钱多;或者比谁的作品"文学性"强,技术含量高;或者比谁拿的奖多,拿的奖高。就是少有人去关心文学对身边人的意义,关心普通民众的文学权利。少有人关心一个地方、一个社区,还有没有自己生根的文学,文学在这些地方和社区中还有没有价值,有没有参与到这些不同规模与层面的生命共同体的精神建构中。他们还有没有自己的写作者,他们如何表达自身。如果一个社会或时代忽视和轻视作为源头的普通民众与地方的文学存在，那文学必定根基不牢，后继乏力，同时也是对文学作为一种精神生活方式的意义的抽空和削弱。从这个角度说，宜兴真是幸运，她不但有自己的作家，有自己的文学，而且始终在维护着这种地方性写作的良好生态。宜兴的作家们正在不断地书写他们的家乡，而且，他们在那儿得到承认，如鱼得水。对于今天的宜兴来说，她不仅存在于北纬31°07′~31°37′，东经119°31′~120°03′，而且存在于宜兴作家们的笔下，在实在的宜兴之外，还有纸上的宜兴和话语中的宜兴，而且，后者更富于个性，更丰富而多样，更具有神韵。

　　我曾经就宜兴作家徐风的作品说过，要重视文学和文人对地方的意义。如果没有文人的参与，就没有现在的紫砂艺术，这是文学对自然、对日常生活改造和提升的极有说服力的例证，因此，宜兴的作家有理由继续写下去，为了宜兴的美丽、为了宜兴不一样的品格。

　　期待宜兴的人们为我们讲述新的故事宜兴。

人与自己的内心有多远

纸上的黄桥

接到去苏州黄桥的邀约后多少有些奇怪，脑子里恍惚了好一阵子。因为这黄桥居然不是那黄桥。恕我孤陋寡闻，这之前我确实没有听说过天堂苏州也有一个与我们苏北同名同姓的黄桥。我的老家在苏北海安、如皋和泰兴的三县交界的地方，相距黄桥也不过百十里地。我小时候经常随大人到那里去，听着有关这个英雄辈出的地方的传说，寻找依稀存在的旧战场。当然，每次总要带回几个黄桥烧饼。

以我对烟雨江南的经验来想象苏州的黄桥，她当然不会是我见过的苏北黄桥的模样。

为了这趟苏州黄桥之行，我稍稍用了一番功，好在黄桥人善解人意，特地为我们寄来了一大堆资料。翻开地方志一看，才知道这是一个历史悠久，物产丰富，人文积淀深厚的地方。按《黄桥镇志》的叙述，这里在远古时期还是一片浅海，经过多次地壳运动之后才成为以沼泽、苇荡为特征的典型的江南水乡。这里水网遍地，湖河相接，民众亦农亦渔，一直生活在自足的丰饶富贵之中。不过近几十年来，这个地处苏州北边的小镇，相比起苏州的中心和城南而言并不发达，然而也就在这几年，她的发展变得十分迅速，而且，这种发展因为有了先进理念的支撑，所以呈跨越之势，反而彰显出后发优势。因此，这里不仅号称"老板镇"，集聚了大批具有特色的现代化企业，为地方的发展提供了强大的经济支撑，而且将人的生存质量放在显著的位置，最为人所称道的就是她大面积的湿地公园。据说四季飘香，特别是她的荷花栽植，使得这块江南佳丽地显出别样的风情。

也许是因为职业的原因，除了《黄桥镇志》，我对他们寄来的那本薄薄的《黄土桥》杂志似乎更有兴趣。杂志的名称来自于黄桥镇历史上的地标性建筑黄土塔和黄土桥，其实今天黄桥镇名的来历大概也出自于此。这是一本由黄桥镇文化站主办的一本综合性的文艺刊物。一个镇，想起来，而且能办起来一本文艺刊物，我以为是非常值得说说的。翻开这本杂志，除了一些名家说黄桥的作品外，大部分都是黄桥镇本土的作者的作品，这里有散文、诗歌，有民间故事，有用方言创作的相声和说唱文艺。这里有庞大的作者阵容，他们有的是公务员，有的是教师，有的是工人，还有正在上学的孩子。他们的作品定在也大都是黄桥的故事、黄桥的传说。历史上的黄桥在他们笔下复活了，黄桥的每一个地名都连接着动人的传说，而在这块土地上，又曾经走过多少名人雅士，留下了多少让人难忘的故事。让我艳羡的还有他们对当下生活的描写，他们毫不吝啬地将赞美献给那些创业的人，献给那些领航乡镇经济的弄潮儿，献给在普通岗位上的劳动者，献给那些富于奉献精神与爱心的志愿者和慈善家。他们对家乡的变化充满了自豪，对如花的四季美景好像怎么也看不够。他们用文字叙述着自己的幸福生活。

这是一个多彩多姿的纸上的黄桥。

一个地方的存在，不仅是实体的，更是言说的、文字的和纸上的，地方因为书写而留存、地方因为书写而流传、地方因为书写而美丽。

一个乡镇，有这样的意识，延续着地方写作的传统，这对一个地方的文化的意义是怎么夸张也不过分的。它的意义首先是因为这是一种纯粹的地方性写作。也许人们会质疑后现代社会地方性写作的意义，但是，地方依然存在，经验的差异依然存在，黄桥的故事不可重复；地方性写作作为一种地方文化生产的重要渠道，它可以构成与"通用写作"具有区别性特征的写作类型与写作风格，比如这本刊物中的方言写作就极有趣味；就我们目前的地域文化与民间经验而言，地方写作还能显示出保护与传承传统文化的重要性与紧迫性。真正的地方性写作不是采风，不是他者的田野调查，不是奇异景观的炫耀，而是由当地文人书写和创造的当代经验。为什么我十分看重黄桥本地作者的作品道理也就在这里。它在地方文化书写的保真度上具有得天独厚的优势，在地方文化精神的提升上具有亲和性，它关涉到地方经验的存留。事实上，从黄桥作者对家乡传说的叙述来看，它已经具有了文化抢救的意义。

这种意义还在于它是普通人的写作。我是不吝将这些作品称为文学的。文学与大众的关系原是非常紧密的，每个时代都不乏普通民众的文学写作，但在今天，这一文学氛围好像越来越稀薄了，文学对普通民众，对乡土和地方变得遥远了，对大众来说，文学是别人的事。文学的活动，文学的研究，一切与文学有关的事都变现"势利"了。文学有时就在比谁的作品挣钱多；或者比谁的作品"文学性"强，技术含量高；或者比谁拿的奖多，拿的奖高。就是少有人去关心文学对身边人的意义，关心普通民众的文学权利。少有人关心一个地方，一个社区，还有没有自己生根的文学，文学在这些地方和社区中还有没有价值，有没有参与到这些不同规模与层面的生命共同体的精神建构中。他们还有没有自己的写作者？社会的唯发展论、利益追逐与技术崇拜也在对文学产生影响。本来，以普通民众和地方的文学生活为基础，然后才有专业的写作、高端的写作和跨文化的写作，这才是文学生态的常态，如果一个社会或时代忽视和轻视作为源头的普通民众与地方的文学存在，那文学必定根基不牢，后继乏力，同时也是对文学作为一种精神生活方式的意义的抽空和削弱。而对民众来说，他们可能并不关心这种文学的发展逻辑，甚至，他们都不关心这是不是文学，书写、表达、倾诉，相互的欣赏，这就是他们写作的全部。不要小看这种与日常生活紧密相连的书写，他们可以在写作中得到提升，得到宣泄，一种文化的氛围在这种写作中形成，而最终决定了一个地方的品质。

我为这本杂志而惊喜，我为黄桥人的写作而感动，我首先认识的是纸上的黄桥，我将从这美丽的书写中走进那江南一角，并在以后的岁月中期待着黄桥人对家乡的书写。

人与自己的内心有多远

古里说"古"

因为来去匆匆,我未能细细考究这"古里"二字的由来,有说这古以前曾经叫作"菰"或"罟"的,但我宁愿望文生义地去解释,古里者,就是古代的地方,自古就有的地方,也就是有传统的地方、有文化的地方,就是文脉久远而又是一脉相承的地方……

我这么一意孤行地去解释是有道理的。百年中国,变革实在太多,尤其是这三十年的改革开放,去旧貌而换新颜,每到一处,新新而不绝。说老实话,不管到哪里,现在说新容易,但道古就难了,然而在这小小的江南小镇古里,不缺新,但竟然也不少古,这就不能不令人称奇了。随便挑几个,都是古色古香。

这"古"可以说在楼,铁琴铜剑楼。它是古里瞿氏的藏书楼,从清代乾嘉时代起,瞿氏建藏书楼,开始了五代人的藏书事业,在中国私家藏书史上,与著名的宁波天一阁南北相望。铁琴铜剑楼注重宋明善本,在内容上侧重经部,形成了自己的藏书特点。特别是他们注意藏与用、藏与读的结合，特别值得推崇。过去的许多藏书家一般是重藏轻用，而书的生命恰恰在于用、在于读，只有用与读，才能使文化得到传承，知识得到传播。瞿氏藏书，边藏边校，边校边印，珍本秘籍，从不视为己有。我在藏书楼下看到当年为远近读者专辟读书的地方，直埋怨余生也晚。据说瞿氏不但把自己的藏书拿出来给读者，还为远道而来不便的客人提供食宿之便，这种慷慨无私的精神着实令人感佩。前些日子，我看到学者王振忠先生谈收集资料的苦处，说一些图书馆为了创收，为了保住自己藏书的特色，竟然设置道道门槛，不许抄，不许拍照，不许录像，或者为这些服务增加高额收费。比起铁琴铜剑楼，实在有霄壤之别。常熟为中国藏书之乡、读书之乡，自古以来，文人辈出，学派林立，这种文化的昌盛与它的藏书风格不无关系，这方面，铁琴铜剑楼是其杰出的代表，它的藏书文化即使在现在的公共图书与信息时代也依然有发扬继承的价值。

我们还可以说这"古"在村，李市村。江南经济发达，城乡一体化的程度相当高，行走在古里，高等级公路四通八达，乡镇企业星罗棋布，许多企业如波司登规模庞大，声名远播海外，新农村建设也使得村舍建筑呈现出现代城市的风格，广袤的农田与河湖之外，都是园林化的绿化景观。在这样的地方，照理说是寸土寸金的。但就是在这现代化程度相当高的地方竟然有保存得相当完好的旧村落，这不能不说是个奇迹。李市，据说是一个姓李的为避战祸举家来此世代繁衍而成。市者，也就是集市，人们集中生活、做生意的地方。现在的李市，格局一仍过去，小河穿市而过，村舍沿河而筑，一条石板铺成的"大街"横贯东西。这里的民房都是白墙黛瓦，雕梁画栋，江南的传统建筑艺术，虽经风吹雨打，但仍依稀可见。建筑是人对居住的设计与选择，它集中表达了一个地方的人祖祖辈辈反复适应环境后的认识、理想与实践表达，是文化的综合的体现。所以，万万不能认为一个集市或村庄的形成是偶然的结果，也不能认为那些世代而成的民居就是几间简单的房屋。村镇与民居都有其历史，都有它的故事。它们不但是人的生活史的见证，更是文化的物质载体。因此，保护古村落与古民居，实际上就是保护我们的历史与文化。也许，有一天，古里的村镇会在农村城镇化建设中走向现代，但只要有李市在，它就展示出久远的生命，如同一扇窗户，透过它，我们看到过去，看到我们昨天的生活。

当然，说到"古"，不可能不提到它的歌，白茆山歌。我第一次听到有关白茆山歌的介绍是在诗人庞培那里。文人之诗与民间之歌一直有着天然的血缘关系，从诗经，到南北朝民歌、到唐竹枝词、到明清山歌，这是一条非常清晰的路径。这次到古里之后就特别地留心有关白茆山歌的一些知识。非常幸运的是不但得到了许多资料，而且还在白茆山歌馆听到了民间歌手现场的演唱。据说白茆山歌的发源大概要推到良渚文化时期，那么于今算来已经有了四五千年的历史，真正算得上是古老的非物质文化遗产了。白茆山歌内容广泛，从现在流传下来的作品看，可以说典型地体现了江南农村的生产生活面貌，是名副其实的百科全书。里面记载的许多生产方式、生活方式现在已经遍寻不着，甚至植物，现在也早已不见，但在白茆山歌中依然能看到它们绿莹莹地生长在田野上的姿影，而许多农具我们也只能在山歌中想象它们在农人手中灵活使用的场景了。白茆山歌是至今还在传唱、还在表演的古老民间艺术之一，这让人们感到非常欣慰。事实上，现在绝大部分民间艺术早已绝灭，有的不复再见，而有的则被"保护"起来，从现实生活走进了书本，走进了博物馆，更谈不上创造与生存的能力了。对民间艺术的作用，我们是应该给予高度认识的，它们保全着乡村文明的传统，是乡村文明建设的重要力量。它不仅培育出乡土艺术家，以一种特殊的方式养育着民间的知识群体，以特殊的方式提高了民众的文化水平，保持着民间文化的创造力，而且一直是传统文化最后的收养者，也是文人文化与主流文化的养育者，所以，文化史上一直有"礼失而求诸野"的说法。因此，民间艺术的沉落实际上是文化多样性的丧失，也是文化母体的枯寂。我在古里看白茆山歌的表演，虽然我一句也听不懂，因为它是用常熟方言表演的，但这正是民间表演艺术和语言艺术的特点之一。这又涉及另一个问题，与其他艺术内容、艺术符号一样，方言也是民间艺术不可或缺的元素。而且，不仅在艺术中，更重要的是在现实生活中，方言是地域文化的主要方面，许多文化的秘密都浓缩和概括在方言里。可以说，方言消失了，就没有了南腔北调，地方文化也就丧失了最后的生存之所。从这个角度讲，白茆山歌所具有的文化价值无疑又更多了一层。

也许，说古里之"古"还要说到徽州会馆，说到红豆山庄，继善堂，增福禅寺，说到那一个个曾经在这片土地上生活或从这片土地上走出去的名士硕儒。但匆匆一掠总难其全，更难其深，更不必说能有会心了。

那就打住，留一份念想，再等惠风和畅春和景明之时，去古里访古。

人与自己的内心有多远

诗游震泽

中国是个诗歌大国,几乎没有什么不可以入诗的,国事家事,花木鱼虫,眼里看的,心中想的,都是诗歌吟咏叙写的对象,当然不要说那山山水水,大大小小的地方了。如果夸张一点说,大约这地方有个名字称谓的,你都可以在诗中找到它的身影,更不必说像震泽这样的历史悠久、湖光潋滟、商贾云集之地。

中国文人为诗为文,皆讲无一字无来历。到了一个地方,总要刨根究底,细细推究它的历史沿革,一旦动笔,又都要查查古人是怎么说的。其实,一个地方总会有几种存在的方式,最主要的起码有两种,一是客观的实在的存在,一是纸上的、文字的、语言中的存在。乍一想,总以为纸上的存在是虚幻的、不真实的,但如果认真地再去想一想,那实在的存在反而是有限的、短暂的、虚幻的,不是吗?千百年来,高山为谷,深壑为陵,有多少个地方经得起风吹雨打呢?震泽算是幸运的了,我们还可以看到一本堂、思范桥、师俭堂等景观，但震泽的历史显然要比这些景观长久得多，丰富得多。何况，即或这些景观看上去一仍其旧，但也早已物是人非。要知道，景观最本真的意义是人的生活环境，师俭堂真正的生命是徐氏当年经商的时光。那时，人丁兴旺，家业辉煌，临街，门庭若市；沿河，帆樯林立。而如今，只成为游客过访之地，走马观花，匆匆一游，岂是它存在的本意？所以，真正留得住历史，并能让后人从中一睹当年生活岁月的反倒是文字。是那些文字，叙述了一个地方的过去与现在，描绘了不同时期的民风民情，山川风物，让人如临其境，更有兴味的是抒发了写作者彼时彼境的感受，真的令人生出无限遐想。文字不但记叙了地方，而且阐释了地方，塑造了地方。一个地方的文化是一个地方的居住者长期以来生产生活积淀的结果，也是文化人对这个地方书写、发现、总结、提升、发扬、传唱的结果，如果一个地方没有了文字的参与，那这个地方可以说不但历史淹不可闻，而且缺少了精神与灵性。

所以，每到一地，我常常由眼前之景生出许多的想象。想象一个地方的前世今生，想想哪朝哪代，有什么样的文人如我一样曾经走过这里的山山水水，他有怎样的观感与心情，他都想过什么、说过什么、写下过什么，我会进入到那文字讲述的地方，流连忘返。

到震泽当然更不例外。我在震泽的历史中看到了许多文学史上熟悉的面孔，陆龟蒙、张志和、范成大、金圣叹，以及许多诗文高手，他们或者就是震泽人，或者长期客居震泽，或不过是云游中的偶一驻足，但都曾被这片土地所吸引、所感动，于是，或铺纸援笔、或拈须长吟，留下了许多华采诗章，给后人传下了如梦如幻的"诗中震泽"。诗人们在诗中描绘了烟雨迷茫中的湖光帆景，粉墙黛瓦，春天里的草长莺飞，夏天里的田田荷叶，秋天里飘飞的芦花,冬日里的寒水凝碧,还有那翠绿的桑叶、洁白的蚕茧、喧嚣的市声、寺庙的暮鼓晨钟,连同田头村姑们的嬉笑、烟波里的渔歌唱晚都一一跃然纸上。我对清代学者徐崧《柳塘八景》的诗境向往不已,他不仅逼真地写出了震泽当年的胜景,抒发了一个文人典型的思古悠情,更时时以活泼的笔调,描摹了一幅幅世俗的生活场景:"喧喧笑语听巫歌,里社祈神父老多。椒酒绣袍三献寿,围看尽道醉颜酡。"这是多么温馨、喜庆而又幸福的生活。至于"点点渔灯映水河,谁嗟敝笱浸三星?吴歌唱罢炊烟起,沽得村醪醉未醒"真的让人心生艳羡,直叹余生也晚。

这是一个江南的震泽,文人的震泽,文字的震泽,也是一个被诗歌塑造的震泽。它所描绘的那个震泽虽然早已远去,但谁又能否认,今天的震泽依然被这古老的诗意滋润着呢?

品味了诗中的震泽,定会对眼前的震泽有新的感受吧?

酒是什么东西

人到中年，认识的人多了，要办的事也多了，于是免不了与各色人等打交道，这就是所谓"社交"。在中国，社交活动较为传统的方式之一就是喝酒，古人说得文气，有称"宴饮"的，有称"宴游"的，有的说法从字面上一点看不出吃喝的痕迹，称为"雅集"。

我不知道别人的真实情形如何，在其他人眼里，我也算是一个稍稍能饮几杯的人，但在日常的居家生活里，却从来滴酒不沾。我有一个小小的酒柜，里面有好些品种的酒，我喜欢看看，当然，这并不表明我是酒类收藏爱好者，我想我也没有这样的收藏实力，放几种酒在那儿，即使从外观上看，也形状各异，色彩不同，一点小情调罢了。

之所以在居家生活里滴酒不沾，是因为我觉得酒不好喝。我小时候就对我父亲的嗜饮大为不解，他一日两顿酒，从二十几岁参加工作起，几乎日日如此，父亲已过花甲，我有时很想为父亲算一

人与自己的内心有多远

算,他已经喝下去多少酒?但子不承父业,酒就很不对我的胃口。东西好不好全在于对不对各人的脾性,苦瓜苦不苦?苦,但我一顿能吃一盘。萝卜青菜,各有所爱,在饮食方面,绝对的真理就是奉行因人而异的相对主义立场。

因此,酒到底是个好东西还是个坏东西就不太好说了。对此还可深说焉。上大学时读《水浒》与《红楼梦》,在酒上就疑窦甚多,那武松李逵日日泡在酒里,怎么受得了?但他们那么喜欢"大碗喝酒",而且饮酒愈多,力气愈大,足以说明酒肯定是样好东西。红楼里雅集甚多,酒的花式品种也不少,经常有醇香四溢、其乐融融的场面,说明酒也是样好东西。但有时也不尽然,比如大观园里的少男少女们开诗会,对不出是要罚酒的,用酒去罚人,那酒自然就不是什么好东西了,否则如何叫"罚"?

问题就出在这儿。敬酒与罚酒,褒贬难辨,有时针对同一个人,在同一宴席上,竟然是奖惩并举,比如某某来迟了,主人先要罚他一杯,罚完了,主人再举杯祝酒,敬他一杯,片刻之间,一物而二用,一为罚物,一为敬品,真是让人疑惑不解了。席间劝酒似乎自古而然,我想原先的出发点一定是因为酒为谷之精华,故而为待客之上品,劝客多饮,当然是为了表达尊敬,也是为了让客人能有机会一尝酒的妙处,这正如劝人多吃菜、多加餐一样。但是,凡事总有度,应以客人适意为限,如果过了,也许就真的成了"不成敬意"了,好东西也就成了坏东西,敬客也就成为虐客,这正如佳肴也以果腹为限一样。我有一同事,在席间曾有一句朴实的话很能说明这样的道理,那一天喝的是啤酒,其时他已被主人灌得大腹便便,直着身子告饶说:"实在是喝不下了,不要说酒,就是开水也喝不下了。"我不知道这时的客人是不是还在享受主人好客的敬意？更有令人茫然不解的是酒不但成了虐人的东西，同时又是自虐的物品，主人待客，不仅要客人喝而且自己首先要带头喝，于是，本来喜气洋洋的酒席几乎成为刀斧丛生的杀场，什么"感情深一口闷，感情浅舔一舔"，什么"宁伤身体，不伤感情"等等，真是悲壮得很，让别人或被别人伤了身体，"感情"又在哪里呢？

　　酒是个什么东西？我是越来越搞不懂了。

人与自己的内心有多远

泗阳悟道

从泗阳回来没几天就是世界环境日,不妨就从这个话题说起。

当然,这并不是应景,去过几次泗阳,给我留下的强烈印象还就是她的土地她的水,她的林子她的草。

到过泗阳的人人概都会被她大大小小的公园绿地所吸引。运河风光带无疑是大手笔,走廊、栈桥、防护林、护坡草地、亲水小道,以及看似随意其实是精心安排错落有致的近水的黄河石,宛若图画,确实无愧于"运河最美岸线"的称号。徜徉在江边,北边是彩虹一样的泗阳大桥和迤逦而来的船队,南边是一道道高大的船闸,对面是横卧在水中的两个半岛,其中一个上面是新落成的妈祖文化园,三面而立的天妃圣像矗立其间,她手执莲花,慈眉善目,注视着这块古老而新鲜的土地。

与运河风光带这样的大型休闲设施不同,泗阳城里的绿地,休闲广场和市民公园显得小巧,玲珑,它们散落在城区的小区和道路之间，包括那些商业中心，黄金地段。所以，远处望去，泗阳是一座正在崛起的现代化城市，但走近再看，并没有人们想象中的那般整齐划一和水泥森林的压迫。一座规模并不大的城市需要这么多的公共绿地吗？一般人可能不会想到，一个城市公共空间的多少以及建设水平的高低事关这座城市的公平。如果秉持公平的原则，城市就应该留出尽可能多的公共空间给全体市民，并且尽可能地提高这些空间的硬件与服务。这样说吧，一个穷人可能买不起高档的住宅，但他却可以与富人一起在公园散步，他与富人一起享受这个城市给他的服务。所以，不要小看城市中的一块块绿地，它为市民创造了和谐共存的地方。泗阳的朋友曾经指着城中心的街心公园对我说，建不建这座公园也不是没有分歧，城中这一块可以说是寸土寸金，但他们宁可放弃高额回报的商业开发，也要给老百姓休闲娱乐的地方。说的正是这个道理。

还是城市建设，我从泗阳悟出另一番道理。

不管是行走在意杨大道，还是漫步在桃源岛，或者到奥林匹克生态公园走走，你都会被那里的植物所吸引。如果对那些五颜六色的植物稍作留心，你会发现泗阳的绿化是多样而不是单一的，特别是大量的乡土植物让人感到新奇，却又无比的亲切。

现在有多少城市还自觉地保留着比她们的历史要长久得多的乡土植物呢？相反，更多的是长着相同的树，开着相同的花。这种单一的城市绿化不仅是生态的灾难，也是文化的灾难。有多少人认真思考过这样的问题，历史、往日的记忆或故事由谁来保存与传递的？我们会想到文字、典籍、建筑之类，其实，还应该加上乡土植物！当环境被越来越少的那几种外来的景观植物所覆盖时，我们的记忆，儿时的故事，特别是脚下土地的本来面目也被同化、格式化或遮蔽了。泗阳人是尊重他们的历史的，他们对自己的土地心怀敬畏，他们要让人们记住，是哪些植物养活了他们的祖先，是哪些植物组成了这块土地历史上的春夏秋冬。我每次到奥林匹克生态公园都特别留意身边的草木，我在那里看到了菱角、荷花、芦苇、鸡头米、荸荠、茨菰、菖蒲，看到了荠菜、蒲公英、兔丝、蒿草、野草莓、巴地草、车前子，看到了榆树、桑树、银杏、柳树、苦楝……

这是新的景观理念，但许多人不明白。乡土植物是千百万年来长期适应本地的气候条件、土壤条件、地形条件而产生并繁衍的，它是地区生态的主体，从水生、湿生、旱生，从苔藓、草生植被、灌木再到乔木，不同地方都拥有具有本地特点的乡土植物种群。保持这样的植物群落其意义首先是生物学与生态学上的，比如多样性，比如与虫鸟等动物的共生，但同时也是人文意义上的。常绿植物、多年生草本以及一年生草本在某一地区都是共存的多样的分布，它们不同的生物习性与色彩、外形，在长期的审美过程中被符号化、人格化了，承载着自然的秘密，传递着时间的节律，也成为人们抒发各种情思的形象。不同地区的人们长年累月地与生长在他们身边的植物对话，并以其作为乡情乡思的代言。如果稍微留心一下，就会发现生长在北方与南方的文人笔下的植物有着明显的区别，特别是当他们漂泊在外，乡愁涌上心头的时候。

一个有趣的问题就是，现在的孩子们怎么认识故乡，如果要他们用植物去描写故乡时，他们怎么办？用千篇一律的景观植物？用莫名其妙评选出的市树市花？在唯美、形象工程以及名目繁多的城市荣誉评比逼迫下的城市绿化景观设计与制作，正在制造生物学以及生物学以外的许多恶果，乡土传统的断裂，对野生生命的鄙视，对人工与舶来品的迷信等等，不一而足。著名景观设计师俞孔坚认为："乡土野草是值得尊重和爱惜的，它们之于人类和非人类的价值绝不亚于红皮书上的一类或二类保护植物。在每天都有物种从地球上消失的今天，在人类日益远离自然、日益园艺化的今天，乡土物种的意义甚至比来自于异域或园艺场的奇花异木重要得多。"这说的不就是泗阳绿化方式的意义么？

　　环境是什么？是一个地方，也是一个地方人与人，人与自然的关系。泗阳人用他们的方式诠释了这种关系，并且告诉我们，这就是好的环境。

人与自己的内心有多远

认认真真地过年

记得儿时，一到腊月，就天天盼着过年。随着年龄的增大，这过年的概念就渐渐地淡了，看着小朋友疯癫的样子，心中还不免好笑，过年过年，也不就是平常的一天吗？有什么值得这般兴高采烈的？看街上人头攒动，家家灯红酒绿，也便有一股冷眼向洋看世界的超脱。

这是前几年的心境了。这些年的春节，我倒是认认真真地过的，这认真是不知不觉中的，而一旦认真起来，又不禁要回过头去看那时的超脱，实在有些浅薄，总以为自己受了现代文明的熏陶，就把一切都看成繁文缛节，世人皆浊我独清，世人皆醉我独醒，凭什么？孩童本不知道什么过年过节的，他们的兴高采烈乃至疯癫总会有其道理，说高了，那是文化的传承，那是亲情的感染，并不单纯是糖果、压岁钱所能解释得了的。

遥想我们的祖先，过年对他们来说实在是太庄严了，因为这年意味着收获的轮回："八月剥枣，十月获稻，为此春酒，以介眉寿。""朋酒斯飨，日杀羔羊，跻彼公堂，称彼兕觥，万寿无疆！"自汉以降，历朝历代都重视这个"年"，每年都要"贺年"，"贺"既是对丰收的庆祝，又是对丰收的祈求，年文化也就在这贺年中形成和积淀下来了。随着时间的推移和生产力的发展，贺年的意义被泛化了，它更近于一种仪式。

说到仪式，那真是了不得，孔子一生几乎都在关心这桩事，怎样建立起一整套的仪式，也就是"礼"。包括我在内，常常对仪式不耐烦，其实，仪式对我们来说实在太重要了，人一旦进入某种仪式便会立刻进入某种氛围，精神也会受到浸染和提升，仪式是文化的浓缩、抽象和形式化，它把许多散漫的说不清道不明的情感、义理精致化、"图案化"，从而将某种东西超越时空，流转传播。说穿了，"过年"也不过是人们举行的千万种仪式之一。在古代，过年确实不同一般，它既是民间的，更是官方的，据说，唐宋的官员总是与皇帝一块过年的。由于人们在"年"中寄托的东西太多，使得年文化的仪式几乎成为一个"套餐组合"，较之其他仪式，它的时间更为长久，形式也更为复杂。

这样想想，现在的年过得是不是有些潦草，或者有些变形？不要说古代，就是我小时候，那"过年的仪式"就不知比现在隆重、精致多少倍，进了腊月，实际上就进入了年，起码从腊八到元宵，这年就被安排得几乎天天有仪式，除夕、元日只不过是这个过程的高潮罢了，人间、天堂、此岸、彼岸，各路神仙，皆与人共舞，过年哪只是热闹，简直就是中国文化百科全书的压缩版，其中的意蕴、精神又怎一个"年"字了得。现在呢？都说移风易俗了，过年，也就剩下了除夕饭和春节联欢晚会，既然就一顿饭，那还不如到饭店吃，吃好了好看晚会，这哪叫过年，这还有什么文化，如果说早先的过年是一壶醇酒，那现如今的过年就只能说是一杯白开水了。我不是反对移风易俗，但我还是有些忧虑，这"风"被移了，"俗"被易了，我们的文化还到哪儿去找？欧美现代化程度算高的吧？但好像那儿的仪式怎么算都比我们的多。

认认真真地过年吧，去用心地忙，去用心地体味每一道仪式、每一个细节，将年当作一首诗，去吟咏涵玩。

"圣诞树"

虽然外面"破五"的爆竹响成一片，但还是不得不说，现在的过年简单得多了。前天一位同学打电话过来拜年，邀请我到他那儿去玩，我说不麻烦了，过年大家都挺忙的，还是各自歇着吧，他连说不忙不忙，现在还有谁忙啊。接着就叙述他们一大家子过年的情形，除了比平时吃得好，穿得鲜，其他都一样，而这吃是吃在饭店，穿是穿在商场。哪像过去，吃要去买，去洗，去烧，穿就更麻烦了，一家人的穿，真不是件简单的事儿，特别是对这家的母亲来说。说到这个话题，我的同学就回忆起他母亲的辛劳来，那时他母亲那个忙啊，年前忙，忙得没日没夜，等到了过年，都忙得站不起来了。我们同学间很熟，上学时经常去他家玩儿，他的母亲我们不少同学都认识，见过她门前屋后地忙碌的身影，吃过她烧的可口的饭菜，我们非常怀念她——我们有多少这样可亲可爱的忙了一辈子的母亲啊。

人与自己的内心有多远

回忆过了,唏嘘过了,电话放下,再回到爆竹声中,还是对现在过年的简单有些说不出的淡淡的不解和遗憾。如果过年与平常没了差别,那还叫过年吗?过年不仅是忙吃忙穿,它还有许多更重要的内容。我童年时的许多个年是在爷爷那儿过的,年在他们那一辈的人心中是非常庄重、严肃与神圣的,好像并没有多少欢乐和享受,欢乐与享受的是我们这些不懂事的孩子,对于他们,是忙碌,是一道道不知从什么时候传下来的整套的程序和仪式。过年不仅仅是活人的事,更多的是神仙与祖先的事,许多的仪式是为了他们。慎终追远,来不得半点的潦草与马虎。

当然,大人们的严肃有时也会化作孩子们的有趣。在我的记忆中,有趣的有三件事。一是"打屯子",我只记得这么说,但不知道怎么写,也没请教过别人。祖父在除夕的下午会拿出一年才用一次的一只小莆包,里面盛的是石灰,当时称为"洋灰",然后围着屋子在地上打一圈。莆包的底编成了图案,石灰从莆包的缝隙中漏下来,一朵朵白花就这样开在了我家的周围。现在想来,那大概也是为了吉利,是不是为了防那个可怕的怪物"年"呢?另一件有趣的事就是给家里所有的物件喂饭。这事该是怎么个说法我已经忘了,只记得祖父拿着碗筷,碗里装着饭,让我们给家前屋后你看到的东西喂饭。祖父说,年不只是人过的,它们也要过年,树啊,篱笆啊,家具农具啊,连同门对子,都得喂。年过了,那些东西上面还好长时间粘着米粒。这件事很好玩,也很温馨,在祖父看来,它们都是有生命的,它们也忙了一年,也需要慰劳。或者,故乡的人们都是万物有灵论者?最令我难忘的是扎"摇钱树"。先煮一锅饭,这锅饭要慢慢煮,小火慢慢烧,得烧出一锅黄灿灿的锅巴。然后将饭盛在盆里,再小心地将那锅巴铲出来,不能碎,覆盖在盆上。接着祖父到外面折下一根柏树枝，在那树上用红绳系上农家一年四季的物产，串上铜钱。祖父还会小心地把花生的壳捏开一个小口，让它夹住铜钱。我们虽然可以帮忙系这拴那的，但这夹铜钱却做不了，因为根本捏不动花生。最后，祖父将这祈祷来年五谷丰登、财运旺盛的摇钱树插在那盖着锅巴的饭盆上。正月里，这棵树一直茁壮地生长在案桌上，硕果累累，五彩缤纷。长大了，知道了圣诞节和圣诞树，我一下子想到了祖父扎的摇钱树，这不就是我们中国的圣诞树吗？

  祖父母已经过世，故乡也成了传说，不知道那里的人们现在还扎不扎摇钱树？我想说的还是，没有仪式，年还在吗？没有了这些仪式，我们还如何寄托、缅怀和祈祷？祖父说，年不只是为我们活人过的，这是一个农民关于年的哲学。

人与自己的内心有多远

顾敦沂校长

　　人生如寄，人生如旅，这都是一些老的说法了。但不管将人生说得如何短促、飘忽和虚空，对某一个人来说，总有一些时间，一些地方，一些人物是他终生难忘的，会在他的人生中具有重要的意义，甚至会影响他的一生。比如江苏省如皋师范学校之于我们。从大学毕业分配到离开，我们在如皋师范学校工作了近20个年头，教书、结婚、生女，不知不觉间已人到中年。它对我们之所以重要不仅是因为我们在那里度过了青春时光，而是因为一些更为根本的东西，比如为人、治学、精神气质、行事风格直至价值取向，烙印实在太深。

　　离开如皋师范之后我们曾在一篇回忆性的文章中这样写道：大学毕业即分到如皋师范学校，这是一所百年老校，创办人沙元炳，晚清进士，与中国近代史上提出"父实业、母教育"的张謇是朋友，当时的如皋师范学堂也是两个人商量着办的，据说当年曾云集了许多优秀人才。它是中国最早的公立师范学校，创办如此之早，并且在原址原校舍办学的如今只剩这一所了。绿水环绕，古木森森，青砖黑瓦，一进五堂，仍是当年形制，很有点书院的风格。一所学校要办出特色并不难，但要形成传统却绝非易事，因为它需要时间，需要长时间的筛选与积淀，而如皋师范正是一所具有自己传统的学校。这个传统包含了一种精神，一种崇尚学术、求真务实的精神。每一个到如皋师范工作的年轻人，在一开始都会感到一种无形的压力，这种压力不是来自于制度，也不是来自于管理，它是一种氛围，弥散在你工作与生活的每一个空间。在这种氛围中，读书与治学成了你几乎唯一的选择。我们求学时的学校教育是有许多遗憾的，也正因为如此，我们才为到如皋师范工作感到万分庆幸，我们在八十年代前期到那里，而我们的文学批评写作也开始于这个时期。如皋师范虽然只是一个中等师范学校，但她拥有出色的教育专家、科普作家、古典文学研究者和在许多学科领域颇有造诣的老师，我们的所谓文学批评不过是与他们一样的一种教育教学研究而已……

在写这段文字的时候，如师的领导、同事，一张张清晰的面容出现在我们的眼前，这里的教育专家，就是顾敦沂校长。

说一个学校的传统在于积累固然对，但这并不是一个纯粹自然的过程，它一方面赖于时间的筛选与沉淀，一方面更赖于人为的选择与提倡。所以，办学者的理念、思路与举措就显得尤为重要。因而，当我们回顾如师的生活，当我们谈到这所学校，总会自然而然地想到那些为如师的成长殚精竭虑的历任校长们，他们的办学思想与成功经验是这所学校最可宝贵的财富。

对此，我们感触最深的便是顾敦沂校长。

人与自己的内心有多远

上世纪八十年代中期进入如师的师生，从校门走到中庭的第二进，都会看到那块"贵全堂"的匾额。这是如皋师范前辈立下的办学宗旨，顾校长将它重新树立起来并予以富于时代精神与现代教育理念的阐释。贵全是一种理想，一种目标，一种教师的培养模式。所以，不必去理论这"全"的具体内容是什么，有几条几款，因为它是随时代变化而变化的。社会对"人"的理解不同，对教师的要求不同，这"全"便会有差异，社会对从师者职业的期望不同，那标准也会有增删，它是一个动态的概念。但有一条，那就是德才兼备，全面发展。顾敦沂校长正是从这一根本出发，确立了如师的办学方向，从学习和认识党的教育方针、树立忠诚于党的教育事业的信念与理想，到获得扎实的科学文化知识与从事教师职业的专业技能，如皋师范培养了一批又一批优秀的师范毕业生，为基础教育输送了大批合格师资，也使得如皋师范成为全国最具影响力的师范之一。

过去，人们对教师的理解非常朴素，所谓学高为师，似乎有了知识就可以为人师。其实，教师是一种职业，教育是一种专业，从思想、专业伦理、知识准备与职业技能都有自己的要求。对教师而言，拥有知识固然重要，成功地教会人知识，特别是使别人拥有获取知识的能力更为重要，而这并不是每一个人都能做到的，哪怕他学富五车。这些说法现在看起来平常，但在确立教师专业化、师范办学师范化的时代并非一件易事。在这方面，顾敦沂校长有着独到的理论建树与成功的实践。他以师范的课程改革为抓手，提出了一系列富于建设性的构想。作为培养教师的师范学校，只有确立自己专业培养的理念，并以课程设置作为保障，才可能保证现代师范教育的有效实施。现在想起来，那时如师的课程体系确实具有特色，从基础课、专业课、课外讲座、社团活动、基本功训练、教育实习等等，体系谨严，操作性强，正是由于成功的富于师范特点的教学改革，教学质量明显提高。在这种教育思想的指导下，以课程为保证，使如师形成了"内功至上"的特色，为师范界所瞩目。顾敦沂校长的开拓之功，以及继任者的坚持与发展，使如皋师范的办学进入鼎盛时期，那真是让每一个如师人自豪与怀想的美好年代。

顾敦沂校长学养深厚，作风谨严，颇具长者之风。他注重校风建设，注重师资队伍的培养，特别重视教育科研。我们至今仍记得那时如皋师范教师们尽职敬业，埋首学问的风气。也许，市场经济的风还未吹过来，我们一天到晚想的做的都是买书、读书、教书、文章，确实心无旁骛。顾敦沂校长率先垂范，以他在师范界的学术影响为老师树立了为学治学的榜样，当时的如皋师范可谓良师辈出，文章满天下，作为一所身处县城的农村师范，真是奇迹。这样的风气不仅为教师们所倡导和践行，也给学生以相当大的影响，许多学生在校时即开始关注教育的发展，关注基础教育的改革，获得了从事教育科研的启蒙。当这样的意识与能力与日后的教学相结合时，便产生了质的飞跃。一些已经成为基础教育教学与科研骨干的毕业生在谈起自己这方面的成长过程时，无不感念在如师学习的日子，母校的精神让他们终身受用。

离开如师已快十年了，但那青砖黑瓦、绿荫匝地的校园以及从教的时光时时让我们魂牵梦回，而对于我们成长有助的领导和老师的感恩更是须臾未曾忘却。在顾敦沂校长麾下工作是我们的荣幸，也是难得的机缘，顾校长曾经做过汪政父亲的老师，而汪政后来竟到他父亲学习的母校工作，并且亲聆父亲当年老师的教诲，这样的人生际会真是让人感激不尽。《教育家》嘱我们写一写顾校长，这是让我们很高兴的一件事，只是对顾校长的学术与思想领悟不精，不能道其一二，只能说一点体会，略表我们的钦佩与感激。那时如师不断有人去参观听课，出于培养青年教师和奖掖后学，顾校长常常让我们上公开课，汪政上"文选与写作"，晓华上"语音"。课前，顾校长安排听课的老师就座后总是走到我们的身边，轻轻地说："别担心，我就坐在下面。"我们的心便立时踏实下来。长者的鼓励确实给了我们莫大的力量。

已经多年不见顾校长了，每逢故人，便打听他的近况，知道他身体很好，并且依然关注师范教育、笔耕不辍便欢喜异常。谨以此文表达两代人的敬意，并祝顾敦沂校长健康长寿！

紫金文库

写给张华：常乐之行说张謇

按：这是去年年初的旧文。因学生张华之邀去江苏海门的常乐镇参观张謇纪念馆，本来对张謇就有些想法，所以回来后就想写点东西。但后来发现那些想法都是感觉性的，零碎的，手边又没有张氏的资料，所以草成一篇短文就放下了。今年新年张华又与我说起他家乡的这个伟人，他现在对张謇已经很有研究了，不但推出了系列讲座，还出版了专著《一个伟大的背影》，我才想起这篇丢在箧中的旧文。现在是没有精力去修改了，更没有能力做这方面的研究。但我还是坚持不能把张謇说小了，不能以现在的学术话语去分解张謇。在现代民族国家的探索中，在中国百年的现代化建设中，有多少像张謇这样的有着"国家梦想"的人呢？包括那些乡村建设的实验者，我们如何真实地叙述他们，清点他们的遗产还是要去认真并谦逊地做的事情。现将小文送给张华，一是对他新著的出版表示祝贺，二来也是提出点建议，从前人的实践中去寻找发现社会、建设社会的经验和教训。

春节回老家，照例非常忙乱，但我还是抽了半天时间到海门常乐镇参观了张謇纪念馆。我是受常乐镇镇长张华的邀请前往的，他曾经做过我的学生。张华的邀请很坚决，正月初三一大早就把车开到了我住宿的饭店门口。四年来，张华为张謇纪念馆的建设倾心尽力，这是他写得最难也最得意的一篇文章，希望我去读读。

在现代中国，我还想不出有哪一个人可以说他与张謇是无关的，相反，我们每个人几乎都与这个近代传奇人物有着联系，或者直接、或者间接，哪怕他从未听说过他。因为张謇的事业首先是开创性的，这个从传统走出来的晚清状元做的都是四书五经里没有的事情，都是开天辟地"第一"的事业；更因为张謇的事业几乎无所不包，涉及政治、经济、教育、社会保障等广泛的现代社会领域，给传统中国的现代社会生活转型创立规矩，模范成型，其影响之大已经到了让我们身处其中而习焉不察的地步，我经常说，与其说张謇开创的是事业，不如说他创造的是生活。所以，当张华真正走近张謇并且试图以展馆的方式来叙述这位伟人的时候，才觉得很难找到一个视角，一条路径，因为任何一个什么样框架都无法容纳他，相反，都可能是对他的限制、削切、遮蔽与误读。

这不仅是张华的困惑与难题，也是每一个阅读张謇的人同样的过程与感受。我认真地打量这个历史人物是分配到如皋师范工作的时候，校史说如皋师范学校是明清进士沙元炳创办的，与张謇创办的南通师范学校相差仅一年，他们当时相交甚厚，办师范也是一起商量的，张謇自始至终一直参与擘划此事。这样，我才稍稍接触到张謇，并从他的著述中真实地感受到作为教育家的分量。然后，断断续续地，我了解到作为一个实业家、慈善家、社会活动家的张謇，再往后，我就不知道还有什么名号不可以冠在他的头上了，因为他从事的事业太多太多。当一个人所从事的事业无所不包时，任何一个领域或行业的称谓都会显出局限。到了这个时候，我才意识到我对张謇可能误读了，或者，教科书上的结论误导了我。这是一个虽然从每桩实事做起却心存高远的人，孙中山对张謇说他自己做的都是"空"的，而张謇做的是实事，这里有对张謇的褒奖，也有对自己生命的感喟。但他是否知道张謇的心事呢？我以为张謇也是有着与孙中山一样的"空"的心事的，只不过各人走的路不一样罢了。张謇没有走革命的路，他走的是实业建国的路，走的是全面的社会建设的路。我是不同意动辄说张謇这个家那个家的，更不同意对张謇进行技术性分析，这都把张謇说小了。张謇事业的架势相当宏阔，回顾张謇当年的豪举，我感到非常的震惊，他什么旗号都不打，却在真实的此岸建造了自己的"理想国"。

  这是一次伟大的社会建设的实践，他的心事许多年来少有人去体察、同情，他的经验与教训也少有人从这个角度去总结探讨。

  我不是"张学"的专家，没办法在这方面深入下去。我只是觉得应该在社会建设这个题目下对张謇进行总体的系统的研究与梳理，在现代民族国家模式探索的思路下叙述张謇，好好地继承他这方面的遗产，而不是在现有的国家模式、在现有的概念下去"改造"他，我总觉得，我们现代研究和叙述的张謇是我们重新画就的，材料还是那些材料，但说的就不是那个人，真是挺奇怪的，但这在我们的历史研究中不是相当普遍的现象吗？在传统学术及政治

人与自己的内心有多远

思想中，国家、社会、政权等常常纠缠不清甚至彼此不分，将社会作为一个范畴来独立研究与设计是现代政治的显著标志，如果循此对中国当下社会进行观照，可以发现中国社会建设的薄弱，许多问题与弊端都是因为社会的孱弱、松散、破碎而引发或容忍的。从这一方面说，我们不得不佩服张謇当年思想的深刻，设计的周密，不得不感动于他的人道情怀。他的社会自治是有相当成就的，虽然短暂，但江海之滨的那块土地毕竟实验性地显现出和谐与生机。当然，张謇的社会建设最终走向了衰微，大局是不可挽救或是根本之因，当然也与他的实验室式的操作有关，因为他的社会建设都是由大生公司来支撑的，所以胡适说张謇是失败的英雄。不过平心而论，设若天假以年，并且有良好的大环境，张謇的社会建设又能走多远？我想社会建设不仅在兴办社会服务机构，不仅在兴办慈善事业，不仅在经济支持，根本在于制度，在于社会主体的人格觉醒，在于整体的现代化。如果这样想，张謇当年要走的路还很长，更需修正方向，而这正是我们这些张謇的后人们应该接下去探索并大胆实践的道路。如果我们连这样的自觉意识还没有，真是要愧对先辈的。

常乐是张謇的故乡，在张謇的手里，这里曾经繁华一方。在张謇纪念馆里看着沙盘中当年常乐的模型，想象旧日楼宇林立的贾市，摩肩接踵的人群，让人感慨不已。与当年张謇设计的小而全不同，如今的常乐镇正融入海门，融入长三角的区域建设之中。我对张华说，"常乐"已不是当年的"长乐"，如何继承张謇的精神财富的治理经验是常乐人需要思考的课题，我们会学习张謇，更会超越张謇，但从社会和谐与繁荣上讲，我们与张謇的理想是一致的。

刘昕的成长

一个人的成长真是奇迹，在不知不觉之间，一切都发生了。比如刘昕，我还记得她刚读中师时的样子，看上去显然是被父母宠坏了，真的说不上有多勤奋。可是三年中师、两年大专下来，就好像换了个人。而毕业以后的变化就更大了。不断听到她的好消息，论文又发表了，赛课得奖了，当上妈妈了。她现在不仅是个好的语文老师，还承担了教学管理工作。

现在，刘昕的书稿就呈现在我电脑的屏幕上。书稿发给我已经很长时间了，断断续续地翻看这些文字，我试图从中找寻一个人成长的轨迹。

刘昕是与她的学生一起成长的。她是一个眼里心中一直装着学生的老师。好老师的标准是什么？不是我们想象的学富五车，学高并不一定能为师。作为一名教师，他首先应该是学生的知心朋友，能懂得他们的心事，了解他们的需求，取得他们的信任，是他

人与自己的内心有多远

们学习的伙伴。我知道，这实在是一个很高的要求，它不仅是一种愿望，一种态度，而且应该是贯穿于所有教学过程的教育行为。我们可以从刘昕的书稿中明显地感受到这一切。从教学计划的制定，教学内容的选择，到具体教学过程的实施，刘昕总是将她的学生放在每个教学环节的优先考虑之中。在字里行间，我们经常可以看到一个满腹心事、眉头紧锁的刘昕，她甚至常常为找不到一篇适合于孩子阅读的学习材料而苦恼，面对一大堆资料，左右为难，无从下手。她也常常为一个教学设计摇头叹息，因为其中的一些环节好像对学生考虑得还不够周全，某个设计似乎还不能够激发起学生的学习兴趣，还未能有效地建构起学生自由活动的学习场。不管是教学前的设计，还是教学后的反思，她追问自己的不是自己的教学任务完成了没有，而是学生在学习活动中究竟有多大收获，其实，这才是教师真正的教学任务。不过，只要来到学生中间，刘昕就是阳光的，快乐的，富有感染力的。她是老师，更是导演、朋友、志愿者，是学生中的一员。她会在不知不觉中创造出一个情境，让学生乐其中流连忘返。莺飞草长的江南，果实飘香的深秋，月明星稀的中秋之夜，爆竹声声的大年除夕……都能显现在她的课堂上。她与孩子一起走进色彩斑斓的植物天地，繁星点点的童话世界，去探究大自然的奥秘，体会友情与亲情的温暖，初识人世间的悲欢离合。甚至，去跨越时空，让孩子与古人了无障碍地进行对话，共度诗酒明月的良宵。所有这一切已经成为刘昕的日常生活，成为她生命的重要组成部分。我想，在这样的生活中，获益的不仅是学生，还有刘昕，她不断地发现学生，发现自我，不断加深对教育的本质的理解。

刘昕的成长一直伴随着对母语的认识，汉语精神已经化为作为一名语文老师的刘昕的人格要素。一个好的语文老师应该首先是一个热爱母语的人，一个对母语心怀感恩与敬畏的人，一个真正地意识到母语不仅仅是符号，是文字，是声音，是意义，更是生活的人。在刘昕的书稿中，我们可以真正地体会到她是一位在教学过程中始终把母语放在突出地位的老师。可以从两个方面来看。一个是她对汉语诗性的把握。语文教师教语文，当然不可能脱离汉语，但这并不意味着每个老师都能毫无阻隔地走进汉语，不能说他每次都能深入到汉语的内部，体会到她的博大精深，丰富美丽，体会到她所传达出的来自远古的人文精神，更不要说与汉语和谐相处，并将她介绍给学生，与学生一起共沐母语的神光。在当今这个图象的时代，网络的时代，做到这些就更不容易了。正是在这些方面我们看到了刘昕的努力。她是真正地扣住了汉语文本来进行教学的，她将文体作为一个生气灌注的整体，努力寻找它的心跳与气息，进而找到与它生命共舞的节律，与它对话交流的频率。所以，面对不同的文本，刘昕的教学设计也是不一样的，她不会为了建立并守住自己的所谓教学模式、教学风格而削足适履地以不变应万变地去伤害文本，或将文本格式化。刘昕寻找与文本贴近、呼应的方式。有时是点到为止的写意；有时是反复徜徉的细究；有时，她会走得很近，与文本了无罅隙；有时又似乎走得很远，与文本遥遥相望。正是这样的灵活多变，才让学生领悟到母语的摇曳多姿与无穷魅力。第二就是刘昕始终是把母语与我们的社会生活、与学生的日常生活联系在一起的，她让学生学习的是活的语言。语文教学长期以来缺乏生气与活力，得不到学生的喜爱，问题之一就在于我们教的是纸上的文字，课堂中的语言，是与鲜活丰沛的社会生活隔膜的。学生上课时接触到的是一种语言，离开课堂进入的又是另一种语言生活。孩

人与自己的内心有多远

子们无法将前者纳入到他们的心智与日常交往中，因而也无法参与到他们的精神成长中。不知道这一切还要到什么时候才能得到改变。我想刘昕是意识到这些问题的，所以，她总是尽可能地拓宽教学领域，搭建富有生活气息的学习平台。更为关键的是她经常注意引导学生通过语言再返回生活，将生活引入语言现场，在这种语言与生活的互动中激发起孩子们的想象与情感活动，强化他们在语言和经验上的双重体验，同时辅助以共时性的当代阅读，使孩子们真正地意识到他们所学习的语言是生动的，有生命的，或者更确切地说，他们不是将语言作为学习的对象，而是与它共处，他们就生活在语言之中。我能想象刘昕的教学活动，想象到师生一起被汉语感动的情形，这时的学生不管是以哪种方式进入语言，都会获得情感的体验。"我的讲述动情而甜蜜，我的五十个学生个个听得小脸通红，两眼发光，我感觉到了心灵的共鸣。我没有再让孩子们去想象说话，只让他们一起默读了这两个段落，在一片静寂中，我从学生的表情中看到了他们正澎湃的感情，接下来的感情朗读水到渠成，那是情感的自然流泻"。在此，老师与学生，人与语言一起进入到了和谐的境界。刘昕说："和谐是花开的声音。"

成长是令人欢欣的，常常让人忘记了此中的艰难、坎坷与苦痛。刘昕的这部书稿不是一般的文章，而是刘昕教学实践的记录和体会，所以我特别能理解背后的艰辛与劳作，能看见那渐渐被时间湮没的道路与脚印。但我还是鼓励刘昕坚持走下去。对于一位老师来说，她别无选择。

好长时间没有看到刘昕了，还有她的那些同学。从来没见过刘昕上课的样子，停留在脑海里的还是她的学生模样。我毫不掩饰我对这班学生的喜爱，并且十分珍惜他们在我生命中的意义，我是与他们一起成长的,从他们身上,我学到了许多东西,如同今天面对刘昕的书稿。在一篇回忆如皋师范从教生活的文章里我曾经这样写道:"我非常喜爱那些学生,特别是我和晓华担任班主任的那些班级,他们那种对老师的认同感,那种明显的力不胜任的苦读与钻研的情景至今仍历历在目。在校时,他们每个人都以与他们的智识与阅历不相称的文字发表了他们的文学见解。第一届大专班毕业时,我特地将他们的文字编了一册校刊特辑,这一做法一直延续到今天。现在,当师生们聚在一起时,我们还时常谈起那时的情景,学生们有的也已为人父、为人母,可说起当年的激扬文字仍然兴奋不已。那是我们曾经共同拥有的过去的好时光。"年纪大了,也不管学生们的感受到底是怎样的,自己总是过分地夸大了这份师生之谊。其实,学生们还年轻,他们的好时光是在现在,在将来。

真的很高兴为刘昕的新作写上几行字,希望她的同学们能读到这本书,那时,我的问候也将同时抵达。

人与自己的内心有多远

彩霞之子

　　徐彩霞是我的学生，他们那个班是江苏省如皋师范学校的首届大专班，入选大专班的考试就很严格，再加上录取后学生的努力和教学上的投入，十几年过去了，应该说，这一届学生是非常优秀的。我一直保持着与他们的联系，见到他们，我就会想起我在如师的日子，想起与他们一起学习与生活的时光，人会一下了感觉年轻了许多。

　　我现在还记得做学生时的徐彩霞，她的基本功很好，在中师读书的时候，就非常突出。到大专班学习后，又相当勤奋。所以，毕业后不断听到她的好消息，我很是为她高兴，想起天道酬勤的话，觉得真是一点不错。

　　这里不是要说徐彩霞，而是要说她的宝贝儿子。这个小朋友叫管天戈，小名叫天天。我只见过他一次，就是在徐彩霞那个班同学的小型聚会上，当时来了好些小朋友，大呼小叫，活蹦乱跳。学生的孩子都那么大了，学生领着他们走到我面前，征求我的意见，是叫爷爷，还是叫老师？我一面觉得自己真是老了，一面又为学生的成家立业，生活幸福而高兴。不知天天还记不记得我？也许他对小朋友的印象更深吧。

前几天，徐彩霞把天天的作文发给我，我又想到了那次大人和孩子的聚会。天天的文章一如他的样子，活泼、天真、好奇，带着点顽皮。这是个身心健康的孩子。身心健康，说起来容易，做起来却很难。孩子要身心健康，说白了就是要让孩子成为孩子，让孩子自己觉得自己是个孩子，而不是理想中的什么什么，不是大人，至少看上去不是个小大人。这不是什么大道理，家长，老师都知道，但知易行难。人生的每一个阶段都是唯一性的，不可逆的，而在人生的几个阶段中，童年应该最没有负担。这个阶段的幸福是最幸福的，是没有添加剂的纯粹的幸福。如果我们硬把他们的快乐看成无知，告诉他们哪些是"真正"的幸福，塞给他们这个奖那个级的"成功"，实在有些残酷。我不是反对教育，我也不反对在孩子承受得起的情况下培养孩子的技能，开发他们的潜能，但这一切都要建立在孩子快乐的基础上，不要伤害了孩子。是不是伤害，是看得出来的，在孩子们的神情中，在孩子们的梦中，在孩子们的语言表达中，都看得出来。我为什么说天天是个身心健康的孩子，这不仅是我见过他，更是因为眼前天天的作文。不少作文他是由着自己性子写的，他没有只写那些"有意义"的人和事。同学间的玩笑嬉戏，路边的小鸟啄食，都可以成为观察和书写的对象。写什么固然重要，怎么写可能更加重要，更能看出一个人的状态与心灵。天天的作文是孩子的作文，他用自己的不加修饰、拔高的眼光去打量这个世界，用自己的想象去把握这个世界，用他有限的思想去理解这个世界，用他的情感去体验这个世界，因此，这些文字虽然简单，甚至不乏幼稚，但它们是真诚的，感人的，是能从这些文章还原出一个真实的孩子的生活的。

还有比这个更重要、更成功的吗？天天的作文展示了一个属于孩子的丰富的生活天地，这里有他的长辈，有他的老师，有他的同学伙伴，有他的学校、城市与故乡，这里记录了他的欢乐和沮丧、新奇与茫然、发现与不解、现实与梦想……他是在用他的笔记录他的生活，他的成长，这是他纸上的童年。一个人的文字就是他的历史，时间不会倒流，当我们有一天想再回到过去，重现昨日的时光时，文字当是最好的依凭。这样的道理天天还小，还不会懂，在这个渴望长大的年龄是不会想到过去的。所以我非常赞同徐彩霞的做法，把天天的作文结集起来，留住了文字，就留住了时间，留住了童年。她是一个好老师，也是一个好妈妈。

这些大人的想法天天都不要去理会，由着他们做就是了。但总会有一天，他会打开他童年的作文簿，于是，消逝的童年会再次回到身边，那是怎样的一种感觉呢？

祝天天天天向上。

第二辑

书放在哪里(外四章)

1. 书放在哪里

能提出这个问题的表面上虽有一层烦恼,但实际上却更有让人羡慕的地方,因为需要考虑书放在哪里的其书一定不在少数。

书再多也不应成为我们的烦恼,古人讲,唯读书可以忘忧。确实,书对于读书人应该是朋友,不是吗?书永远是谦虚而平和的,它静静地在那里等待着我们,等待我们的打开和进入,而当我们打开时,它已不仅仅是一本书,而是一个世界,我们由此超越和遗忘了现实而进入到另一种存在,于是,我们摆脱了处在现实时无法排解的烦恼,这就是所谓"忘忧"。文人与书的这种关系,长期下来积淀为一种无言的交流,并不需要打开,不需要进入,相互默默地注视就会涌进一种宁静、和谐与温馨,不读书的人是不会有这种

人与自己的内心有多远

"坐拥书城"的愉悦的。

书多了,占满了居室,人的空间变得越来越狭小,于是就不得不去清理旧籍。这对读书人来说确实是很不情愿的。怎么清理呢?以什么标准呢?每本书都有它的来历,都有它存在的理由,都是我们请来的。我很不情愿把过去的从功用角度看现在似乎用不着的书清理掉,我对旧书比对新书更有一种难以言说的情怀,新人不如旧人好,新书进家,相敬如宾,其平整和新洁总先让我钦羡有余而亲昵不足,总好像不能随随便便,而老书常伴,早已融洽无间。是的,对旧书,我并不常去读它们,但只要常看到它们,便觉得心安的。有人形容老友之间的境界为"相逢无一言,不见常思君",这话我以为也可用来形容人和旧书。书旧了,会有一种特有的沧桑感,它的每一个痕迹、皱折和夹签都会变得意味深长起来,令人想到它的来历,想起过去,从而变成记忆的浮标,让我们回想起往日的点点滴滴。读书人"抚书"追昔,真是感慨良多。

但书毕竟多了,怎么办?我想,既是朋友,就不必拘礼,哪里不可以放书呢?床上、地上、沙发上,凡可以置物的地方都可以放书,我知道我的书是不会计较的,它不一定拘谨地、不苟言笑地挤在书橱里,它们在我生存的每个空间或与我倾心交谈,或与我无言相对。确实乱了点,但正因为乱,才有了特殊的家常味和亲切感。据说本雅明就从来不把书分门别类、按部就班地放置,而是杂乱无章地随意置放。他说,这样书就有了自己"自在"的存在方式,而他自己也从整齐划一的必然中解放出来获得了自由。这确实是位知"书"的人。

——这一切都是过去的事了。岳父来到我的居所,很不满意,后来送来了顶天立地的七八张大书柜,妻子趁我外出时将书分门别类放好。我回来一看，如同踏入了一个陌生的世界，本来可以随意一瞥就能发现的书现在都要费很大的气力才能找到。咫尺天涯，却难得相见，真有一种荒谬感。空间的变化，带来了我和书的新的关系，新的感觉，我们突然之间失去了对方。

我由此更深切地体会到，个人的书斋是不能以图书馆的方式去安置书的，这个道理很简单，图书馆是纯粹给书安排的地方，而书斋则是书和人共同生活的处所，它需要的是书与人的自由、亲切、随和的关系。

我永远地怀念过去零乱的到处堆放着书籍的书斋。

2. 扇子的象征

美国人居然写了本《中国文化象征词典》，而且在中国引起了轰动。起先不免矮人看戏，被逗得无可如何，等自己亲眼看到后又觉得平常，与自己想象中的甚远。所收条目不过四百多，而且很多条目失于简陋。这里只说一例："扇子"。作者只说"由于"扇"与"善"同音，所以扇有时也象征着"善行"。其实，扇子除了这一义外，还有"散"的意思，一是音谐，二是因为扇子有夏用秋弃的季候特点。中国妇女对此意尤其敏感，所以古代怨妇诗词以及在"香草美人"传统支配下的文人失意诗词（含"不才明主弃"之义）都常用扇子来托意。"新裂齐纨素，鲜洁如霜雪，裁为合欢扇，团团似明月。出入君怀袖，动摇微风发。常恐秋节至，凉飙夺炎热。弃捐箧笥中，恩情中道绝"（班婕妤《怨歌行》）"莫道恩情无重来，人间荣谢速相催。当时初入君怀袖，岂念寒炉有死灰"（刘禹锡《秋扇词》）这两首可以看作是怨妇诗。至于下面的两首就进而言世态炎凉了，表现出文人对自身遭遇的感慨和不得其用的牢骚："团扇经秋似败荷，丹青仿佛旧松萝。一时用舍非吾事，举世炎凉奈尔何！"这是苏轼的《扇》；另一首是唐寅《秋风纨扇图》上的题诗："秋来纨扇合收藏，何事佳人重感伤？请把世情详细看，大都谁不逐炎凉？"所以，中国的文人和多情女子常常喜欢把扇子作为礼物，以取"警策"的作用，这与中国一般的赠礼习俗相左，比如不送"钟"（终）"梨"（离）。中国古文里有"反训"一项，取的意思就是字面意思的反义，中国古代礼仪中的赠扇大概也是一种"反训"，人们在扇之前饰以"团"和"合欢"实在别有深意。

3. 怀疑的诱惑

《中国文化象征词典》与我们的期望有很大的距离，当然也有令我喜出望外的书，比如德国人曼纽什的《怀疑论美学》，原先总以为德国人写出的书一定非常抽象，以前读过康德、黑格尔的一些书，曾发誓不再读德国哲学家的作品，后来有了尼采，才稍稍改变了看法。不过，比起曼纽什来，尼采有点激动得让人消受不起，曼纽什写得多么轻松、潇洒、娓娓道来，全没有一点学究气。我想，这本身就是一种怀疑和批判吧？一种形式上的怀疑和批判？美学和艺术理论竟也完全可以不用传统的方式去表达。当然，更令我心迷的是作者的观点，他对我们习以为常的观念提出了质疑。我们原来就身于其中，并未发现有什么可疑之处，经他一一点出，才顿时明白自己的愚蠢来。曼纽什并没有像我们有些新潮理论家那样完全是一种破坏式的反传统，充满了偏激和霸道，而是亲切的、平和的、大度的，一切都从传统出发。他旁征博引、钩沉笆梳、耐心地告诉我们，传统本来就是两面的，一面是被社会文化的习惯势力认可的被大部分人所接受的；一面是被习惯势力排斥的不易为公众所承认的。怀疑并不是从现在才开始，它本身就是一个传统，曼纽什的工作不过是要我们注意这一面的传统，恢复或继承起怀疑的精神。

不过，读了《怀疑论美学》的大概谁都不会去重述它的具体观点，如果这样，那就违反了曼纽什的本义了。事实上，曼纽什几乎没有什么具体的结论，因为怀疑论不承认"确定性信念"，要始终保持"前后不一"，关键是得到一种精神：善于怀疑，不断反思，反对盲从。这比什么都重要。

然而，这就跟人议定了一个悖论：我们不知道怎么对待怀疑本身了，如果我们不接受，自然违反"怀疑"；如果接受，也违反了"怀疑"。我们何去何从？

4. 掌故

"掌故"本身是一个很正经很不一般的官制名词，后来渐渐沦落民间，被大家随便说来道去，所涉及的对象相较于朝廷命官和先朝旧制来也显得世俗了。趣闻轶事，道听途说，插科打诨，有意思的，没意思的，好笑的，不好笑的，过了一段时间都可能成为掌故，大家都可以谈。茶余饭后，工间旅次，只要有两个人，便可以侃一番。老辈们对这最来劲，最喜欢唠叨年轻时的见闻，那些事都过去了，斗转星移，人事沧桑，原本在目前的东西竟都难以寻找，统统地成了掌故，只能在记忆中去搜寻了。倒不在于掌故本身怎么样，而是聊掌故成了老一辈的精神生活和精神享受，觉着自己没白活。所以，老辈人一伤感，就喜欢掉掌故"先前那会儿……"年轻

人与自己的内心有多远

人对掌故的偏爱可能是出自猎奇，因为掌故里尽是些教科书级鸿篇巨制中见不到的玩意儿，而且稀奇古怪无所不有，这对阅世不深经验缺乏的年轻人来说还是有很大吸引力的。摆弄文学的年轻人聚在一块儿，一般不大谈大路货的，专拣掌故说，于细微处见真功夫。

好言掌故在中国是有传统的，这与中国文化的传播策略有关。一是传播不畅，有许多的东西未及备载，遗漏了，成了掌故；二是有的人和事不合道统，于彼时彼境不便记载。也许是逆反心理，不让谈的偏要谈，过多的限制使人们增强了对趣闻轶事的兴趣，激发了人们内心的"窥探欲"和"隐私癖"。文人们由此生出两副面孔，在公开场合，都一本正经地写时文，撰正史，倡文以载道；而一回到于家里，便呼朋唤友，东游西荡，窜身在野史杂钞，侧耳于茶肆酒馆，搜罗奇闻，以资谈笑，言之而不足故撰写之。于是，一本本号称不登大雅之堂的笔记源源不断地从文人的笔下炮制出来，蔚为大观。中国的古代笔记说穿了，就是掌故集成。长期下来，正统文化不得不对之认可，认为虽为小道，亦有补正史、足察世风——招了安。于是，文人便以俗为雅，正儿八经地把它当成了学问，竟有一辈子吃于斯而卓然成家者。

掌故至于中国古典小说，功莫大焉，中国人最早对小说的理解就是"街谈巷语、道听途说"。细排排中国古典文言小说，有哪一部不是吃的掌故饭？！《世说新语》《夜谈随笔》《萤窗异草》《子不语》《聊斋志异》，都不是自己凭空想象的。蒲松龄若不请朋友帮忙，把些稀奇事"邮筒相寄"；甚而"见行者过，必强与语，搜奇论异"，他怎么也凑不足那五百个故事。中国文人就这路数，即使写这类"子不语"的东西，也不违圣人遗训，"述而不作"，抄旧书，抄传闻，就抄出了一部小说来。扩大开去说，中国的旧小说都是从掌故演化来的，《三国》《水浒》《金瓶梅》《三言二拍》……所以，中国小说的"本事"特别多，而中国小说研究的考据学派也就特别发达，有饭吃。以前总怪人家考证，认为小说是虚构的，有什么可考的，其实这用的是近代西方小说的法则。我们跟人家不同，我们的小说掌故太多，有什么办法？所以不能搞形而上学，不能用条条框框，要具体问题具体分析。中国的老辈读者听众也从来都把小说当做掌故的，古代的那些小说家就明白一点，写小说先来一段入话。入话是什么？就是让人先听一则掌故。

——不要老讲古代怎么样，即就现在的文人，小说家，也还是喜欢在小说里聊掌故，京味小说，文化派小说，我看说成掌故派就很入里入骨。更有笔记小说，那就是直接的血缘关系了。现有专门写"文革"的，讲一个个小故事，全用真人，某某怎么样，某某出了个什么笑话，这不是掌故是什么？"文章变乎时序"，原来并不一定。

看来，喜好掌故，是国人之一大嗜好。

5. 博物

如果说我对掌故总抱有一种复杂的态度的话，那么对博物志之类的倒是十分称赏的。掌故总有捕风捉影不主故实的一面，因掌故而起的风波和误会实在不在少数。而博物志则以介绍知识、考证名实为主，对人们认识世界实在大有助益。现在有不少报刊的人物专访总喜欢设一问：给你影响最大的一本书是什么？我非名人，无由资格去答，若问到我，答案是《十万个为什么》。当然，这套书并不是理想的博物志，其介绍的侧重点似在理而不在物，更谈不上文

人与自己的内心有多远

笔和趣味,但我仍不能忘怀,毕竟是它给了我科学的启蒙。

写好一本博物志确实不易,号称我国第一部博物志的西晋张华所撰《博物志》,其间窜进许多神怪离奇无可征信的玩意儿,所以后人把它归入到小说家言当中。事实上,从文体上讲,中国古代博物与笔记并无什么太大的区别,因而,除了专门的博物志,我们在中国古代笔记中也能读到不少博物,如《荆楚岁时记》《酉阳杂俎》《鹤林玉露》《夷坚志》《东京梦华录》等。这种模糊的文体使得中国古代的博物染上了许多文学的味儿。特别是宋元以降,博物文章往往加进许多藻绘咏叹,一变而为小品,于是,本属"科学"的东西便有了审美的性质而变得有趣味;一种寻常的动植物,竟然有那么多的牵扯,与乡情民风,地理人情一结合,就会生出无限的质朴、谐和、醇厚和诗意来,这很能让文人们把玩并想起许多世界的美好。可见,博物显然不只是"多识于鸟木虫鱼"了。下面不妨抄读一则:

> 纺织娘,北人呼为聒聒儿,似蚱蜢而身肥,音似促织而悠长,其清越过之,有好事者捕养焉。以小秸笼盛之,挂于檐下。风清露冷之际,凄声彻夜,酸楚异常。梦回枕上,俗耳为之一清。觉蛙鼓莺啼,皆不及也。故韵士独取秋声,良有以也。每日以丝瓜花或瓜穰饲之可久,若纵之林木之上,任其去来,远聆其音,更为雅事。(清·陈淏子《花镜·纺织娘》)

前面的话确实不假,博物写成这种类型已折射出文人的一种精神,一种与大自然相亲相容的应答关系。自然人化了,人也自然化了，物我不分，在此中领悟生命的奥秘和人生的底蕴。我以为这是中国博物的特色，与西人的不同，法国人法布尔写的博物很有名，老早就译过来了，看上去就是另外一种味道，现在不少课本里还以它的作品作题材，被放在"说明文"的体裁里。它长于科学而短于情趣，总不能见出"我"的精神来。我以为中国文人写的博物所体现出的意味实在不局限于博物文章，它已化为一种人生态度，散步弥漫于文人与自然的观照之中，在专注之中有一种洞然生命的平常心。所以，一花一世界，一木一精神，自然与生活中本来琐屑不堪的事物也因之变得生趣盎然，雅致可喜。所以，只要有一点中国传统文人派头的，即或在科学发达的现在，也喜好此类文字，像汪曾祺、孙犁等。汪曾祺的小说中就有不少博物文字，他也喜欢看，以为这类东西可以颐人性情、长知识，而且，语言也好（《谈谈杂书》）。他不但喜欢读，也喜欢写，他的散文集《蒲桥集》中就有许多这样的篇什。我上面谈的意思汪曾祺有个类似的说法："或问，你写这些昆虫什么意思？答曰：我只是希望现在的孩子也能玩玩这些昆虫，对自然发生兴趣。现在的孩子大都只在电子玩具包围中长大，未必是好事。"这段话的意味很丰富，博物本来无所不包，自然世界（含人工世界），在现在科学技术冲击自然的情况下，博物被文人用来亲近世界、对抗科学的精神家园。我对中国文人写的博物的定性是"科学"加"情趣"，现在科学的任务已由教育和其他传播渠道去担任了，那么剩下的就只有情趣。不过，现在有汪曾祺这种情趣的已越来越少了，我们也很少再能读到这样的博物了，真让人有说不出的怅惘。前些时在上海偶得一本枕玉先生的《博物述林》，喜不自胜。虽然写得情趣稍欠，但笔涉古今，读来依然饶有兴味，聊胜于无罢。

人与自己的内心有多远

文人回家

事情在不知不觉之中发生了,终于有一天,我发现我在读散文,这是一种相当慵懒的阅读状态,我真正体会到读书的愉悦,读书成了我的休闲,我不再考虑我需要读什么,计划读什么,随随便便地往沙发上一靠,就着一杯清茶,便可以读了,甚至对着电视也可以读,跟妻儿聊天也可以读,我不必思索、回味,任何时候都可以进入,任何时候也都可以退出,这确实是相当自由自在的阅读,而这一切,都是散文给予的。我是不是"蜕化变质"了,发现了这一点之后,我赶紧去问朋友,哪知趿着鞋来开门的朋友手里也正拿着散文。

读是如此,写也是这样,从本质上讲,读与写是一回事,现在什么都可以不写,但似乎不能不写散文,或者说,现在对写什么都很少关心,剩下的唯一兴趣便是散文了。写作界的朋友聚在一起,"干什么呢?""没干什么,就写了几篇散文。"这几乎成了通行的问候语。

  回顾左右，我们也确乎正在被散文所包围，几乎被人们所遗忘的现代写家的散文作品被重新翻出来，一印再印，散文的刊物更是一家接一家，综合性的刊物在增加了散文栏目的容量之后，又不惜定期推出"专号"，连报纸也将月末、周末文萃的版面提供给了散文……

  这一切也许不值得大惊小怪，但也许有一些意味在里面。如果从表面上看，对散文的选择亦不过是对一种文学方式的偏爱，如若仔细体味一下，现在的散文具有一种新的品格，更确切地讲，我们对散文的选择和理解已发生了全新的变化。回想新时期文学刚开始的那几个年头，或者，不一定要上溯那么久，八五、八六也可以，有谁去注意散文呢？我们只关心小说、诗歌、报告文学，甚至，居然拥有浓厚的理论兴趣。我不知道该怎么去精确地概括这种天悬地殊的变化，尤其在目前，我只能暂且用一种比喻的或者"散文"的方式来表达。

  表达来源于我对自身的新闻记者的体察，尤其是收到定期的月末周末版时，我真正地感受到"散文"已变成一种真正的家庭消费。不管是读，还是写，散文已不再是过去的文学方式，它日常化了、生活化了、家庭化了。由此，我又想，当我们在"家"中读写散文时，"我们"有没有什么改变呢？选择散文前的我们与选择散文后的我们是一样的吗？

  我反反复复地动用"家""家庭"这透着许多温情的字眼，它确实让人在其与散文之间产生许多亲切的联想。

  新文学之初是大家都激动而忘我的年头，潮流更迭，旗号翻新，大家都在"外面"跑，谁也顾不上"回家"歇一歇，套句唱

人与自己的内心有多远

词,那年头确实是"外面的世界很精彩",因而,并不仅仅是顾不上"回家",而是记不得"回家",乃至记不得自己还有"家",乐而忘返是也。但事物偏有物极必反之道,再热闹也终有支撑不住的时候,作家们闹腾了一番,自以为别人很在乎,忽然有一天发现"失去了轰动效应",民众们一开头也很惊奇地去围着文学瞧热闹,不久终究各人去干各人的事,于是,又应了下一句唱词:"外面的世界也很无奈",当别人不再看你,当你突然发现场上冷冷清清,唯你一人披红挂绿,拿腔捏嗓时,会是怎样的感觉,你会沮丧、孤独、无聊,然后呢,你必然会收拾起行头叹一声:"回家去。"这时,家出现了,家以一个宁静的、温馨的、可以安神养神的形象出现了。我要说的意思就是,对新时期散文不能以过去的散文的眼光去看,更不能以古时"文以载道"之散文观去看,新时期散文不仅仅是文学之"文",它是一种去处、一种选择、一种气氛和一种心情,它是文化人的"家",是现代文人通过写作行为和语言建造的退避之所。当文化人回到家时,他不再是一个社会的角色。不再是一个演员,家是一个私人的天地,文人如释重负地把行头放在一个不起眼的地方,他虽然有点失落,有点不甘,偶然的一瞥也让他回味起往日的辉煌,但他不同时又获得了一份轻松么?他回到一个日常人的队伍里,掸去书架上的尘土,给月季浇上水,在午后的静谧里泡上一杯茶,看茶叶缓缓飘向杯底,心中平淡而又感动,他会想起旧时的友朋,绕膝扶床的孩子,头眼昏花的双亲,忆念起自己的童年和初恋⋯⋯他发现,俗务也不再俗不可耐,菜场也是可以去的,油盐酱醋也大有异趣,琴棋书画更是养人性情,柳荫垂钓,足资遥想,青灯黄卷,恰好坐禅,这些都会引出许多幽玄之思⋯⋯这便是我们现在的散文的景观,更是我们文人的文化心态,一派脉脉温情的家庭气氛，回家即返真，即回到自我，回到一个日常的不乏琐碎的天地，文人们发现，日常生活并不都与诗性敌对，有时，恰恰正是诗性而且是真性情的纯诗之所在。这不仅是新时期散文所折射出的文化心态的转型，说远了，说深了，或可是中国传统文人心态模式的新的显现，"仰天大笑出门去"是诗，"性本爱秋山"更是诗，不同的是，现代文人已无处隐，也无法隐，于是，回到日常生活，回到"散文化"的方式与写作成了他们的必然的也是一致的几乎是如约而至的选择，所以，绝不可指望能从他们的散文中谈出"大气象"来。参照现代文体格局，出门的文体是小说和报告文学，诗歌也成为出门时的一种引人注目的外包装，居家的文体便是散文了。居家，是不宜谈国事的；居家，是不宜装腔作势的；居家，是不宜构虚谈妄的，在家里，就适宜谈家事，谈琐事。文人就是这么理解现代的散文。

外面已经没有了文人的席位，文人们只有回家。所以，我们选择了散文。不管是读还是写。

短论四章

1. 文人小说或小说的文人性

前些时候,理论界对小说创作中的所谓诗化、散义化、技术化进行了相当长时间的讨论。回顾那些讨论,总觉得该说的已经说尽,但又感到意犹未尽,似乎还未曾抛出问题的根本。这根本我们现在才明白过来,过去在讨论时,我们只把小说家当成了小说家,其实,小说家是个相当模糊的概念,在中国尤其如此。如果对中国小说家进行角色分辨的话,有不少实际上是名不副实的,他们是以小说的名义进行着非小说的创作,他们不过是传统意义上的中国义人,他们潜入了小说领域,以传统文人的写作方式从事着解构小说的操作。

文人的这种举动不是偶然的,视野扩大一点,文人在很多领域都曾这么干过,可以罗列一些现象以作思考。音乐:中国音乐就可以分为宫廷音乐、民间音乐和文人音乐,其中文人音乐最为晚起,大约到魏晋时期才成气候。文人音乐的极致是以私人化和小型化与常规的音乐演奏相对抗以至阻绝了宫廷、民间(包括职业音乐)的交流,所谓"从来山水韵,不使俗人闻",反音乐的性质已相当严重。发挥到极点,就是陶潜和白居易的在无音乐中去求音乐,即"但得琴中趣,何劳弦上声"。书法:中国书法本讲究法度,流派虽多,无非帖学碑学,然而当文人操练起书法后往往视法度于不顾,卑之为匠,为媚,为俗,为甜,为腻。苏东坡本有功底,然他得意的却是自己的醉书:"醉里题诗字半斜",他曾有一极端的说法,认为书法和万物一样,都是有形的,而有形就有界,就落到了第二义,所谓"笔墨之迹,托于有形,有形则有弊",因而,能"不假于外物而有守于内者,圣贤高致也"。这种观点与职业书家自然有本质的差距。绘画:绘画的本质本在于象形,但宋元以后,这一本质到了文人那儿有了大的变化,他们不求形似,只讲表现,玩弄笔墨趣味,这便是文人画(文人画已成固定的说法,本文的写作即受此启发)的风格了。近几年又兴起了"新文人画",这显然是文人的传统的接续。戏曲:戏曲是程式化职业化相当严重的艺术部类,但到了元明时期,像马致远、汤显祖等人的戏曲写作则往往置戏曲的职业特点于不顾,专讲性灵,专讲趣味和意境,发展到后来,场上本成了案头之物,职业戏剧家对此颇为不满,而文人却了无悔意,汤显祖固执地说过:"凡文以意趣神色为主,四者到时,或有丽词俊音可用,尔时能一一顾九宫四声否?如必按字模声,即有窒滞逆拽之苦,恐不能成句矣!"因此,他竟然说道,"余意所至,不妨拗折天下人嗓子!"

……

人与自己的内心有多远

　　这些列举或者说服力不是太强的，但我们坚信，中国的任何一块文化地盘，都有文人独特的领地，如果模仿本雅明的风格是否可以这样描述：中国文人总是有一种偷窃的能力，一种破坏的能力，一种改造重组据为己有的能力；以文化艺术而言，中国文人几乎没有什么独创任何形式之诞生，都与文人无涉，但蛰伏着的是文人时刻注意着它们，一有机会，便群起出动，大肆掠夺，然后拖进自己的作坊，按照自己的理想进行拆解、加工，于是一种新形式出现了，他们贴上了文人的标签。音乐不是这样吗？美术不是这样吗？喜剧不是这样吗？文学也是如此。当然，中国文人这种癖性有着他们的心理变态根源，中国文人一直处在一种同化与反同化的矛盾之中，这一矛盾既来自于外部，也来自内部。他们一方面自愿或被迫参与到社会通用文化之中，另一方面，文人的自尊、自爱又对这种同化千方百计地加以抵制。实践证明，文人不可能在实践领域与社会通用模式作对抗（"秀才造反，三年不成"），于是，文人只得以表面的认同作为牺牲的代价而以偷梁换柱的方式对社会通用文化进行蚕食、消解、改造和重组，以便求得自己的生存天地。文人与社会通用文化就是这样一种同中见异的并存关系。

　　这只是一种大而化之的说法，因为被统治文化所认同而得以存在的所谓社会通用文化是一个庞杂的集合概念，因而，在具体的盗用与改造中，文人的针对性并不一样，但其目的却大致相同，这一目的就是文人的理想。中国文人的理想是什么？就与我们的论题相关的方面说我们同意中国文人的审美理想是超越世俗趋向自我，超越实在趋向表现性灵的说法。如果这一说法成立的话，那么，小说在本质上是不适合于传统文人之性格的，小说代表着世俗，代表着实在，它以叙事的方式区别于文人的抒情表现。小说至明清之际一直没有得到文人的最终承认，各朝各代均有文人出来对小说横加攻击，视为异端，因为它与文人的理想是抵触的，但它却不断壮大，威胁着文人的地位（叙事压倒抒情，世俗气压倒书卷气）。目的虽在此，但方式有时却很富有戏剧性，他们不直接明说小说与文人理想的冲突，而是常常借用统治文化的价值观来进行，以便挑起民间文化和宫廷文化的争端，借用统治文化的"权力"来达到自己的目的，文人在此充当了告密者和出谋划策者的角色。然而后来的情形并不如文人预想的那样，小说的势力反而日益壮大，于是文人中的有识之士便大度地接纳了小说，他们试图以自己的方式来"收编"小说，将小说加以改造，以合乎自己的理想范型。这种改造是从两方面进行的，一是对小说重新解释，让小说被动地认同文人，他们公然对抗小说叙事的、世俗的、偏于客观实在的本质，而将之解释为抒情的诗的手段之一（胡应麟、李贽等）；二是以参与创作的方式进入到小说的内部，对其形式模式进行颠覆，这一方面，文人进行得比以往的操作慢得多，因为当明清之际文人小说刚有起色时，域外小说又渗透进来，使文人面临着两个方面的冲击，他们不得不在两个方面作战。这一较量在现代文学和当代文学各有一次上佳的表演，一是现代文学史上的废名、许地山诸人，二是当代文学中汪曾祺、何立伟等人。当代文学中的所谓诗化小说、散文化小说，不就是文人不满意小说、妄图以诗歌的方式、散文的方式去取代小说吗？因为中国的诗歌和散文早已为文人所征服，文人在诗文里得心应手，游刃有余，他们企图以此化解小说的法则。当然，文人在小说中所做的手脚还不止这些，他们除了在形式上去消解小说外，还从主题上去挤兑小说，小说的主题原有自己的原型，那就是世俗性（如唐宋传奇，如三言二拍，如金瓶梅，讲史、神魔也是市民理想的替代品），然而文人却用它来表示士大夫式的气质、修养、学识和情感，于是，小说的阅读者锐减，因为这样的主题并不是任何人都能够进入的。当文人觉得自己足以征服小说之后，便以游戏的态度玩小说于股掌之上，小说在此遭到诗歌同样的命运，一套新的形式规范被建立起来，小说不再是故事，而在于语言，在于意象，不在于作品人物性格，而在于作者情绪感受。小说终于成为文人的私自的消遣。把玩和竞技场，文人在此表演自己的聪明和智慧，小说于此完全割断了对社会通用文化的参与。

自然，文人的这一入侵和改造至少说至今仍只是小说的别一路，说文人终于将小说打倒还为时过早，但小说在前不久受到了文人的重创而元气大伤确是事实。现在，小说该怎么办，它也许正在舔食自己的伤口，准备与文人来一次较量？小说的生命力还有多久，世俗准备给小说怎样的新的支持？其实，关键还不只在于此，它还在于文人的力量，在新世纪文化冲击下，"文人"还能存在多久？

2. 赋比兴借说

赋比兴是中国诗学概念，我们可以借用它来说明创作学的一种似乎普遍存在的现象。前些时候我们集中搞过一些作家论，在考察这些作家的创作经历时发现，他们都有一个大约相似的过程，即在其刚做文学梦时，首先的希望是想成为一名诗人，但后来又都不约而同地转向了小说和散文创作，像何立伟、聂鑫森、林白、陈染、苏童、孙甘露、海男、杨争光、舒婷……这其中不少人已成为真正的诗人，说来也许令人惋惜。我们暂时把他们的诗歌创作阶段称为比兴阶段，而小说和散文阶段则相对地称为赋，简单地说，这批作家的创作经历都有一个由比兴到赋的转换模式。

这一模式一向被人所忽视，即或被注意到，也被从横向的意义上加以理解，所谓众体兼备，如我们在讨论杨争光的时候就是将他的诗和小说并列起来进行对照理解的，而没有从纵的意义上去考察，没有研究这一文体转换的深层意义。到了现在，我们才隐约地感觉到，这一模式并不仅仅具有统计学上的偶然性，而且具有创作学上的必然性。

可以在语言发生学和思维科学的帮助下对这种模式进行深入理解。我们先把文学创作视为一种特殊的独立的语言行为和思维活动，那么它也有其发生、发展和成熟的过程，然后设想，文学创作这一特殊的语言和思维在其各个阶段都有什么特征呢？它有什么内在规律吗？把它和思维演化及语言发生的一般过程相比，它会不会反映出后者的共性呢？现在语言学和思维科学在研究语言发生和思维发展方面一般有两种途径，一是对遗存原始部落的语言和思维进行研究，这是人类学的野外作业法；一是对儿童的语言和思维进行跟踪，这是心理学的实验方法。这两种方法的结果有着惊人的相似性。列维－布留尔认为原始人的概念和语言跟文明人不一样，他们一方面又有很具体的概念，比如没有抽象的树、鱼、鸟等用语，但却有每种树、鱼、鸟的专门用语，概念非常具体，在辅助语言的帮助下，他们的语言带有"图画"的性质，正因为如此，对事物间的关系他们并不能在抽象的层面上进行归纳；另一方面，他们又有着关于周围世界的相当超验的认识，人与整个世界万物都是有联系的，甚至，具体的实在的事物与抽象的神秘的存在（如不可知的自然力以及神话世界……）也是相联系的（这两点结论类于列维－斯特劳斯对"野性思维"的两点看法:"具体性"和"整体性")。这种对世界关系的看法被布留尔概括为原始思维的"互渗律",他说:"在原始人的集体表象中,客体、存在物、现象能够以我们不可思议的方式发出和接受那些在它们之外被感觉的、继续留在它里面的神秘的力量、能力、性质作用。"(《原始思维》P70)我们的理解就是原始思维及它们的表达方式(语言)缺乏对事物进行直接表达的能力,进行推理的能力,他们总是以个别去代替一般,以一事物去代替另一事物,这便是比拟、象征,是一种不自觉的"比""兴"。比兴,从本原的意义上讲就是不直接说出某事物,不直接指出事物之间的联系,因而,我们进一步可以说,原始人的思维和语言是比兴的,而不是赋的。赋与比兴相比,它指的是对事物及其联系直接表示的能力和方法,比兴自然更偏于诗,所以,维柯和克罗奇就说,原始思维是诗化的思维,原始语言本身就是诗。维柯对原始思维及语言表现给出的名词是"想象的类概念",他认为初民们"没有能力去形成事物的可理解的类概念",就只能把同类中一切和这些范例相似的个别具体人物都归纳到这种范例上去"(《新科学》P103)。一切都建立在相似性原则上,他认为这是一条语言学的公理,按这种公理,初民时期,"人们按本性就是崇高的诗人。"(同上P98)。我们再看看科学家们运用第二种研究方法得出的结果,根据 J. 皮亚杰的实验儿童的思维和习惯可以以七岁为界分为两个大时期,七岁之前是前逻辑思维(注意,这个概念曾被布留尔用来指称原始人的思维),在这个阶段,儿童对事物的认知是贫乏的,他只得在相似性原则上以有限的概念去代替其他,他不能把某一事物从背景中区分开来,而只能在整体性中去感知。抽象的东西无从表达,他们的思维是表象的。而且,对于不了解的事物,儿童普遍存在一种"浪漫式的倾向"，比如一切事物在他看来都是有生命的，心理学家称之为"儿童的泛灵思想"[维柯："儿童的特点就在把无生命的事物拿到手里，戏和它们交谈，仿佛它们就是些有生命的人。"（《新科学》P98）]，他们把有限的词进行"扩张"。在成人看来，这无疑是一种不自觉的比拟方式，这时的儿童基本上不可能弄清事物的真实联系，更不可能在语言上把事物的发展过程表达清楚，也就是说，儿童的思维和语言也是诗化的，他们更多的是比兴而不是赋。人类学家一般都把原始人和儿童联系起来研究，认为儿童的思维和语言表现了原始人思维和语言的一些特点，维柯的研究就带有这一特色。

能不能说，人类的思维和语言发展的程序就是比兴而之于赋呢？

相应于这个次序，我们在许多美学家和艺术理论家那里找到了不少可资深究的看法，如在温克尔曼、赫尔德、席勒、谢林等人那儿，再如黑格尔关于艺术发展的历史类型的看法也有参考价值，如果去掉他的唯心主义的刻板的观点，他把象征主义置于古典主义和浪漫主义之前的次序还是合乎历史的。他对象征主义有一段解释，说象征主义表明了初民总是以具体的东西去象征神秘的东西，一切不可能直说只能通过比拟去进行的观点还是很有道理的。黑格尔的这个看法如果按我们的说法，也就是初民的艺术是比兴的艺术，赋是其后的事情。

有了这些参照系后，我们能不能得出前述的结论呢？即文学创作的发生过程客观地存在着"比兴—赋"的转换过程（有了这个想法后，笔者在教学过程中对文学青年做过有意识的了解，在目前的阶段，他们无一例外都在学写诗歌）？如果这一说法以及上述学者

人与自己的内心有多远

们的研究都成立的话，我们也许会得到一些关于文学的新的看法，并不是比兴，赋才是文学的高级形式。从创作心理上讲，人们最初的文学冲动是情感的，感性的，他意识到某种东西需要表达，却并不明了自己究竟要表达什么，同时也找不到恰当的方式，于是只能以格式塔的方式以替代物来象征这一切，这表明创作主体尚未对自己的创作目的有自觉的认识，更缺乏对周围世界的清醒的深刻的理性的把握。我们认为，把诗歌抬到不恰当的位置是不可取的，文学的最高境界是理性地认识自己和世界，在这个意义上，它和一切人文学科并无大的分歧。所以，虽然文学的各类存在都有它的理由，但史诗以及史诗性的样式（赋性作品）才是一个民族文学的最高典范（在英、法、德、俄……最大影响的是叙事作品），所以，当创作主体一旦获得赋性能力，他便会毫不犹豫地转向赋体。①

由此观之，我们觉得中国文学尤其是中国当代文学的严重不足就是比兴有余而赋性不足，这个看法的具体展开也许是，中国作家太沉湎于诗的国度的优越之中，这实际上是把自己永久地停留于我们的童年时代；赋性的不足表明中国作家缺乏深刻的洞察力，缺乏对世界的宏观的把握以及清醒的理性建构和在相当长度里完成宏大

---

① 实际上，"比兴—赋"模式也存在于诗歌创作中（古希腊文明中的史诗就是诗歌中赋性的典范，马克思称之为人类不可企及的范本，黑格尔把它放在象征艺术之后），因而诗歌的最高境界也是对历史和现实的铺叙。在中国诗歌正统价值观中，杜甫式的"诗史"远远高于王维式的神韵（参见钱锺书《中国诗与中国画》），可见，本质上并不是文体，而是思维。不过狭义的史诗在今天已不相宜（黑格尔称人类已到散文"广义"时代），这个问题比较复杂，因此，为简化论题，本文根据中国当代文学创作实际，着重论述赋性文体问题。

事件的叙事能力、语言表达力和心理耐力；而这一切均未被中国作家意识到。相反，他们在从事赋性创作时却对比兴思维流连忘返，甚至企图在赋体作品中大量融进比兴，严重者竟以后者去代替前者。如前一时期流行的诗化小说，这场小说新变的功过是非尚无最后评说，但我们提醒一句，这场运动实际上是文学的返祖，由于比兴的入侵，使赋体作品变得朦胧、隐晦，于是小说告别了叙事，告别了理性，再也负担不起对生活的客观把握，而只能抒发自己的心灵情感，一些人生的感喟，这是比兴对赋体的一次严重伤害，它使得中国小说削弱了建构史诗的能力。

3. 读书之风

文坛流行读书热，这很值得玩味。文人读书，本来是很正常的一件事，不读书还算什么文人呢？但时下的读书怎么看上去都不像那种正常的读书。因未作系统的思考，下面的划分不知对不对头。读书从古到今似可分为四类：一类是功利的，读书是手段，不是目的，如为了科考而读书，所谓读出黄金屋，读出颜如玉之类。现在文人为了自己的职业写作必须读书，这也是手段，也是功利的，但这类功利性读书私人性强，是自己读，不管在学校、在图书馆、抑或在寓所书房，都是自己在用功，它不以直接的方式向社会开放，及第登科或著作行世都是读书的结果，而不是读书的本身。第二类也是功利的，但它同时又是公开的、职业的，像古代藏书家和现代的书评家，中国古代藏书家很多，他们也读书，他们读书的角度很专业，当然也读内容，但更多是读版本、作者、源流，考究的意味很浓，读的结果就是一本本一篇篇很专业的札记，这里面后来就派

人与自己的内心有多远

生出现代的书评，书评在中国不怎么专业，比不得西方，比如美国的书评就是很严格的职业和文体。第三类是非功利的、私人的，读书的活动和自己的职业没有直接的关系，读过就算了，大多数的大众阅读就属于这种性质。当然，文人的非功利性的私人阅读可能比大众阅读带有更多的意味，选择性强，读的对象、方式、品评都与自己的性格和趣味有相近的关系，它近于一种对话，是书斋中无声的喁语。第四类就不大好定性了，它介于一二三种之间，跟它们相类似而又与它们不同，它既是功利的，又是非功利的；既是私人的，又是面对社会的；既是职业的，又是业余的……文人凭着自己的性情选择阅读对象，但更喜欢扯开去，谈点阅读对象之外的——它把私人阅读的情境和结构未加整理地暴露出来，暴露出阅读者的真性情。

时下的读书热就是这样的方式，我们首先在《读书》杂志上看到这样的场面，继而是《文学角》的"读书笔谈""我的读书生活"，接着是《东方记事》的"读书俱乐部"，《北方文学》的"书话与闲话"，《文学自由谈》的"读书手记"，再有《四川文学》的"笔丛"，《文汇读书周报》的"旧书新谈"等等。社会纷纷为文人提供场地，让他们徘徊其中，轻摇羽扇，煮茶烹名，或静谈，或深思，或对话，或独语，恬淡而充满智慧，安然而超然潇洒……

我们在这读书之风中看到什么呢？我们在这当中看到的是怎样的文人心态呢？总觉得，其间挥动着的依旧是中国士大夫的传统心态，一种出与处的矛盾的曲折的反映。这话可能有点玄，但具体到现代文人身上还就是那么回事，文人的出与处自有其方式，它与能不能有关系不甚大。文人的职业是为文，不断地写作与发表是文人的出，相反则是文人的处。中国士大夫一直既想出又想处：出，以求功名利益；处，以求人格清高。中国文人亦复如此，一方面渴望写作，另一方面又唯恐太滥。更重要的是社会时尚和政治文化气候对出与处的影响，对士大夫如此，对现代文人也是如此。前几年的文坛热闹使得文人们出了"风头"，不少人功成名就，于是这几年便暂处一下，以赚得一些名士浪头，说过的话已很多，再说也不新鲜，不妨处一下再说。文坛的热闹总是一阵阵的，不会总是热闹，文人自身也不可能总是处在紧张兴奋的状态，也可以处一下的。另外，观念的变革也使文人们不同程度的失了手足。为调整起见，亦不妨先处一下。但文人的本质是喜闹的，一位作家曾这样说过，不写作就不是作家，身在山林而志在闹市，于是，折中的办法就是"读书写作"，这样，文人的名字并未消失，他们依然在写作。然而，这时的写作不同于过去的写作，不是"出"，或云虽出犹处。这里文体的意义非常关键，文人这时的写作巧妙地避开了职业的陷阱，避开了小说，因而它不再是小说家的身份；避开了批评，因而它不再是批评家的身份。他不再以自己的职业方式写作，相对于他的社会化的职业身份，他退避了，躲开了。同时，他又避开了书评式写作，他不能因为躲避了一个职业而进入另一个职业，这比以原先的职业面貌出现更为糟糕，他选择了一种非常含混的不可规范的文体，由此，它虽然以印刷的方式进入社会，但却是一个自由人，无职业者，他以私人的面目出现，更亲切、平和、儒雅、博学……上述的描绘也许只适用于处于"处"的状态中的文人，但事实上，参与读书式写作中的另一种文人，即处于"出"的状态中的文人，他们在职业写作与非职业写作中同时操作，不过细分开去两者并无质的差别。中国古代士大夫有一招叫"忙里偷闲"。闲，指的是弄花种草，吟风咏月，以表明自己虽身陷俗寿，羁绊官场，然而童心未泯，清高犹在，并未曾失却真性情。苏东坡就凭此为自己赢得很大的名声，号称天下第一"闲人"。这一招被现代文人借来，就是在从事自己的盈利的职业写作之中不时客串一下与自己职业无关的"闲文"，以表露自己的智慧、性灵和潇洒。

不管哪一类都是文人的狡猾。

4."还原"的歧路

在新写实现实主义讨论中的一个概念就是"还原"，这是一个借用，从现象那里来的。这个借用并不始于新写实文学的讨论，在先锋小说讨论中就有了，不管是哪次借用，都是在肯定意义下的。其实如果不把讨论的视角放在现在时，而把目光移挪到将来时；不把价值的标准降低在既有作品上，而是着眼于我们应有怎样的作品上；不把讨论的理论层次停留在经验上，而是从文学的审美理想上去探究一下，人们应该很容易发现对还原的肯定已是够了，太多了而对它可能引发导致的歧途却谈的太少了。

新写实的还原大约发生在三个方面。一是还原到感性。中国文学曾有过一段很理性的时期，理性到了观念化的地步，这种惯性在新时期十年的前期还相当强，伤痕、改革、反思、都带有相当程度的观念性，寻根文学开始才使之有了较大的转折。寻根，寻什么，说寻文化之祖、寻民族之本，都对。但不管什么事物的根本，都是未被概括的感性，所以说，新写实始于寻根是对的，逻辑上很清楚只是中间介杂了先锋运动，挡住了人们的视线，草蛇灰线，不甚明了。寻到了感性，换一个说法，就是从理性到感性，就是还原了，于是，主题、观念、目的、因果等都可以不谈，只把文学与生活的接触面限制在表象上，不作深入，不作思考，不作穿透，不作联络，生活以原生的形状的感性的状态呈现了出来，这对于已苦于唯意志的中国学说来说，当然是新鲜的，但如果长期这样下去会怎样呢？人不能不作思考，文学也不能放下理性探索的职责，我们过去的错不是理性本身的错，错是错在我们的选择。它反过来更证明我们需要理性，对中国文学来说，当务之急恐怕不在感性的贫困，而是哲学的贫困。不能设想一个没有哲学的民族会跻身于世界之林，马克思曾多次说过这个意思，同理，我们也不能设想一个没有理性的文学会产生伟大的作家作品，大凡"史诗"性作品都是理性的，黑格尔曾反复说过这一点。前些时候，曾讨论中国作家缺乏哲学素养，没有自己对社会的概括能力，要想去撑起宏大的精神学问是不可能的。新写实的感觉还原使我们的作家的懒于只想变得合法起来，后果将不堪设想。

二是还原到日常生活。包括题材和表达方式，过去人们曾反复强调要反映生活的本质、反映社会的主旋律、反映重大事件，这固然是一种片面，但现在还原到日常生活是否就好也值得疑问。看看新写实的作品，不得不感到文学正一步步走向家庭，走进个人的私生活，社会化的公众生活正作为背景一步步淡去，我们的小说正在大谈油米酱醋、恋爱、结婚、生孩子、养孩子……总而言之，我们的小说已经正儿八经地跟人们拉起了家常，张家长，李家短，津津有味——当然这些不是不可以写，而是怎样写。《田景》里七哥发迹怎么写的，虚写，视角放在家庭；《太阳出世》里李小兰父母社会地位虽高，但小说愣不往上靠，而是写他们的另一角色，小说让他们如何去做赵敏天的岳父母。说到这，想到一个有趣的话题，不知道大家注意到没有，新写实的主将都是一些女性作家，方方、池

人与自己的内心有多远

莉、范小青、黄蓓佳……为了壮声势，人们把许多男性作家拉了进来，仔细分析，好像正宗的不多，至多应该这么说，许多不定新写实的作家，写过几篇类似新写实的作品，像叶兆言，大概只有《艳歌》可以勉强算上，刘震云写过几篇，但好像好多作品都不像，此时《单位》《官场》，像说喻小说，和老作家张天翼的风格近似。刘恒更经不起分析，他的观念性还是相当强的。是不是女性更擅长于唠叨家常？她们写起这类作品，好像更得心应手，很容易，很简单，方方就认为这类小说有什么难的呢！"都是身边事"，每天忙这忙那，五味俱全。她说根本不需要去外面讨生活，把每天自己碰到的日常事唠叨一下就足够了，这对男作家来说无论是从性格还是从心理上都不是太合适的，偶尔陪她们唠一下可以，长此以往就耐不住了，这是不是新写实阴盛阳衰的性别学基础呢？——拉家常对男作家是一个考验，对读者来说也存在一个耐力问题，偶尔听还可以，听多了就腻歪了。毕竟层次较低，日常生活只是我们生活的一部分，而它相对稳定，相对狭小，相对于静的一部分，对我们更具吸引力的是更广阔的社会空间，这一点新闻对文学有很大的启示。新闻的镜头，多少镜头代表了我们的视听兴奋点，再有，这种还原也违反了社会发展的一般进程，我们的生活正日益社会化，但文学却是我们日益私人化，这可能是一种代偿心理，但除了导致廉价的感伤主义，别无所得。还原到日常生活，固然可以从一个侧面增加文学的真实性，但这种方式却在一定程度上阻滞了文学的创造性和想象性，它只是重复了我们的日常生活，却并不给我们增加新的想象性的生活，这样，文学便成了日常生活的同语反复，文学便失去了存在的价值性。有一点需要补充的是，日常生活以及相应的日常叙事总不可能维持很大的长度，这种看法虽然很朴素，但却相当有力，不可想象一部长篇小说没有起伏的情节，没有有秩序的结构。在短时间里唠叨日常生活是可以的，但如果在一个相当长的跨度里总是有一些日常私事数状片段的偶然呈示是不可能的，这一点，新写实作家相比已经明白，因为，他们迄今没有拿出与他们中短篇风格一致的新写实长篇来。范小青可算是一个突出的例证，她的中短篇是新写实的，在从事这路创作的同时，她拿出了三四篇长篇，而这些长篇却不是新写实的，它们更接近传统的现实主义。从近代文学史上看是否拿得出代表其艺术理想的长篇是最终断定一个文学流派是否成功的外在尺度之一，不知新写实作家们如何看待这一问题。

三是作家角色的还原。新写实的理想之一是作家的世俗化。作家已不是过去意义上的作家，他们和普通的读者一样，相信读者，不再给读者灌输什么，而让读者参与到作品创作中去。这种愿望自然不能算坏，但可能事与愿违。仅就中国读者的传统而言，一向对文人，读书人和写作人是相当尊敬的，对书本也充满了尊敬，读书、写书都挺不易，因而也很神圣，相信书本成为他们的先验的态度，读者自觉地把自己处于从属的地位。他寻找书、读书，第一目的就是寻找知识、经验和精神生活，接着，他也渴望进入书的世界，而作品以"凌乱"的待加工状态出现时，他会感到失望，精神上甚至会有偶像失去的危机和不安全感。就普通读者而言，真正地参与只是神话，因为事实上读者和作家不是同一层次和同一文化类型的人，强拉住读者参与只能使后者陷入懵懂和窘境，这种一厢情愿不知作家注意到没有。更为重要的是，文学和历史、哲学一样应是崇高的精神事业，它肩负有引导人民前进的责任，作家、哲学家等应成为人们精神事业的工作者，对全民族素质文化的提高、对社会文明的建设负有不可推卸的历史使命,他们应该向安珂一样引导民众走出愚昧的森林,尤其在中国这样全民教育还很落后、民族素质还有待提高的民族,侈谈"与民同乐"只能降格以求,取法乎下。因而,作家应有尊严感和进步意识,不是把自己还原到普通人,我们以为这一关系长期保持下去,它也在一定程度上激励作家不断前进,使自己处在民族文化的前列,而现在的还原可能导致现在的作家平庸化,这应当引起注意,我们现在尚无完整的作家学,更缺乏作家自身塑造的外在动因,其实,这应该是文学社会学的重要课题之一。

老人与散文

这些年来，大家关于散文的话题总是与诗相关，常讲散文的意境、散文的诗意，于是人们便沉溺于一派温柔、伤感与激动之中。其实，散文还可以以另一种笔调来写，冲淡、平和、古雅，如语家常，这是"老人的散文"。上了年纪的孙犁曾讲过一种观点，得到林斤澜等许多老作家的赞同："我现在经常写一些散文。我认为这是一种老年人的文体。"这话自然有绝对的地方，但结合他们的创作实践看，倒是提醒我们重视散文的一些似乎已被忘却的传统：第一是散文结体的自由。我们常讲散文构思要巧，其实，散文的另一面，恰恰是它的自由，如苏东坡所言，文无定法，如行云流水，行于所当行，止于所当止，信手写来不主故常，更不必讲什么机巧。我读《蒲桥集》（汪曾祺著）真是有漫步的感觉，汪曾祺写作平白如话，有什么，说什么，想到哪儿，说到哪儿。我抄一篇在下面：

人与自己的内心有多远

蜻　蜓

家乡的蜻蜓有三种。

一种极大，头胸浓绿色，腹部有黑色的环纹，尾部两侧有革质的小圈片，叫做"绿豆钢"。这家伙厉害得很，飞时巨大的翅膀磨得嚓嚓地响。或捉之置室内，它会对着窗玻璃猛撞。

一种即常见的蜻蜓，有灰蓝色和绿色的。蜻蜓的眼睛很尖，但到黄昏后眼力就有点不济。它们栖息着不动，从后面轻轻伸手，一捏就能捏住。玩蜻蜓有一种恶作剧的玩法：掐一根狗尾巴草，把草茎插进蜻蜓的屁股，一撒手，蜻蜓就带着狗尾草的穗子飞了。

一种是红蜻蜓。不知道什么道理，说这是灶王爷的马。另有一种纯黑的蜻蜓，身上、翅膀都是深黑色，我们叫它鬼蜻蜓，因为它有点鬼气，也叫"寡妇"。

从行文的方式上看，就是日常表达中的列举，把家乡的几种蜻蜓一一说过，自然作结，让你感到奇怪，就这么完了？就这么完了。这就是老年人的心态和思维的风格，什么都过来了，看得多了，不愿也没必要播弄机巧，顺乎自然，不假伪饰，老年人于其中有一种解放和自适的自由感。第二是散文的私人性。这是从题材和趣味上讲的，周作人以前也讲过这个问题，近期我读欧阳修文，也发现他总喜欢从自己的角度去看事物。手头的这本《蒲桥集》，社会性是弱的，写的都是身边事，重要的还在于汪曾祺丝毫不想由一滴水去见太阳，身边事就是身边事，他只写他所关心的，而不想从中发现什么重大的社会主题和人生哲理。谈谈吃，谈谈风物、市井，你认为这些太琐屑，但他就那么津津有味。其实，这不奇怪，老年人已从社会抽身出来，他们的生活圈子有自己的特点，私人性的增加是不可避免的，正是这种坦诚的生活态度和写作方式，可以见出他们的真性情。第三是非抒情性。这一点最突出，最敏感。我留心了一下，《蒲桥集》中大都是叙述句、说明句，描写句大都是白描，由于感情的淡化，影响到描写句的语言和修辞，很少大红大紫，更少夸饰性的修辞手法，自然、抒情的句子就更难发现了。非抒情的语言风格，我们从他的《蜻蜓》中可以体会到，这一篇很典型，在老年人的散文中有代表性。孙犁也写过不少这样的作品。抒情性减少反应出老年人心理世界中感情因素的变化。通常讲，年轻人感情总要丰富一些，老年人一来已从人生舞台的"戏剧"阶段退出，较少情感的刺激因素；二来由于心理反应形式的变化，即或有情感其表现方式也显得平和。所以，老年人散文的非抒情性就很自然了。汪曾祺最反感散文抒情，他在这本书的《自序》中说："散文的天地本来很广阔，因为强调抒情，反而把散文的范围弄得狭窄了。过度抒情，不知节制，容易流于伤感主义。我觉得伤感主义是散文的大敌。挺大的人，说些小姑娘似的话，何必呢。我是希望把散文写得平淡一点，自然一点，家常一点的。"

读《蒲桥集》，说老年人散文是基于这样的想法，散文与诗、小说、戏剧不同。后者是虚构的，抒情主人公和叙事人是拟想的，与作家本人并无命定的关系；散文是非虚构的，散文的我就理当是作家本人。所以，散文要真诚，真诚于自己的感受、思想、生活和状态，所以，散文是有"年龄"的。

人与自己的内心有多远

散文的雅与俗

周作人解放后写的散文因以前未能结集，所以反而不大容易读到。由于文化背景和个人心境的变化，周作人后来除了翻译、谈鲁迅作品和回忆录外，写的也不多，收在这本《知堂谈吃》（钟叔和编）中的篇什，竟几乎是他译著之余的大部分篇什。

以散文的形式谈吃，而且一谈竟不可换辔，开始让人觉得是不是太过分？太俗？但只要你开卷展页，便会有另一番感受。其实，中国古代文人本不避"俗"。不错，文人之本质在于雅，但雅的获得却时常是从俗开始的，如果一味地雅，太书卷气、太精致，反而会由雅而入"媚"，一"媚"就不可救药，那才是真正的"俗"！所以，有修养，心胸开阔的士人常常冲破陈规旧矩，不主故常，辞堂下殿而出入于世俗文化之间，以一颗平常心去体味、去把玩。激烈者甚至不惜放浪形骸，混迹市井，却反而能获取生活的真谛，共高蹈风神，是游移于书斋艺林的酸腐老儒所不能望其项背的。这是高手，由俗入雅，化俗为雅，非大胸襟不能为之，所以从来是历代文人所向往的。我们从周作人的写作里能看到这一点。因而，关键不是欣赏、摹写的对象俗不俗，而是作家如何对待，有没有去发现，去点化。

读《知堂谈吃》的散文，首先能体会到作者的一片乡思之情。周作人谈吃，从来不谈名馔佳肴，偶尔提及亦无半点企羡（《谈家宴》），倒是故乡的普通食物，令他难以释怀，如野菜、炒栗子、盐豆、臭豆腐，等等，这些食物都是家乡的日常食物，它们与故乡的日常生活、风土人情联系在一起，一谈起它们，故乡的风情便全自然而然地被带出来了。周作人少小离乡，后来除了短时回绍兴中学任教外，一直漂泊在外，但故乡景难忘，在故乡从小养成的口味也一直未能改掉。走遍大江南北，到头来，还是故乡的食物最香最美。这种偏爱事实上正源出于作家的一片乡思。因而作家谈吃，也就不是饕餮显摆，更不类名厨报谱，而是把对故乡的思恋揉进去，托物言情罢了。所以，《知堂谈吃》中这样的笔调是极常见到的：

春天来了，一眨眼就是春分清明，又是扫盆时节了。小时候扫笼来杜鹃花的乐趣到了成年便已消失，至今还记忆着的只有烧鹅的味道，因为北方没有这东西，所以特别不能忘记也未可知。在乡下的上坟席中，一定有一味烧鹅。……

(《吃烧鹅》)

一定要说水果也是家乡的好，这似乎可以不必而且事实上未必如此，所以无须这么说，可是仔细忽来，却实在并不假，那为什么不可以说呢？

(《甘蔗荸荠》)

周作人一向不太喜欢感情太露的文字，总是温和平静，然而就在这波澜不惊的平实之中，那份故园之思、桑梓之恋还是分明的，意于言外，该吃而又不止乎吃，岂能言俗？

知堂文章之妙还在于他内容的精博，不管说什么，他都要讲出点学问来，谈吃亦然。一种食物，一种吃法，他常常讲出其沿革、其风物、其掌故，本来极平常极凡俗的东西如此一来，就显出了博雅深思和情趣。

人与自己的内心有多远

读了《知堂谈吃》，最后赘言几句。散文的题材是多样的，以不加限制为好。有些看上去不能出文章的题材，只要你处理得好，反会有"柳暗花明"的效果。散文作家应是杂家，修养是第一的，他不应感到题材的束缚。

紫金文库

两种智慧

《菜根谭》在中国原本寂寞得很，但在日本却一直走俏，一版再版。现出口转内销，国人争相传阅。我们也寻来一读，因想起早些时曾看过的法兰西人拉罗什福科的《道德箴言录》，便一同拿来温习。

那绝对是两种智慧。首先是观念上的差别。《箴言录》对人的看法很不好，虽然未必称得上性恶，但言谈之中时时揭人之短，不留情面，即便我们时常认为的一些好的品性德行，在拉氏看来也是出于一些卑下的念头，如，"拒绝赞扬出自一种想被人赞扬两次的欲望""慷慨常只是一种伪装的野心，它蔑视那些小的利益是为了得到大的利益"。这些话都是十分尖刻的，令人无地自容。不过，平心而论，却也不无道理，因而拉氏看人应该说是比较客观的，说出上面一番话也有他不得已的一面。有时，善的目的带来的是恶的后果："勿骗人的意愿，使我们经常受到别人的欺骗。""对人们行

人与自己的内心有多远

太多的善比对他们行恶更为危险。"因此,人的行为总是善恶相济。那么支配人行为的根本目的究竟是什么?是激情。是利益。这两点被拉氏反复张扬:"我们的生命中断之日,才是我们的激情终止之时。""激情在人的心灵里源源不断地产生:一种激情的消除,几乎总是意味着另一种激情的确立。""利益在后面推动着所有种类的德性和恶行。"这些看法与中国传统就不同了。《菜根谭》的作者洪应明是个出家人,但很关心入世的事,并不粘着于佛,而是兼顾了儒道。然而不管哪家,于情于利皆曰不取,讲的是节情是忘利:"己之情不可纵,当用逆之之法以制之,其道只在一'忍'字。""人生只为'欲'字所累,便如马如牛,听人羁络;为鹰为犬,任物鞭笞。""富贵是无情之物,看得他重,他害你越大;……故贪商於而恋金谷者,竟被一时之显戮。"所以,《箴言录》所显现的人格是奋进、搏杀、营营不息;而《菜根谭》的人格理想是清贫、闲适、超然红尘,以入世心出世,以出世心入世,"从静中观物动,向闲处看人忙,才得超尘脱俗的趣味,遇忙处会偷闲,处闹中能取静,便是安身立命的功夫"。处世贵于退让:"争先的经路窄,退后一步自宽一步;浓艳的滋味短,清淡一分自悠长一分。"这里,人就能返璞归真与世无涉了。所以,《菜根谭》的乐趣就是处士的乐趣,与自然同化去寻觅造化的隐秘,在心与自然的契合的刹那间体会生命的情趣。

比起《箴言录》来,《菜根谭》一个很大的缺陷是不谈爱情和女人,而这两点正是《箴言录》很喜欢说的。女人在拉氏的笔下活鲜活跳,拉氏虽不时说些尖刻的话,但对女性的生命力和她们对男性世界无以抵御的诱惑依然不能掩饰他的赞赏:"大多数女人的精神更有助于加强她们的疯狂而非加强她们的理性。"爱情也被拉氏从众多的角度加以论断，如，"爱情如火焰一样，没有不断的运动就不能继续存在，一旦它停止希望和害怕，它的生命也就停止了。"再如："爱情只有一种，其副本却成千上万，千差万别。"下面一段更显得独具见识："在爱情中有两种坚贞不渝：一种是由于我们不断地在我们的爱人那里发现可爱的特点，另一种则不过是由于我们想获得一种坚贞不渝的名声。"相比之下，女人和爱情在《菜根谭》里谈得就近于无了。偶然涉及，也只处于陪衬的地位，是为了论证他者的技术手段，而且大多是反衬，处于负面的位置，因而陈腐不堪。如，"声妓晚景从良，一世之烟花无碍；贞妇白头失守，半生之清苦俱非""遇艳艾于密室，见遗金于旷郊，甚于两块试金石"。再如，"爱是万缘之根，当知割舍"等等。其实，中国文学艺术里头并不乏谈女人和爱情的，为何此书却缺匮如此？想来可能因它是一本讲如何做人的书吧。它本质上并不是文学，不是在做文章，而是在做人。这个概念一明确，问题就很清楚了。梁简文帝说过一句影响很大的话："立身之道与文章异，立身先须谨重，文章且须放荡。"他自己就是个例子，虽位为至尊，却有君子之风，然而诗极靡艳，倡宫体之风。当然，为什么谈到立身就不谈女人、不谈爱，这又关乎中国的文化传统了。拉氏谈人生，就不避讳，因而本质上仍然是观念的差别。

虽则说《采根谭》不是文学，但又不妨当作文学来读。它谈人生并不板滞，取譬设喻，旁敲侧击，言在此而意在彼，精彩之处不让诗家。它的大部分作品都可以作为对句楹联来欣赏，形象生动，对仗工整："心无物欲，即是秋空雾海；坐有琴书，便成石室丹丘""林间松韵，石上泉声，静里听来，识天地自然鸣佩；草际烟光，水心云影，闲中观去，见乾坤最上文章"。作者的古典文化功底很深，短短几句，有时能融儒、道、佛诸机理于一体，并使之以可感的形象出现，化脱前人诗句，活用旧籍典故，虽称不上点铁成金，但也能左右逢源。中国人讲人生，本来就提倡温柔敦厚，寓教于乐。作者是释家弟子，坐禅谈理，关键在一个"悟"字，若直道其详，耳提面命，就落了言荃了。《箴言录》就是法兰西人的智慧风貌了，显出激情与理性的强烈痕迹，通篇哲理性很强，褒贬肯否溢于言表，显得诗性不足而哲思有余。想来，两书之异殊依然是文化、类型的不同吧？好像听说西方人的思维是逻辑的理性的，而古代东方人则是象喻型的，不知确否。反正，东西方人关心的对象不同，关心的方式也不一样。

现在我们不知道有无格言作家，看到有些谈人生的文字，既无深刻的哲思，话又许人，毫无春风化雨之感，这也是一种缺憾。

审美课堂

关于"接受与发现"

传统的阅读学和审美学都非常重视接受,而且这一点也受到了许多哲学流派包括唯物主义认识论的肯定。在传统的教学活动中,学生一直被作为被动的接受者,老师也是如此,他们对文本的理解也是被告知的,自己的文本成长史也是如此,就这样一代代地传下来。中国的经学与外国的经学(古典主义阐释学)都相当重视这一点,对文本的接受与理解都要有根据,无一字无来历。这种观点也不是全无是处,它保证了文化的传承,传统的正点以及对先辈和经典的敬畏,保证了标准与趣味的纯正。现在的西方审美还有人坚持这一点,比如音乐中就有"原本演奏"——作曲家的原稿和他的注解,在此基础上理解作品,特别要求知人论世,传达音乐家的原意。为了达到这一点，甚至要求与当年相近的演奏环境和乐器，比如木钢琴。这种审美方式对审美主体的要求是很高的，要有相当的知识背景、人文修养。所以，不要狭隘地被动理解、被告知，如何以意逆志，维持传统的"保真度"，我们做得很不够，下的功夫很不够，对学生产生了很不好的影响。可以回过头去看看当年清华国学研究院是如何授课问学的，不是要大家再去做那样的学问，而是看看前辈是如何打基础，让文章不走形的。

这么说并不意味着就能够完全抵达文本，而是我们应有的一种态度和价值观，即承认并且尊重文本是有原意的，而且这原意是有意义的。只有了解了原意，我们才能与它对话，也才能在审美上与它往来应答。也才能有发现。接受与发现，原意与新义，六经与我，两者不能偏废。对这两者关系的认识不容易把握好。以前，太重视接受了，重视作品的本义了，阐释学的创始人之一施莱尔马赫说："一段文字的意义绝不是字面上一目了然的，而是隐藏在已经消退暗淡的过去之中，只有通过一套诠释技巧，利用科学方法重建当时的历史环境，陷没的意义才得重新显现，被人认识。换言之，作品文本意义即是作者在写作时的本意，而符合作者本意的正确理解并非随手可得，只能是在科学方法指导下，消除解释者的先入之见和误解后的产物。"这种观念在现代受到了挑战，随着认识论的发展，现代阐释学越来越觉得作者的本意是不易把握的，与其去追求那个虚幻的作者本意，倒不如尊重读者的创造性。于是读者在阅读阐释中的地位不断提高，而作者、文本的地位则日趋式微，先是罗兰·巴特说作者死了，接着是后现代宣布文本的客观性只是一个幻觉，这样，阐释就成了一个主观的任意性的阅读行为。这样的转变有必然性，因为现代社会对人的地位，对人的认识心理等方面的认识与以前不一样了。它对教育，对审美的发展也有推动。将学生，将审美主体极大地解放了，激发了认知与审美的热情和力量，一方面，文本的丰富性，它在当下语境中的重生被无限发现，另一方面，主体的能力，创造性也得到了提高和展现。发现即创造。

但是，任何一极都不能绝对。特别是我们的语文教学，我们学校教育阶段的审美活动中，我还是主张要有纯正的趣味，这是学生以后阅读与审美的可持续发展的前提。老师在引导语文的发现与创造活动中责任重大。要警惕虚无主义、平面主义，文化上的无厘头，自我膨胀与恶劣的个性化。

关于"语文的无限之美"

语文之美是无限的。语文之美有哪些可以说是无法穷尽，而且，它一直在发展、丰富和不断创造中，况且，有一个鉴赏者就有属于他的语文之美。

仅仅将语文之美作为一个审美客体，它就是无限而多样的。语文之美是人文之美，精神之美，气质之美，语文之美是生活之美，是被它表现的对象之美，自然、社会、心灵、人物、器物……语文表达了多少，就有多少美。语文之美是形式之美，这是语文之美中最高级的、技术的美。形式之美有这样几个维度，语音、语法、修辞、文体。

这些大家都知道，但要建立起对它们的美感不是一件容易的事。比如文体。汪曾祺说一个作家最高的理想是成为一个"文体家"，能开一代文风。诗经、楚辞、汉赋、六朝骈文、唐诗、宋词、元曲、明清小说，都是文体，韩柳的文章，苏轼的文词，也

人与自己的内心有多远

是文体。

现在的文体非常丰富,艺术的、实用的,传统的、现代的,书面的、口头的。实用的文体也有美,许多人忽视,比如广告,一些好的广告词相当美。还有口头的,口头表达也有文体问题,也有美。新文体不断涌现。特别是网络和手机出现后,博客文体,手机小说,段子,微博。微博的力量很大,微博的字数是有限制的,就那么一百多个字,要说清楚一件事,还要有态度,有立场,有感染力,是非常费脑筋的,是要当成"绝句"来写的。网络上的文体变化很快,过去,一个朝代才流行一种文体,现在几天就可以流行一种文体。比如最近的"元芳体"。据统计和评选,2011年网络的流行体就有十几种,"凡客体""咆哮体""淘宝体""高铁体""TVB体""Hold住体""蓝精灵体""怨妇体""撑腰体""王家卫体",还有"赵本山体"。网络上文体有它的流行、消费、商业、娱乐的特点,我主张宽容,它们美不美?等等再说,不要轻易否定。美不美,现在不是美学家们说了算的,现在是一个审美民主的时代,是人民说了算。美要筛选、沉淀,要有心理情感上的认同。以前,我们也不知道说明文可以写成《足下文化与野草之美》那样的,作者俞孔坚是搞园林设计的,也不是作家,我们选的时候也有犹豫,但学生喜欢,语文界也慢慢认同了。现在的实用文都是这样的趋势,科学并不与文学、并不与美为敌。现在是一个美化的社会,是一个日常生活审美化的时代,事物无美就不能立足。孔子说,言而无义,行之不远。真是这样的。语文真的是越来越重要了,特别是美的语文,是很受欢迎的。

美与美的表现都在发展。我举一个例子。过去都说,美是与技术不相容的。中国的语文之美是在农业文明中孕育出来的,缺乏表现现代的能力。其实西方也一样，都有一个古典与现代的矛盾。工业革命对传统的审美提出了难题。许多美学家都说工业是与美为敌的。高尔基曾经专门与青年作家讨论小说中如何写工厂，如何写机器。但这些年来这方面有了大的突破，"数字美学"已经作为一个比较成熟的美学类型出现了。数字技术本身可以成为美，还可以创造美。

过去，写机器都被认为不容易写出美，如今都是网络了、手机了，一切都人工化、智能化了，怎么办？但苏州有一个女作家，范小青，这几年写了许多这方面的作品。我觉得非常有意思，她为我们语文作品如何表现这个科技时代提供了经验，丰富了我们的语文表现力。她的这些小说写的电脑、互联网、手机、程序、私家车。这些事物是传统小说中不多见的。手机和电脑在小说中不是没出现过，但是，它们大多是一些道具，小说家们写到它们就同古典小说中书生们用笔墨写信一样。而不是像范小青这样，把它们作为灵感，作为小说构思的依靠，利用它们的功能展开叙事，开发小说叙述的可能性。正是这种关系，说明范小青在现代科技层面对小说可能性有了拓展。比如《我们都在服务区》，就是手机带来的故事，小说中的小官员桂平深受手机的困扰，他的状况很有概括性，离不了手机，又一直处在手机的打扰之中。可以说是爱恨交加。小说中有一个细节，写桂平嫌手机烦，一次开会干脆理直气壮地将手机扔了：

（桂平）两手空空一身轻松地坐在会场上，心里好痛快，好舒坦，忍不住仰天长舒一口气，好像把手机烦人的恶气都吐出来了，真有一种要飞起来的自由奔放的感觉。

人与自己的内心有多远

乏味的会议开始后不久，桂平就看到坐在前后左右的同事，有的将手机藏在桌肚子里，但又不停地取出来看看；也有的干脆搁在桌面上，但即使是搁在眼前的，也会时不时地拿起来瞄一眼，因为振动的感觉毕竟不如铃声那样让人警醒，怕疏忽了来电来信。但凡有短信了，那人脸色就会为之一动，或喜色、或着急，但无不立刻活动拇指，沉浸在与手机交融的感受中。

一开始，桂平还是同情地看着他们，看他们被手机掌控，逃脱不了。但是渐渐地，桂平有点坐不住了，先是手痒，接着心里也痒起来了；再渐渐地，轻松变成了空洞，潇洒变成了焦虑，甚至有点神魂不定、坐立不安，他的心思，被留在办公室里的手机抓去了。

手机因为它的无线与携带方便，无限地拓展了通信功能，不限时间和空间，只要手机在，你就无处可藏。同时，又因为聊天、上网、游戏等功能，手机又能丰富人的视听交际，将你从当下情境中分离出来进入你想进入的空间。但不管是哪种状态，我们现在都已经被手机绑架了。小说中，桂平的尴尬都源于手机，而小说中每一个环节的推进又都与手机的功能有关，比如开机、关机、通话、短信、情景模式、通话记录、通讯录、插卡（取卡）、来电显示、换号、停机留号等。桂平烦恼的是，接电话烦，不接电话又担心误事。他自以为聪明地将重要的电话特别是领导们的电话输入手机。"把和他有关系的大多数人物分成几个等次储存了，爱接不接，爱理不理，主动权终于掌握在他自己手里了。如果来电不是储存的姓名，而是陌生的号码，那肯定是与他没有什么直接关联的人，就不去搭理它了"。再"把领导干部名册找出来，把有关领导的电话，只要是名册上有的，全部都输进手机"。结果却因此在一次同学聚会中被同学看到通讯录以为他认识领导而惹出意外的人情烦事。用桂平自己的话说，纯粹是引鬼上身。

桂平经历了这次虚惊，立刻就换了手机号码，只告知了少数亲戚朋友和工作上有来往的人，其他人一概不说。结果给自己给大家都带来很多麻烦，引来了很多埋怨。但无论出现什么情况，桂平都咬牙坚持住，他要把手机带来的烦恼彻底丢开，他要和从前的日子彻底告别，他要活回自己，他要自己掌握自己，再不要被手机所掌控。

但在这个时代，人想战胜手机几乎是不可能的。小说接下来写道：

现在手机终于安安静静地躺在办公桌上，但桂平心里却一点也不安静，百爪挠心，浑身不自在。手机不干扰他，他却去干扰手机了，过一会儿，就拿起来看看，怕错过了什么，但是什么也没有。

桂平只能又换回号码。

桂平又恢复了从前的生活，手机从早到晚忙个不停。那才是桂平的正常生活，桂平早已经适应了这样的生活，他照例不停地抱怨手机烦人，但也照例人不离机，机不

人与自己的内心有多远

离人。

这是一个用手机演绎的故事。通过手机的功能，人物与外界的关系得以建立，而随着人与手机的互动，叙述不断向前推进，作品的意蕴也不断地丰富和深化。

范小青这方面的作品很多，新技术，新物件，拓展和改变了人的生活，也在改变人，人的丰富性因技术而产生和被发现，甚至产生了新的人格，新的人与世界的关系，就像这篇小说，包含生活中许多的人情物理。在我的印象中，这样的作品还没有进入教材，这是缺憾，因为我们生活中很普遍的很重要的一个方面在我们的语文教材中没有呈现。我们现在是不是先在课外阅读或语文实践活动中补补？

所以，我建议大家多关心当下的语文状况，关心生活中的语文，你关心一下，就知道这个世界语文在如何发展，有多么丰富，有美在不断生成。

紫金文库

漫谈科技阅读与人文研究

在我的读书生涯中，科技阅读的成分远远大于文学阅读。我在提到少年读书生活时，总会提到两本书，这两本书说出来与我现在的教学与研究似乎毫不相干，一本是《科学家谈21世纪》，这是一本图文并茂的科普作品，作者都是中国当时享有盛誉的科学家，如钱学森、谈家桢、李四光……现在想来，我很为这些科学家感动，因为那是一本为孩子们写的书，谈的是科学在未来还能为人们的生活做些什么，科学家们在撰写这本书时让人感到十分亲切、和蔼，甚至有一种孩童的天真，他们在为明天写作、为小朋友写作，也是为了心中向往的美好的人类生活而写作。我还记得另一本书，不，严格地讲是一套书，那就是《十万个为什么》。如果说《科学家谈21世纪》让我感奋激动的话，那么《十万个为什么》则让我严谨、成熟，它写得通俗、认真，讲的都是那个时代发生在我们这个世界上的事和环绕我们生活中的奥秘，并教会我们该如何科学地生活。

人与自己的内心有多远

　　随着年岁的增长,对科学当然不再似过去童稚的态度,但科学就在我们身边,生活中到处充满了科学,在文明社会,人们一旦离开科学就寸步难行,这确实是再朴素不过的真理。有些事物对于今天的人们来讲早已习以为常,以至于视而不见了。我曾经建议我的学生去读两本很不错、很有趣的书,一本是罗伯特·路威的《文明与野蛮》,一本是德博诺编的《发明的故事》,这两本都不是高头讲章,说的就是文明而科学的生活是如何建立起来的。我要学生看了以后谈谈自己的看法,我指出关键的就是把普遍看得严肃,把习以为常的都还原为来之不易,建立起"我们生活在科学之中"的意识。举两个小例子吧,保险能将不少人问住:第一个,城市排水系统,讲白了,也就是下水道是怎样设立起来的;第二个,拉链是怎样发明的。现在的人们谁还去注意这两种事物呢？但是罗伯特·路威会告诉你,没有排水设备的城市是怎样的肮脏！他讲了一个有趣的故事,在某一个古代王朝,没有排污系统时的城市曾经每户人家都挖有一条污水沟,整天臭气熏天,一位皇帝因楼板不牢,掉在下层的臭水沟里差一点淹死。附带说一下,厕所的发明也是一大贡献,中世纪时的欧洲巨都巴黎就曾经是随地便溺的地方。再说拉链,这是再小不过的东西了,但夸张地讲,它的发明却使人类的生活发生了划时代的变化,原先需要反复捆扎、反复钮锁的事物现在只要"刺拉"一下就成了,据说,现在拉链已用于医学中的外科手术,比如定期开放,以更换人工心脏起膊器的电源。

　　这实在是一些小例子,严格地讲,它们还是技术,还不是科学,但就是为了这些技术的发明,有多少人、有几几辈辈人在反复试验、皓首以求呢？更不用说为了科学而献身了,是的,在有趣的背后或同时,在进步的兴奋与庆幸的同时,存在着的是悲壮,是付出,是牺牲。所以,科学又是与人类精神,与人类思想的自由、民主、进步息息相关的。地球是圆的,在今天是一个简单的道理,地球绕着太阳转也是再简单不过的道理,但就是为了这简单的道理,有多少科学家为之痛苦地放弃了自己的宗教信仰、精神支柱;有多少科学家忍着良心的责备,忍辱负重地生活过;更有科学家为此而献出生命。科学与宗教、与神学、与愚蠢的习惯势力的斗争故事可以说上一大堆。不仅如此,还要意识到即使科学本身也是在斗争中成长起来的,派别的相左、新旧的交替,有时,就是为了那么一条简单的定理,也会使科学家献出青春与生命。一位老数学工作者就曾给我讲过这样一个悲壮的故事,希腊数学家毕达哥拉斯曾自豪地认为,任何一个量或数都可以用分数来表示,这就是我们通常讲的有理数,毕达哥拉斯学派贡献很大,自然,规矩也大,老师的理论是不容置疑的,后来他的学生希伯斯用正方形的边长去量正方形的对角线,其结果实际上是$\sqrt{2}$,它是不可能用整数、分数去表示的。希伯斯的发现是对老师的挑战,他实际上发现了"无理数",我们现在已经很难想象希伯斯当年的心情,它远不是我们惯常想象中的兴奋,相反,恐怕更多的是恐惧、是无奈、是痛苦,他将这个秘密在心里深藏了多年,后来,科学家的良知使他按捺不住了,他偷偷地告诉了他的同学,结果,他的同学向老师告了密,于是一个数学的天才,一个可以说在数学上引发了"哥白尼"革命的杰出青年被无情地捆绑起来抛进了爱琴海……我稍作详细地复述这一个故事就在于指出人们总习惯于思想史上斗争的酷烈,其实,科学史又何尝不是如此呢?了解这类史实,获得如希伯斯这样的科学理性与科学良知,应该是一个现代文明人的必要的素质吧?

现代科学已经发达了,我不知道,因为我没有做过调查,现

人与自己的内心有多远

在的青少年对它们知道多少,老师们又给他们讲授了多少,但我看过许多学校推荐的学生必读书目,深深地感到里面的科学著作实在太少了。当然,我绝对没有为"学好数理化,走遍天下都不怕"翻案的意思,但,青少年课外阅读中科学成分(我指的当然不是那些漫山遍野的习题集)的程度之低确实让我吃惊,自然,更不用说那些文科学生了。我不知道,这与我们民族的传统有无关系,大略地想一想,我们民族是有许多在科学上值得自豪的地方的,这一点连一些外国科学家也不得不承认。比如李约瑟与贝尔纳,前者曾在其巨著《中国科学技术史》里说:"中国人在许多重要方面有一些科学技术发明,走在那些创造出著名的希腊奇迹的传奇式人物的前面,和拥有古代西方世界全部文化财富的阿拉伯人并驾齐驱,并在公元三世纪到十三世纪之间保持一个西方所望尘莫及的科学知识水平。"而后者则感叹道:"中国许多世纪以来,一直是人类文明和科学的巨大中心之一。"(《历史上的科学》)四大发明不用讲了,即以数学而言,就值得细数一番,如我国古代的用算筹记数所采用的十进位值制、圆周率的发现、一次同余式的研究("大衍求一术")、负数概念、正负数的加减法、一次方程解法、"开方作法本源图"即"贾宪三角"、高次方程数值解法以及联立方程组及解法等。但是要知道,这些成就在当时是不被人们所看重的,即使是数学,在中国也是与实用和实验共生的,那种非经验非实用的纯科学思想及抽象推衍与之相较就微乎其微了。相反,从先秦开始,我们的一些思想家们、教学育家们都很少讲到科技教育。庄子曾说过一个寓言,意思是用机械从井中取水倒不如用瓦罐到河里舀水,为什么呢?用机械,人就有了"机心",就会想办法投机取巧,去做坏事,对庄子来说,教育本身就是不必要的,更不用讲科技教育了,最好是结绳记事,弃圣绝智。我曾在一篇谈读书的讲座里肯定过孔子,认为他要学生学点"诗、礼、乐、射、御",从诗中识点"鸟、木、虫、鱼"还是好的,其实,他对科技也是不通的,更反对学生去实践。先秦诸家中有点科技教育精神的人也就是墨子一派吧,墨子在一定意义上可以算作一名我国早期的物理学家,但可惜他的影响太小了,到了汉儒四书五经定于一尊,科技在教学中就整个地没有了地位。我说孔子讲从诗中学点鸟木虫鱼本来就不足,而到了董仲舒,就连这一些"生物学常识"也给歪曲了、舍弃了。他特别指出:"能说鸟兽之类者,非圣人所欲说也,圣人所欲说,在于论仁义而理之,知其分科条别贯所附,明其义之所审,勿使嫌疑,是乃圣人之所贵而已矣。不然,传于众辞,观于众物,说不急之言,而以惑后进者,君子之所甚恶也,奚以为哉!圣人思虑,不厌昼日,继之以夜,然后万物察者仁义矣。"(《重政》第十三)这种论点是相当典型的,即重人文而轻科学,清代的戴震是一位相当杰出的启蒙主义思想家,给当时思想文化界的震撼是划时代的,后来的影响也相当大,就是这样一位有识见的人物在谈及教学的内容时曾讲过这样一段自以为相当生动相当幽默的话:"六书九数之事,如轿夫然,所以异轿中人也。以六书九数等事尽我,是犹误认轿夫为轿中人也。"这段话里的一层意思就是说科技之类不过是抬轿子的,像我们这样做义理文章的人怎么能做轿夫呢?而是应该坐在轿子里的呀!造成这种局面是多方面的,也许与中国文化一开始的强大源头有关,比如儒道哲学的支配性的地位,直到宋明理学一路下来,都是人文学科,占住着强大的不可动摇的地位,我稍稍翻阅了历代大家在中国历代书院讲学的制度及学术内容,似乎总是碰不到科学技术。书院有点类似民间的学校,书院设立的目的,本来是为了纠正

人与自己的内心有多远

科举的缺陷,因为中国古代大部分的教育,围绕的都是科举考试,读书的目的是为了博取功名,弄个一官半职,封妻荫子,书院设立当在功名之外,应该讲点实际的东西吧?可是不,仍将"义理之学、修养之道"作为教育的中心。书院如此,科举自不用说了,中国古代选士任官制度有许多种类和繁文缛节,科举是其中主要的一类。学生为了在科举中登科及第,读的都是规定的教材,按现在的划分,应算做文科教材吧,也就是四书五经。本来,《易经》中是有许多数学天文地理知识的,但老师们采取的都是董仲舒的态度,科技内涵也就废而不置了,所以,中国文官制度培养出来的人大都不懂科技,事到临头,总是出洋相,李伯元的《官场现形记》中就描写过许多这样的场面。宋代王安石是一个改革家,曾看到这里面的弊病,主张改革,学点自然科学,但结果并未施行得下去。直到清末,中国那些长翎官员被西洋的坚船利炮打得抱头鼠窜,国力衰弱绝非四书五经所能救,改革才随着民主革命提到议事日程上来。五四以后,中国的一些启蒙主义者如蔡元培等人才十分注重科学的普及,主张引进"德先生"和"赛先生",这赛先生就是指科学,是英文"science"的拟人化的音译。然而,传统的改变是相当难的。现实清楚地告诉我们,即以当代而论,是局部的重文轻理怪胎之外更大的区域是顽固的"重文轻科",一种更内在更深刻的科学"贫血"。

要想从根本上讲清楚科学知识在我们知识体系中的作用和地位是很不容易的,要想讲清科学在人文学科中的意义、将我们传统文化中人文与科学的冲突在现代意义上予以弥合就更不容易了。也许,这要从科学的本质说起,一般而言,所谓科学,即人们关于自然现象和规律的知识体系,它是一种社会的观念形态,也是人类探索自然规律的文化活动。从这个一般的概念中我们看出了什么呢？在现代社会观念形态中，科学早已不是中国古代"轿夫"的角色，不是工具的，而是有关我们对世界的认识；有关我们对世界看取的角度和方法；有关我们与世界的构成关系，所以，自近代科学体系不断演化之后，首先改变的倒不是人的生活状况，而是人在这个世界的位置，人与世界的关系以及这些关系不断改革而对人们造成的精神上的震撼、改变，以及人对世界的应对方式和思维方式的重新构建，比如当地心说被否定后，"人"，这个当初被哈姆莱特大歌特颂的"万物的灵长"会不会有一种失望的张皇的感觉？事实上正是，它动摇了当时整个宗教伦理的思想体系。科学发展到近现代早已与哲学、与思想界密不可分，有时，哪是科学问题，哪是哲学问题，哪是思维问题已经说不清楚，也不必说清楚，更重要的是，不要去说清楚。比如，数学的发展早已不是《九章算术》的时代了，不管是集合论的公理化学派，还是逻辑主义学派，抑或是直觉主义学派或形式主义学派，他们所讨论的问题绝不是具体的运用问题，具体的数的关系问题，而是在讨论教学究竟是演绎科学，还是经验科学的问题，数学的研究对象问题，数学对象的客观性问题和数学理论的真理性问题……这些看上去又何尝不是哲学问题呢？再比如，物理学的革命对人们世界观的挑战，从伽利略的相对性原理到牛顿的绝对时空观，再到马赫、法拉第－麦克斯韦，最后到爱因斯坦的广义相对论和等效原理，终于揭示了时间、空间、物体及其运动之间的内在联系，丰富并深化了时空是物质存在形式的原理；揭示了物理世界各事物固有的绝对性与相对性，提高了人类对于绝对与相对的辩证关系的理解水平。爱因斯坦对人类的贡献是巨大的，当人们第一次听说整个空间不再是"刚性"的，而"柔性"的，在

人与自己的内心有多远

一定的条件下,时空结构不再是平直的、均匀的,而是"弯曲"的时候,那种惊讶简直是无法形容。说句实话,我确实是一个文科大学的毕业生,我的知识系统应该说基本上是人文学科的,但当我从《科学家谈21世纪》后走了一段科学的准空白而接触到爱因斯坦时,我又一次认识到了科学对我的重要,但这一次重要不再是少年时给我的直观想象甚至有时是顽皮式的捣鼓了,我认清了学科之间的联系,以思维为中介,人文学科与科学哲学碰撞后产生的智慧火花给我内心世界的烛照现在想来还鲜明灿然如在眼前。我永远忘不了哥本哈根学派的科学群星们,玻尔、海森堡,我会永远记住他们的名字。老实说,他们的著作我看得很吃力,可以说似懂非懂,我缺乏数学和物理学的基础训练和系统教育,但幸运的是,同时也是现代科学家们论著的特色,他们并不总在公式里打圈子,我清楚地记得与其说玻尔、海森堡的一些著作是物理学的,倒不如说他们是哲学的更为合适,他们对微观世界的神奇描述,尤其是他们关于认识的无限性和测不准原理的提出给予我对文艺批评和教学工艺的帮助实在是一言难尽。就我个人而言,我还要提到比利时著名科学家普里高津的耗散结构理论,我曾经直接运用这一理论撰写过文学论文。当然,作为科学哲学的著名人物,我必然要提到英国人卡尔·波普尔,大约是八十年代末、九十年代初,波普尔的著作被大量翻译到中国来,他的代表作《客观知识》《猜想与反驳》至今还是我案头经常翻阅的著作,他广博的知识、宏大的思想、敏捷的思维和汪洋恣肆而又严密的表达令我们那时的大学生们如痴如醉,从教室到图书馆、再到寝室,有谁不读波普尔呢?他对猜想的描述,对"反驳"的重视,对"可证伪"的强调以及他自己有关三个世界构成的理论多么令人着迷,我们原先有关主、客的二元对立被打破了,所谓三个世界的理论简单地讲就是，第一世界包括物理实体和物理状态的物理世界，波普尔简称之为世界1；第二世界是精神的或心理的世界，包括意识状态、心理素质、主观经验等，简称世界2；第三世界是思想内容的世界，客观知识世界，简称世界3。而且，要命的是波普尔主要致力于为世界3的客观性自主性和实有性作辩护，而我们则在波普尔的框架中争论文学究竟属于哪一部分，它与其他世界的关系如何……争得热火朝天，不亦乐乎，不少论文就产生在这样的争论中，当年的意气风发、思维激荡真是令人怀想不已。

读者可能注意到，我没有提到著名的新三论，即控制论、系统论、信息论，没有提到生命科学，更未提到计算机时代对我们社会及思想的冲击。一方面是因为篇幅的关系，另一方面，这些已是常识了吧？谁能否定他们对我们思维及文化背景的影响呢？谁又能否认没有我上面提到的科学巨人，这些边缘学科能够诞生并独立出来吗？我想最后阐发一下我这篇文字的立论的前提，我是以一个人文工作者，一位教育工作者来立论的，我曾对几位同行反复谈论过这样的治学体会，作为一名文学研究和教学工作者必须重视自己的科学素养，我的经验是，以思维和语言学科——关于语言学对我的帮助，我将在另一场合介绍，我将指出萨丕尔、洪堡、索绪尔、乔姆斯基、布龙菲尔德、蒯因、艾耶尔……对我的巨大启发。我以为，不管是哪一学科，它终将形成自己的语言，没有自己的语言，就算不上独立的学科，科学的革命表征之一就表现为语言的更替，这当然是一种"大语言"，控制论、系统论、信息论、计算机、遗传工程学，说穿了也就是以不同的"语言"为中介，打通自然科学为基础而建立起的现代科学哲学与古、现、当代文学的关系，结合自己的独有的个性和心理结构作出自己对研究对象的独特表达。我将这

人与自己的内心有多远

样的体会告知我的同行,我更希望现在的学生,特别是文科学生们能从中获得启发,重新调整自己的读书方式和知识结构。当然,作为对比和应答,我十分希望看到和听到理工科的研究者和教育工作者能谈一谈人文学科对他们的启发与帮助(难道没有这样的可能吗?请想一想达·芬奇、帕斯卡尔,当然也有中国的郦道元、沈括、苏步青、华罗庚、竺可桢、梁思成、钱学森……),中国有句古语,最辉煌的境界为"文理隆盛",如不在古汉语上理解这一成语,而将"文""理"分别视为文科与理科,那实在是非常恰当与理想的境界啊。

高产：中国作家的时代症候

　　文学与社会风气到底存在怎样的关系？恐怕谁也说不清。但是如果随便从两者之间找出几处相似的地方还是比较容易的。比如数字崇拜，政府官员张嘴就是数字，就是GDP、GNP，坐在一起，谁的数字大、数字多，谁就气壮三分。作家也一样在比，比数字、比印数、比版税。谁都看得出，高产正在成为中国作家的时代性症候，中青年作家的写作速度实在惊人，写作一部长篇比老母鸡下蛋困难不到哪里去。记得新时期文学曾流行过一个比喻，好像黄子平讲的，说创新像一条狗，撵得作家连歇下来撒尿的时间都没有。而现在的作家好像成了流水线上的操作者，只管机械地重复地工作。

　　我写故我在，不写就消失？

　　写作的快速度与高产量本身并不是坏事，如果这些数量同时

人与自己的内心有多远

意味着质量的话,但目前的情形恰恰是形成了高产与低质的鲜明对比。文学创作是一个复杂的精神生产,很难说得清楚数量与质量之间的必然的规律性的关系。没有一定的数量显然是不行的,要求作家每一部作品皆为精品也是不现实的。对一个作家而言,有时一定的数量可能是具有一定标高的质量的前提,因为从一个标高到另一个标高需要探索、积累与试验,这中间充满了曲折,甚至失败。问题的焦点在于,如果数量并不是建立在这种对创作理想的不断追求与尝试上,而总在一种低水平上乐此不疲地重复,那就是另一回事了。所以,放弃数量,十年磨一剑地追求质量的写作便变得更加有说服力。马尔克斯"写《百年孤独》想了十五年,写《族长的没落》想了十六年,写《一件事先张扬的凶杀案》想了三十年"。放在我们的一些青年作家那儿,不知写了几部长篇了。想到就写,写完就卖,谁有耐心如海明威那样仅《永别了,武器》的结尾就修改了三十九遍?

面对大师这样的写作态度,我们理应感到惭愧,所以最近余华在谈到欧美作家时这样感慨道:"他们是用写五本书的精力去写一本书,而我们的作家是用写一本书的精力写五本书,一年不出一个长篇就活不成了。"现在动不动就说文坛有浮躁之气,这种唯速度与产量是求的风气是最大的浮躁。为什么会这样,我以为不外乎"名利"二字。在一个商业化的符号化的社会,物的价值往往为在场,在现场。缺席就意味着被遗忘,被抛弃,意味着落伍与过时。于是,作家们,特别是那些缺乏自信心的青年作家就像明星一样,只得拼命炮制,用数量,用作品频繁地上市强化自己的知名度,维持自己在文学象征资本市场上的份额,套用笛卡尔的一句名言就是,我写故我在。至于利益驱动更是题中之义,名与利本来就是可以相互转化的，大量的作品必然会给写作者带来相应的报酬。特别是处在文化体制改革、作家队伍分化、写作者身份发生变化的今天，尤其如此。签约制中的数量要求，职业化写作的生存压力，社会生活质量指数的上涨，都迫使作家拼命追求数量。而按海明威的见解，这会很糟糕，他认为有很多办法可以把作家毁掉，而"第一是经济，他们挣钱""我们的作家挣了几个钱，提高了生活水平，这就麻烦了。他们只好为了维持家业、养活老婆等去写作，这就写坏了。不是有意写坏，是因为写得太快"。

大师的一本书时代

当这些作家名利双收时，广大的文学消费者却成了最大的受害者。当作者们将质量搁置在一边而拼命地追求数量之后，他便同时忘记了自己的职业道德。什么是一个作家的职业道德？我以为不管一个作家秉持着什么样的社会理想，不管他赋予文学怎样的社会与美学功能，其首要的前提就是认真、谨严和对读者负责任的态度。如果弃质量于不顾，一味复制，其作品与物质产品制作中的假冒伪劣产品并没有什么两样。但是，与物质产品的消费不一样，读者对文学作品的消费处于更加弱势的地位，他们的损失将因消费的滞后性、断续性、标准的相对性以及维权上的不可操作性而蒙受更大损失。因此，对一个偶然的写作者来说，一两篇粗糙幼稚的作品可能无所谓，但对一个自觉的职业化的写作者来说，则应时刻对自己的产品负责。马尔克斯就曾叙述过这种角色上的转变，他说自己在初习写作时"心情欣喜愉快，几乎没有想到自己要负有什么责任"，但随着写作生涯的增长，"写作已经成了一件苦事"，"问题很简单，

人与自己的内心有多远

就是责任心越来越强了。现在我觉得，每写一个字母，都会引起更大的反响，会对更多的人产生影响"。

一个时代、一个民族的文学并不是靠数量来说明的，而是靠经典、靠精品。对一个作家来说，道理也是一样的。所以，许多作家都不约而同地奉行"一本书主义"，马尔克斯就认为"一个作家只能写出一本书，不管这本书卷轶多么浩瀚，名目多么繁多"。什么才是马尔克斯的"一本书"？它们都是"使出了浑身解数，运用了所有的写作技巧才写出来的"。但它们的出现又不过是下一次的标靶，它的出生是为了作家进行下一次"击败它"的创作。不知道在我们目前的创作中，有多少作家坚持了这样的态度与信念，相反，我们看到的是另外的一种情形，蔑视经典，高举享乐，滥用写作的权利。

与其说是对速度与产量的质疑，还不如说是对大师的敬仰，因为时下的风气实在容易让人产生许多对立的联想。

"我没有被扼杀掉"

《人与事》是前苏联作家帕斯捷尔纳克的自传和书信集。帕氏是《日瓦戈医生》的作者，读过《日瓦戈医生》的人大概不少，若再看看《人与事》，就会知道这部获诺贝尔奖的名著来之不易。他们没有放弃自己的思想的权利，没有降低自己思想的质量，他们的贡献是令人骇异的，比如高尔基和阿·托尔斯泰，比如象征派、未来派、意象派的创作，比如形式主义、结构主义、语言学派的理论贡献，比如肖洛霍夫、索尔仁尼琴、艾特玛托夫的作品。不幸的帕斯捷尔纳克欣慰地对友人写道：

我不知道今后还有什么情况等着我，——大概，断断续续会有些意外的事相继跟踪而来，它们会通过各种不同的形式落到我的头上，但，不管它有多少，也不管它有多重，甚至也许它极其可怕，它永远也不会压倒欢乐，这种欢乐是用任何强制的双重性也掩饰不了的，不听从命运的盲目摆布，我有幸充分表现了自己，即表现了我们已经习惯于牺牲的东西，也表现了我们具有的最好的东西，作为一个艺术家，我没有被扼杀掉，也没有被践踏死。

　　通过《人与事》，我反复思考这位接受而又拒绝了诺贝尔文学奖的作家生成的原因，结论是：文化传统、人文激情、思想勇气。这样的概括可能是不精确的，或者说，它只能算是一种对中国作家和人文工作者所作的判断的折射。几十年的中国文学和思想界，缺少的正是独立的属于自己的声音，我们想着别人想过的问题，说着别人说过的话，别人几乎不用吹灰之力，便可以牵着我们的鼻子走，即使在现在，已经获得了思想的自由的时候，依然满足和习惯于贩卖重复别人的声音，表面的其言汹汹透出的却是深层的其音寂寂。

人与自己的内心有多远

看不见的手

从广义上讲,文学与媒体为伍可以说是一个传统,在任何时候,文学总是需要媒体为其张目的。当年左思著成《三都赋》,洛阳人家争相传抄,一时纸价飙升。这里有没有"传媒"在起作用?再如柳永,据说他的词作流行到凡有井水的地方辄有人传唱,这里面也少不了"舆论"的捧场,好像柳永本人也窥得其中奥妙,官做不了,就打着"奉旨填词"的旗号游走天下,这当然有不平、自嘲,但也有个"新闻效应"问题。这些老故事的"媒体"自然不是我们今天意义的媒体,因为严格意义上的现代传播范围内的媒体其诞生还是近一百多年的事。中国有报纸是在晚清,但中国最早的报纸几乎一开始就向文学敞开了大门,尤其为小说家们敞开了大门。中国现代小说之所以能兴盛起来,没有报纸是无法想象的。

在传统的思想观点中,媒体不过是工具,它并没有自己的独立性,也许,一开始的情况确实如此,但媒体在长大,到现在,谁也不能否定媒体的力量了。媒体总是善于整合社会的各种势力与策略，使之成为自己的"权力"，它通过培养和塑造一个社会的媒体人格与媒体心理来影响乃至左右社会。现代化社会的一个典型特征就是人们经验的来源再也不是"目接耳闻"，而总是借助于媒体，人们只知道媒体所告知的，除此之外，一无所知。人们就是如此地生活在媒体之中，生活在一个以各种视听符号组成的文本之中。事实发展到这种地步，谁也不能保证自己究竟是生活在一个真实的世界中，还是生活在虚拟的世界中。即使是后者，也只能认了，因为当媒体已然具备了支配力量后，人们非但不能与之抗衡，反而无法摆脱。

因此，在媒体如水银泻地无孔不入的情况下，文学当然不可能置身事外。媒体将按照经过它整合过的"媒体权利话语来言说文学，这样的言说首先表现为选择，它们挑选符合它的价值观的文学对象，那些被现代媒体看好的文学事件与文学文本，那些切合现代传媒消费心理的故事、场景与心情意绪，比如纪实文学、与媒体热点近似的话题，再比如文学家的行踪，文学家的个人隐私以及文学家之间的争论等等，媒体对文学之外的文学事件尤其感兴趣。其次，媒体将按照它的话语方式来"重新"表达文学事件，而一旦经过重新表述，文学事件的原貌可能不复存在。事情就是这样，因此，我认为，一方面我们当然应该承认媒体在传播文坛资讯方面的贡献，但目前媒体对文学的介入，已经进入到"炒作"的程度，当媒体投入那么大的精力去传播文学事件时只能使人们距真正的文学越来越远，以近年媒体集中炒作的"新生代"写作来讲，可以作如下简要的辨析：第一，随着社会教育程度的提高，写作者的年轻化是很正常的事情；第二，一些年轻的写作者并没有什么相似的写作立场，他们基本上是一些个个体行为，这一点他们本人也是这么认

人与自己的内心有多远

为的,因此,将他们捆在一起实际上是违反了文学批评的一般学理的;第三,由于这些个体基本上还是一种成长中的写作,其实成绩还未达到令人瞩目的程度,更谈不上主流云云,媒体对这些年轻的写作者的炒作确实带有相当的虚幻成分。尤其当媒体将读者的视线引向一些相当粗糙的作品时,便同时意味着将许多真正值得关注的文学挡在了视线之外。

问题是,正如我们所说,在一个无所逃避于天地之外的媒体社会中,人们自觉与不自觉地在媒体中浸淫已久,已习惯于按照媒体的思维方式、价值尺度与行为模式来处理自己的行为尤其是自己与外界的关系了,即使是从事文学或企图从事文学活动的人也莫不如此。君不见,作品半个字尚未看见,就忙着对媒体透露"消息"。神龙见首不见尾。受了一点假如不说别人根本不知道的什么"不平"与"委屈",便立刻要"通过"媒体来"澄清",甚至要"讨个说法"。好长时间不写东西了,憋得难受,于是就到媒体上转转,这儿做个"特约主持",那儿客串一下"特约嘉宾",要么接受一下"特约采访",实在不行,故作惊人语在媒体上对准什么主儿来一通"酷评"。如果真的有了什么,那就更不得了,召开"研讨会",发消息,搞专题,组织书评,联系改编,协商连载……现在的作家,对待这一行可以说是轻车熟路。在做着这一切的时候,作家们又大都无一例外地做出一副无可奈何而又疲惫不堪的样子,这样的姿态也许是矫情的,也许是真诚的,但其意义可能都是一致的,即都无法摆脱媒体时代的传播规律、市场规则与消费机制。当一个作家的创作不再仅仅是精神层面的薪火传承和个体灵魂的张扬,而是同时被视为一种特殊的产品与商品时,作家们就不得不按实际的考虑去行事,以便自己能有一个好的"票房",因此,现在的情况是,虽然根本的原因在于社会与媒体的合谋,但作家的媒体化也是导致文学加速度媒体化的重要因素之一。

　　这个问题还可以从另外的角度予以深化,当我们抱怨媒体犹如一只看不见的手掷骰子一样影响和改变着文学时,我们可能忽视了潜藏着的另外一些问题,比如媒介对文学的作用,因为说到底,现代媒体之所以成为可能,也是因了媒介或者媒质所提供的支撑。应该认识到,文学的存在方式从来就不是恒定的,将文学看作语言的艺术就以为揭示了文学的存在方式其实是一种大而化之而又抽象的说法。因为,作为具体的文学,它的生产、传播与消费总是受制于一定的文化环境包括一定的物质水平与技术水平的。说文学是语言的艺术是从媒介上对艺术进行划分的结果。要知道,语言本身也是需要媒介的,而这个媒介又是历史的变化着发展着的。从这个角度看,我们通常所讲的文学革命可能会赋予新的涵义,因为从传播文学的立场出发,文化革命的动力之一,常常就是媒质的变化。专家们说,人类文化迄今为止已经过了若干次重大变化,而每一次重大的变化又无不因媒介而起,从结绳记事到丝帛竹简,从古代印刷到现代印刷再到广播影视,无不如此。仔细想想,在这变化的媒质环境中,文学的存在方式确实不一样。现在的计算机,尤其是互联网又是一次革命,这场革命对文学的影响好像有人注意到了,有人还没有注意到。即使注意到了,好像还未达到应有的程度。当每个人都有着真正的网上发表的可能时,文学传统的尊贵就彻底消除了,它像日常的口头与书面交流一样,成了十分自由却又自在的事情,它可能最终导致文学标准、文学惯例的崩溃,到那时,我们还能到哪里去按图索骥寻找心中的文学?文学将自然而然成为媒体中的一个板块。

　　也许,一切都将改变?也许,一切都已改变。

人与自己的内心有多远

什么时候开始文学创作是适宜的

什么时候，或什么年龄开始文学创作是适宜的？这看上去是个伪问题。之所以还想说一说，是因为国内某刊在去年新开了一个专栏："全国大学生原创小说展"。显然，这个栏目与这几年文学界包括一些刊物、出版社与团体对写作反智化、娱乐化与低龄化的认同和倾斜存在立场上的分歧。

我在想，大学生，包括研究生，这个群体从文学人口或文学创作的潜在角色来讲意味着什么？仔细分析一下，起码有这么几点。一是这个群体对社会已有一定程度的认识，在人生经验与自我认知上已有相当的积累，并已形成了初步的世界观与自我意识，这对于文学创作来说，是相当重要的。二是大学生经过完整的义务教育阶段，开始专业化的教育，具备了较为完备的各科基础知识，可以选择自我发展的道路。第三，那就是对文学已经有了一定的积累。

对文学有了相当的积累，对文学传统有了清醒的认识，同时对自己的审美趣味也有了自觉的判断等都是从事创作时的一些基本前提。最值得引起警惕的是自己的审美假象，许多少年作者看到某一时尚的写作，趋之若鹜，一时性起，有了表达的冲动，但这样的欣赏与表达实际上是不真实的，它并不是从自己的内心，包括性情、气质以及各方面的积累而生发的，相反，可能受到过多的外在因素的刺激、影响和诱惑，因此，不少少年有过一些"成功"表达，但当他试图继续下去时，却发现再无可能，甚至，不少人对自己曾经的行为都感到了厌倦、可笑。前些年，有些人曾作过80后少年作家群的跟踪调查，令人惊讶的是，一两年后坚持写下去的竟不到10%，这是江郎才尽的当代版本，它显示的正是不成熟状态下审美的虚幻。一个在审美上缺乏自觉，一个在文学传统上缺少积累的写作，对文学来说，可能是一种灾难。几乎所有80的、90的少年作家都在文学上持反叛的、革命的态度，因为他们几乎是一些赤贫者，所有文学财富的拥有者都是他们的敌人，而这种财富不是通过掠夺能到手的，最简便的策略与方法就是改变标准，无视标准，令财富成为废物，文学要件不再是从文者的财富，年轻成了唯一胜出的砝码。当一个社会的文学都由一群与中小学教育若即若离的少年来唱主角时，它的水平可想而知。

　　之所以对这个问题说这么多，倒不是说只有拿到了大学或大学以上文凭才可以从事文学创作，而是说，文学界，特别是出版与报刊等文学传媒在哪个年龄段、哪个群体来倡导文学创作，必须有理性的思考。是上移还是下移，涉及的因素其实是很复杂的，比如，在现代教育体制建立前后，这样的思考可能会不一样；文学创作上商业性与文学性孰轻孰重，回答不同，思考也会不一样；是将文学看得高于一切，还是更重视人的全面发展，也可能导致不一样的答案。这样来看，鼓励大学生进行文学创作显然是理性的，它更强调人的全面性、文学的自身发展与文学表达的责任。同时，这对大学的人文教育也有莫大的好处。不一定要将个体作为专业作家来培养，而是使其懂得什么是文学并在这种活动中获得幸福、得到净化，这才是对文学基本的认识与实施文学活动的目的。自从改革开放特别是市场化进程全面启动以及大学教育不断普及与扩大之后，中国的大学普遍存在着功利化、科学化的倾向，相应地，就是大学教育对人文学科忽视与在人文精神上的缺失。这一问题自上世纪九十年代虽为有识之士所共识，但至今在解决方案上仍苦无良策。事实确实如此，如果一个社会的状况得不到改观，要指望大学在根本上改变这种局面是不可能的。但是问题的另一面是，我们可不可以从小处着手，从外部着手，从日常渗透做起，比如，大学与大学以外的力量联合起来去培育一些小气候，去酝酿一些小氛围。我以为，从最常见的文字入手，从成本最小的、资源最大的、人文含量最为丰富的文学教育入手，不失为一种辅助的手段。

干涸的河床

多种新闻媒体纷纷报道,黄河断流了。黄河断流对其下游生态及经济可能产生的后果当不言而喻,而我接着想到的是这一消息和现象的文化隐喻。黄河曾孕育了古中国的文明,因此,黄河一直是被称为中华文明的母亲河。但她不可思议地断流了,作为一种象喻,我尝试这作出这样的文化阐释:或许,经过漫长的艰辛哺育与劳作,她已经疲惫不堪了?她真的苍老了,无力承担对现代文化的养育之职?或许,是她的儿女们拒绝她?现代文化是一种新的文化?或者说是一种意欲摆脱母体的文化?或者说是已经断了乳的文化?或者,从根本上讲,现代文化就不是黄河的儿女?……总之,作为主体的现代文化拒绝她作为"既往"文化的滋养。

这两方面的联想与诠释都可以引发出相当严肃的学术命题,事实上也正是如此,传统文化的现代创化以及两种文化的历史性断裂与衔接正在当今文化界的理论土壤上萌动。就我个人来说,我倾向

人与自己的内心有多远

于将黄河断流作第二种文化阐释,也许,这与我的写作方向不无关系,因为在文学界、尤其是在写作界,拒绝传统正在成为一种普遍的现象,在这个意义上,文学呈现为一种人为的断流。记得早在十几年前,有青年作家自称不读《红楼梦》,几乎要引得举国哗然,其实,那还不过是对文学长河中某朵浪花的拒绝,到而今,则是对整个文学源流的排斥与漠视。作为一种对文学史拒绝的基本态度,它弥散在写作与批评的各种表征上。在写作界,一个突出的现象就是对汉语特性传统的弃置。我以为,作为一个写作者他首先必须热爱自己的母语,母语不仅仅是一种表达工具,更重要的是,在本体论的意义上,她意味着文明、意味着人文精神的存在。之所以说语言是人类生存的家园,道理也就在这里。因而,每一个写作者都要精心地研读她、深入地了解她、全力地保护她,并通过自己的写作不断地给她以新鲜的血液和养分,以使她永远充满活力与生机,我们所要做的绝不是相反,绝不能任由病态的方式侵害母语,甚至加入到这种"语言暴力"之中,从而造成母语人文精神的丧失。我们的一些青年作家令人费解地轻易认同了因世纪之交而出现的种种非汉语精神传统的商业化、日常化、异域化、粗鄙化语言方式,无论是从精神抑或是从技术上都放弃了汉语几十年的写作姿态,甚至放弃了自新文学以来前辈作家的艰苦努力,使得"五四"以来的现代文学运动呈半途而废之态,从母语的延续、发展与生成来说,我们本来就是相当脆弱的,尚未解决好自己精神的本体立场的白话文写作的新传统真是难以为继了。

对此,批评本应该有审慎的批评姿态,但是令人遗憾,恰恰相反的是,我们的批评对此竟滥用赞辞。本来,批评作为一种理论操作形态和审美判断方式应有自己谨严的体系与标准,有自己学理上的规范，这些形态、标准和规范从根本上来说当然来源于文学史，比如什么是小说？什么是诗歌？什么是"文学性"？甚至在大众朴素表达中的什么是"好"的小说？什么是"糟糕"的诗歌？……都是由文学史上无以数计的写作实践与阅读以及它们历经沧海桑田的互动关系铸造而成的。这里，既有普遍的价值评判体系，也有用以比较的个别典范。因此，任何批评都是建立在文学史的"公共话语"基础上的，即使再个性化的评判也不得轻率地违背"公理"，而现在的批评恰恰无视这些，它们是背对文学史的批评，写作已经如上，批评又推波助澜，终于出现了中国当代文坛上的"黄河断流"。

　　对此，在一篇随感式的短文中我无法深究，但我以为，在一个商品化、功利化的社会里，人们注重的是当下，是表象，人们已无须历史、无须经典，所以，"断流"当是"无深度"的一个典型现象。不过，我同时认为，对精神领域的写作与批评来说，拒绝过去、传统与经典都会使自己"失重"，河床的干涸将会导致沙漠化，对自然界如此，对精神界当然也不会例外。

人与自己的内心有多远

大树下的写作

这曾经是我拟想中的一篇长篇论文的题目。当塞林格来到中国时，我就想写它，那还是在八十年代初，接着，马尔克斯来了，后来，博尔赫斯来了，再后来，是罗布-格里叶、是昆德拉、是尤瑟纳尔、是奥维尔……每一位远方客人的到来，都会引发一个、几个或一群的追随者，从而构成了中国文坛的一大景观。我想，在这个题目上花点力气，搞得严谨一些，是不是可以搞成一个比较文学的课题？即使气力不济，搞稀松了，哪怕只流于事实的陈述，也会勾勒出现象间的因果关系，至少也可以交给读者一份中外文学的"联络图"。但我最终还是没有写。没有写，证明我本质上是一个很平庸的批评写作者，我没勇气点破那被认为掀起了文学旋风后面真正的风源，没有勇气说明那些贴着"独创性"的标签的作家有许多只不过是一些赝品的炮制者，我当然更没有勇气将中国的文坛尤其是小说创作描绘成一个批发市场，一个拆零组装、抛弃了祖传手艺以后改换门庭而热衷于洋货的手工作坊。面对这个题目，我无数次地想到安徒生，想到那则著名的童话，我想假如我亲临童话的现场，我即使不是一个"皇帝的新衣"的称赞者，也将是一个知道真相却熟视无睹的缄默者。

　　现在，当代中国的小说写作已蔚为大观，我这个原想写作的题目已经有不少人做过了，但却都不是我拟构中的做法，而是从"正面"去说，比如说马尔克斯和博尔赫斯对中国小说创作的影响与贡献，这当然是聪明之举，但其"舆论导向"的负面性恐怕也是不容忽视的。现在的中国小说界，尤其是现在炒得正火的新生代、晚生代写作群，大都是通过阅读域外小说走上创作之路的，如用较为形象的语言去描述他们的写作状态，可以在一开始就将他们形容为一群"游荡者"，他们毫无留恋和羁绊、甚至是带着排斥的心理走出现实生活的，他们来到了域外小说之林，他们在这里徜徉、浏览，然后，有的在这棵树下站站，再到那棵树下歇歇，而有的则索性坐到一棵大树下几年不挪窝。他们在这些大树下写作，画成这些大树形象的纸片被纷纷放飞到这园林之外……

　　这几乎是一则童话了。我曾以理解的心情就这批写作者为对象说过类似的话：对晚生的写作者来说，他们既是幸运的而又是不幸的，他们既贫乏而又富有，但两者相较，后者当甚于前者，他们面对的是林林总总的已经崛起的文学之林，开放的文学时代使他们在拥有的同时又被笼罩在先行者的阴影之下，而且不断的文学"革命"使他们目瞪口呆，现实生活又处于既失范而又无"故事"的岁月，远离近距离的文学背景、远离消解了诗意的当下生活成了他们不约而同的姿态。但这样的姿态对一个自觉的写作者来说实际上是值得深刻反思的，我们不能因为面临如此的写作环境就轻易地放弃

人与自己的内心有多远

了自身的探索而远遁到异域的文学大树之下,至于将"仿作"作为写作的"本体论"的方式就更需要质疑了,我们的一些写作者与批评家现在总是有意无意地对一些文学常识视而不见,一则古老而又古老的写作法则是,写作总是从模仿开始的,而写作又要超越模仿的,远方文学之林的东西并不是一个写作者的长期避身之所,人们称赞的是那些既有广泛积累和借鉴而又在尝试于现实生活的土壤上培育自己的文学植株的作用,事实上,就是在晚生代作家中,也不乏对此有清醒之认识者,并时刻警惕自己在这样一个异域文化文本如潮般涌入的时代坠入到"复制式"写作的泥淖之中。我在近期的一篇论文中作了这样对比性的阐述,晚生代作家们所要采取的写作姿态不是"躲避",不是寻找自己的藏身之所,相反,他们需要的是"突围",突围是一切后来的写作者所要采取的必然之举。在突围中,你将遭逢一处又一处的文学之林,那些文学之林中的大树可能成为你辨别方向的坐标,在不停歇的突围奔进中,你将认识这些大树,借助这些大树,又不断迈越这些大树,远离这些大树,而当你坐在了大树之下,甚至以树为家时,我们将只见树木不见人,而你也无法到达自己的园地,更无法拥有属于自己的大树。

　　夙想中的一个课题如今只剩下了几句随感,不过,也算是个了结吧!

紫金文库

文体、文学生态与夜的生活

最近参加一位先生诗赋体散文的研讨会，很为他的精神感佩，也产生了一些想法。

一代有一代的文体，这是毋须置疑的，前人也早有论述，但是，我们应该有比前人更宏阔的视野。文体并不仅仅是一种形式，它在本质上是一种表达方式，不同的文体对应着人类不同的表达诉求，同时又是人类生活的对象化，是生活与情感的高度抽象与程式化。作为赋，同样如此，它整齐的结构是自然与人类社会规律与节奏的对应；它的非凡形势与华丽的辞藻既是人类生活的写照，也是想象与愿望的表现；它的细致描写、穷形尽相反映了人对世界的认知，它的铺张扬厉、踵事增华则不但是知识的积累，也是一种求知的态度，而它的韵律则如同诗歌一样，是人在情感表达时的自然选择；它对语言的追求，对修辞手法的大量运用反映了人们对语言表达的不断开拓和对世界人工化、工艺化的用心；而曲终奏雅的讽喻

人与自己的内心有多远

无疑是表达现实关怀的忠厚之道。这样的文体为什么自唐宋以后就边缘化了？以至于到今天已经成了难得一见的稀有物种了？

不仅是赋，许多古代的文体都已经渐行渐远。当我们今天开始意识到我们的许多物质的与非物质的文化遗产需要保护的时候，有谁去想过那些曾经灿烂辉煌过的古代文学文体，那些曾经与我们朝夕相处、承载了我们的悲欢离合的表达方式？文体的衰亡是惊人的，相比起古代的文体样式，我们现在不是多了，而是少了，如果按照我们对文体的上述理解，这样的局面意味着什么呢？意味着我们感觉正在退化，个体间的经验与情绪正在同化，对不同的事物的表达的区分度已经越来越小，甚至已经大比例地相互替代与置换。总之，一句话，表达的差异变得越来越不重要，相反，速度与可格式化才是表达的最大的功利性选择。这实际上是一种非常糟糕的人类精神生活状况，一种令人担忧的语言表达前景。我们已经在许多领域觉醒了，但是在文体上还很迟钝，这实际上是一个文学生态的问题。文体是平等的，一种文体就是一个文学物种，每一种文体都有存在的理由。从文学表达领域来说，文体的衰亡是惊人的，我们现在拥有的文学文体实际上是极其有限的，它最终将会导致文学表达的单一与文学文体表达功能的衰退。

对古代文体在现代生活中的意义人们往往都看它不相适应的一面，这是对古代文体表达功能丰富性的漠视，也是对人们现代生活多样性的简单化。日本美学家今道友信特别重视从美与艺术在人类生活中的作用的角度去理解它们的性质与功能。他将日本人的生活分为地上、地下与白天、黑夜，他说："在日本人长久模仿植物的审美意识中，即使他现在的某一天、某一周、某一月，不，某一年甚至几十年几乎全部被激烈的日常劳动剥夺了，但我们清楚地了解那不是人生的全部。……其自身是隐藏在生活的遥远的地平线下。"他认为"真正具有意义的世界，是自身的夜的世界。……在夜的世界，丰富的趣味的地平线扩大到令人吃惊的地步，在那里就像树木的群落中古老的经过几百年的巨树在与发芽的幼树共呼吸一样，人们一回到他的趣味的世界，便运用几百年甚至是一千多年前的古语来创作俳句和短歌。正像树木的群落一样，那是历史的动力仿佛消失了的古语作为静悄悄的植物语言在交互鸣响的游戏的世界"。他在另一个场合则将这一看法发挥得更加广泛，不仅是俳句这样古老的文体，连同民俗、节令，服饰与游戏，都是日本人夜的生活。我想这一看法是不是能有效地解释古代文体之于当代的意义呢？

我当然不是提倡大家去写赋，而是应该拥有多样的文体，拥有夜的生活。

人与自己的内心有多远

作家的阅读

文学阅读的方式是多种多样的，每个人都可能在不知不觉中被教会某种方式，这种方式既是一种通道，同时也可能成为一种阻隔，有时它会让你苦恼不堪，不过当你在惯常的方式之外获知一种新的方式时，其惊喜真是无以复加。

我是在无意中看到雷蒙·卡佛的高足回忆其老师的文章的。作为一个书面表达的大师，雷蒙·卡佛却拙于言辞，在写作课上，卡佛总是不断地让他的学生去反复读他推荐的作品。我十分惊讶卡佛置作品的主题于不顾，而是耐心地用他断断续续的片言只语告诫他的弟子们去注意那些细节。

我将卡佛的阅读方式称为"作家的阅读"。在以后与几位作家的交谈中，我知道这种方式确实不是偶然的。在说到某部作品时，他们很少去作那些几条几款的原则概括，而是深入到作品内部，一下子便具体到某一章节乃至某一语段，细微到诸如语感的节奏、文字的搭配、语词的色彩、句式的变化。有时，偌大一部作品，在他们的眼里口中只剩下那么几小块，他们甚至常常在几句话上流连不已。

这种方式与我们惯常的方式形成了鲜明的对比。我们往往强调概括和综合，当进入具体作品时，我们总习惯于依照一些原则或规范总结出诸如题材、主题、人物性格、典型等，并竭力将它们纳入自己所熟知的话语中进行谈论，轻驾熟路，滔滔不绝，殊不知，作为具体的作品正离我们而远去。

必须提到弗·纳博科夫的《文学讲稿》。与卡佛不同，纳博科夫不但是个出色的写家，而且善于辞令，与卡佛简约的点拨有别，纳博科夫给他的弟子上起课来总洋洋洒洒，然而，丰约虽异，却殊途同归，他们所看重的都是作品的具体的构件，都提倡认真地细读作品。《文学讲稿》汇集了纳博科夫课堂上讲析名著的讲稿，开宗明义，首先他阐述了对文学阅读以及什么是一个优秀读者的看法，下面一段话也许是对"作家阅读"的最好说明："我们在阅读的时候，应当注意和欣赏细节。如果书里明朗的细节都一一品味了解了之后再做出某种朦胧暗淡的概括倒也无可非议。但是，谁要是带着先入为主的思想来看书，那么第一步就走错了，而且只能越走越偏，再也无法看懂这部书了。"他举例说："拿《包法利夫人》来说吧：如果翻开小说只想到这是一部'谴责资产阶级'的作品，那就太扫兴，也太对不起作者了。"纳博科夫强调指出："我们应当时刻记住：没有一件艺术品不是独创一个新天地的，所以我们读书的时候第一件事就是要研究这个新天地，研究得越周密越好。"

《文学讲稿》可以说是这种"欣赏细节""研究周密"的典范。在讲析简·奥斯汀的《曼斯菲尔德庄园》时，仅作品的第一句"大

人与自己的内心有多远

约30年前，亨廷顿的玛丽亚·沃德小姐……"纳博科夫就用了整整三页，详尽地谈出了自己对这一句话所包含的时间、空间以及人物命名所隐含的人物性格和境遇等的体味。对卡夫卡《变形记》的解读更精彩，他将作品分为几十个场景，然后一一加以"评点"，对一些他认为重要的语段则停下来，反复地沉潜含玩，必欲穷其底蕴而后止。在这些地方纳博科夫所显示的对同行"文心"的理解以及那独具个性的体悟时时让人拍案叫绝。比如，在谈到格里高尔变成了甲壳虫时，纳博科夫饶有兴趣地问道："突然变成的那个'甲壳虫'究竟是什么？"经过对作品的反复研读，并调动了自己的生活经验之后，纳博科夫惊喜地发现"甲壳虫在身上的硬壳下藏着不太灵活的小翅膀，展开后可以载着它跌跌撞撞地飞上好几英里。奇怪的是，甲壳虫格里高尔从来没有发现他背上的硬壳下有翅膀""发现这一点令纳博科夫十分自得，他高兴地对他的学生说："我的这一极好的发现足以值得你们珍视一辈子，有些格里高尔们，有些乔和简们（这两个名字在英语国家中很普遍，代表普通的男男女女）就是不知道自己还有翅膀"。这已经不仅仅是在讲文章，而是如钱锺书先生所说的"技痒难熬"，在作即兴发挥了，叫人忍俊不禁。

我不知道我们通常的阅读方式应该称为什么。但我清楚地记得那是大学讲坛上的勤勤恳恳的老师教给我们的，他们都很有学问，那这种方式可不可以称为"学问家的阅读方式"呢？令人遗憾的是在现在的大学讲坛上总是缺少有如卡佛和纳博科夫这样的"作家老师"。

紫金文库

纪实的不能承受之重

2011年的图书年终盘点以及各种图书排行榜这些天都在陆续出炉，一一看过去，虽然具体的书目有些出入，但类别及类别间的比例大致差不多，相比起几年前的阅读兴奋点，人们对纪实类的图书兴趣是越来越大了，它们在我们的阅读生活中的分量也越来越重了。

纪实是相对虚构而言的。如果从总体体量上讲，虚构类图书依然是大户，不谈别的，单那些类型小说就可用海量来形容，但人们读也就读了，到了年终算账的时候似乎就想不起他们了。为什么纪实给人的印象这么深，或者，为什么人们对纪实给予这么多的关注与信任？这大概不是具体的图书能解释得了的，而应该从社会生活与社会心理的变化去说明。不能不说，现在的社会生活变化太快了，快得人们无法把握，无法应对，而且其变化的强度大大地超过了人们的想象力。过去，人们之所以偏爱虚构，是因为生活的节

人与自己的内心有多远

奏太慢,因而总希望在生活之外去寻找新奇与陌生,但现在,恐怕再好的想象力也会落后于生活。想象还在,但悬疑、奇幻等这样的想象是在想象之外的,人们不会与它较真。社会心理的变化可能更大。"文艺"已经成为一个尴尬的词汇,而虚构怎么也摆脱不了文艺的影子。不是说人们已经不再需要情感的慰藉、灵魂的交流与文字的抚摸,但却不再是过去的过度的抒情或一惊一乍的叙述,如同不是人们不再需要吃饭,而是口味变了。像2009年的《我与父辈》和今年的《这些人,那些事》,都是文艺人写的,又都出于本以虚构为职业者之手,但叙述方式与腔调却有大变化。阎连科很少写散文,从未有这样叙述对象集中的长篇纪实,而其所表露的情感与心事更与他的虚构作品大相径庭。他对父辈的敬重与缅怀,对己身过错的苛责与忏悔,使每一个读过的人都于心戚戚。而吴念真也从"编"剧中抽身出来,看上去文字气定神闲,但往事中那些刻骨铭心的细节仍令人动容。这些都是不能让人轻慢的。

当然,对纪实的倚重与信任还是缘于对真相的渴望和焦虑。按理说,现在是一个资讯非常发达的社会,传媒也不能说不先进,特别是互联网的加入更使得这个世界上每一个角落发生的事都如在目前。但吊诡的恰恰就在这里,看上去的发达却反而"事故"重重,透明却如雾失楼台,越想知道真相,真相却总是神龙见首不见尾。比如,不管是世界还是中国,2011年那些令人震惊的"大事",真相是什么?谁能说自己知道,并且又能使别人信服?显然,"反正我信了"这种简单化的表白是不能解决问题的。这种心理的放大又使人们对以往的经验产生了怀疑,对整个社会传承产生了"狂人"式的反应。怀疑,成为这个时代唯一真实的心理现象与话语模式。于是,重新叙述与打捞不得不开始,纪实不仅负担着现场的传达,还要负担对往事的再现与甄别。这样想来，纪实是不是有不能承受之重？如果仔细考究，问题真的不少，因为真相是没有标准的，人们对真相的追求也是没有尽头的，而且，真相如何呈现？真相是记录的，发现的还是创造的？叙述者对真相又该如何介入？谁能左右社会的记忆？

人与自己的内心有多远

文学，让我们"文学"地对待

在一个泛文学的时代，在一个新兴文学不断漫溢出传统文学边界的时代，在一个几乎人人都是写作者的时代，我们如何谈论文学？这是一个问题。

不能不说到上世纪八十年代，那是一个文学回归的年代。也是在文学上"拨乱反正"的年代。因为那个年代，人们重新认识到了文学，重新认识到了文学经典，更重要的是在古典诗学与现代西方文论的双重滋养下学会了以文学的方式来对待文学和讨论文学，懂得了研究文学的外部与内部的差别，从而渐渐使文学真正地成为了一个专业。完全陌生的众多文学本体论研究与批评方法被娴熟地运用，从而打破了文学被意识形态化和社会学批评的一统天下。令人惊讶之处还在于理论的态度竟然改变着创作的理念，作家们喊出了"语言就是一切"的口号，划时代地提出了"怎么写"远远比"写什么"更重要的主张。

这样的情形是什么时候发生了改变？是文化研究的勃兴，还是当下人们对文学政治化、道德化、娱乐化、市场化的重新定义？不管怎么说，以非文学的方式去谈论文学已经是一种普遍的现象，大量的作家作品与文学现象得不到专业的阐释，这不能不说是文学研究与批评质量的下降和退化。就说第八届茅盾文学奖评出后，虽然研究与评论摩肩接踵，但是从文学的角度，从艺术本体的角度来进行认真的、细致的与整体性研究的文字却凤毛麟角。《这边风景》的"复调"怎样改变了一个尘封的文本？不能小看了作品中的"小说人语"，就是这不时出现的寥寥几句话与曾经湮没的文本产生了对话关系，形成了互文结构。这样的结构不但在形式上戏仿了古典小说的评点体，而且使原本整一的叙事视角产生了变化、分裂、矛盾与戏剧性的张力。我们许多研究都没有、或者无力对作品"过去时"的、并非有意"做旧"的风格进行描述与分析，这样的研究与分析是要建立在语言学与风格学的基础上，是要下力气从句式、词汇与修辞上进行辨析甚至要进行语言统计的。还可以对作品进行接受学和读者反应研究，因为这部作品的效果是在读者参与、甚至是作者与读者"合谋"的结果，这种创作与阅读的时差和错位真是可遇而不可求，研究者们为什么不抓住这样的美学机遇呢？当然，顺理成章的是，《这边风景》给目前的王蒙研究创造了条件也提出了难题，如何将作品置于作家的创作序列中，是将小说作为当下的作品，还是将其"放回"历史，嵌入作家彼时的创作链条中？而不同的处理显然会带来不同的结果。再说《繁花》，就我所知，这是一部在接受层面分歧很大的作品，分歧之严重可谓水火不容，评价相差霄泥。为什么？作品的内容是其次的，关键还在于作品的叙述方式与语言方式，以及对这些方式接受的南北美学趣味背景。我们还

人与自己的内心有多远

没能好好地从叙事学的角度客观地抽取作品的叙述框架,更谈不上去细辨作品的叙事肌理。作品内在的对称、承接与回环等多种叙述结构的重合如果不借助专业的方法极可能在普通阅读中被忽略。特别是作品的语言,它是被改造过的上海话,即使是有节制的,也足以与普通话的一统天下相抗衡,它接续了晚清海派小说的传统,这是一种语言策略,也是一种文化态度,对它的分析显然要借助语言学批评的方法,而且,它又要与方言研究结合在一起。然而,就我所知,熟悉上海方言的人因熟悉而一带而过,不熟悉上海方言的又心有余而力不足,偏偏因为这样的语言,连同小说绵密、黏稠、缓慢、细节叠加的叙事体式,使得北方的读者敬而远之,甚至愤怒相向。这是一个有趣的现象,它使得传说中的南北美学分裂浮出了水面,而这,一直是许多作家或得意或失意的心中之痛。

说到语言,这本是文学研究的出发点与归属地,但偏偏如今门前冷落。许多风格独特的作家最显著处即在语言,比如贾平凹。贾氏语言试验多矣,如古语,如方言,如句式,如意象符号。单说他在语言声音上的经营就称得上苦心孤诣。他不无敬畏地认为"世上最让人惊恐的是声音"。贾平凹对写作中声音效果的追求相当严格,他认为作品"首先要在语言上合我的意,我总是不厌其烦地挑选字眼、修辞,甚至还推敲语感的节奏""喜欢给来人念,念的过程中,立即能感觉出什么地方的节奏、语气有毛病,然后再作局部的调整"。从理论上讲,任何语言文本都存在音义对称的内在结构,即它的整体性的声韵结构与该文本的整体意义存在异质同构关系。贾平凹不仅认识到声音与意义的关系,而且将这种关系上升到有意蕴,上升到有意味的形式,上升到情感与创作者的全部生命体验之中。从声音角度看,贾平凹的作品一是句子短,多用单音节词，这使他的作品显得静谧、和缓。第二是他的描写非常重视声音的元素，很少有段落不出现对声音的描写的，而且非常重视用口语化的风格来进行叙述与描写。而从段落与章节来看，他常常将许多密集的对话、声音用呈现与转述相结合的方式一气连缀下来。也就是说，从声音上来体会，贾平凹的作品表现为静与动的对立、长与短的对立、联与断的对立，静、短、断是主要的，它们仿佛总在压制什么、缓冲什么、切割什么，那声音好像要迸发，但被化解了；好像要长啸而出，又被扼断了，所以，贾平凹的创作特别是长篇小说为什么经常使人觉得沉闷、压抑，不能一吐为快，主要就是由于作家对声音元素这样特殊的处理。不少评论家认为贾氏的作品繁复而又嘈杂，琐屑而又黏稠，也缘于此。不少人认为贾平凹的语言人为的痕迹可能太大，但这种通过对声音的压制所达到的阻滞感、中断感、沉闷感确实非常切合他作品一以贯之的悲剧结构以及作家本人对生命、对社会与人生的感悟，它是属于作家独有的有意味的形式。汪曾祺也是因其语言而风格鲜明的作家，但同样鲜有此类精细研究。也说声音。以编入中学教材的名篇《葡萄月令》为例，它的语调是安静的，那种语音上的安静自然传达出植物的生长状态。从现代汉语语音学的角度看，这篇散文的段落结尾时的收字几乎很少用开口呼，而多用合口呼、撮口呼与齐齿呼，如雪、音、里、了、的、绿、住、着、肺、呢、片、须、粒、面、色、子、秃、土等等。同时，从全篇而言，它的音韵也呈现出舒缓平和的状态。他不太用四字句，甚至双音节词也少，而是多用单音节词，明显地受到文言文和口语的影响。从语音的角度看，用单音节词一是句子的停顿多了，因为汉语是按词连读的，整体上讲，文章就慢下来了；二是单音节词用得多在字与字的音韵上可以造成更多的平仄相谐。除

人与自己的内心有多远

了名词,几乎全是单音节词,一字一顿,自然呈现出缓慢平和的节奏,响应了雪天的静谧与葡萄的冬眠的状态,犹如童话的世界。如果将平仄标上去,会发现它在韵上也确实是平仄相对,在音响上给人很舒服的感觉。当然,汪曾祺未必用写作古典诗词的格律去安排字句,但由于其语言修养与国学底子深厚,平常也多作诗,为文骈散皆擅,所以在这些方面可谓水到渠成。这只是两个例子,已经可以证明语言形式的微观研究的说服力。

由于缺乏专业的批评态度与方法,使得我们对不少文学形态与文学文体缺少必要的认知,评价标准无法建立,研究水平普遍低下,基本上停留在通用的批评状态,以不变应万变,这也使得许多评论家成了无往不胜的"通才",各种文体、各个领域无所不能,细看开去,话还是那样的话,只不过换了对象而已,在科幻文学、儿童文学、新诗研究等领域,这样的现象到处可见。而对一些新兴的文学形态就更无法把握,比如网络文学。说实话,我对"网络文学也是文学"这样的说法一直存疑,因为这样的说法实际上是试图将这一新兴的由年轻人为主体生产力与消费人群、必须在网络环境下才能实现的文学类型纳入到传统文学的框架中,试图以传统文学的标准来对待它,而事实上这两者相差何止万里!表面上看,谈论网络文学的不少,但怎么看都给人南辕北辙的感觉,关键之处就在于所谓的网络文学批评没有真正地从网络文学的审美特质出发。在网络文学作家作品的研究和评论中,基本上都是依照的纸质文学或纯文学的标准,很少有研究者沉下心去对一些网络文学的典范作品进行文本研究,从叙事模式上区分它们与传统叙事文学的区别以及它们的独特性,也少见从接受学的角度去研究网络受众的接受心理,给它们为什么受到欢迎以合理的解释。网络文学的语言是颇受诟病的方面，但是同样缺少细致的实证的分析。网络文学的语言是有"上限的"，是反传统文学语言审美观的，这方面网络文学写手有相当的研究与自觉，这也是网络文学与纯文学区别之所在。其实，如果从词汇学的角度去分析并不是很困难的事。

就目前的人文学科包括文艺学的发展来说，我们并不缺少方法。也是在八十年代，曾经方法泛滥、方法过剩，大概是1985年居然有过"方法年"的说法。但是这样的局面不久即得以改变，因为对于文学来说，任何方法如果不是文学的，或者不与文学结合，不文学化，就注定与文学渐行渐远。这样的经验与教训在今天依然具有意义。就说这些年热门的生态美学与生态批评，除了从自然与生态的角度来研究文学之外，它的许多观点会使传统的文学批评发生改变，影响人们对文学的整体看法。也就是说，如果将生态的思想移植到文学研究领域，或者，将文学看作一个生态，以生态整体主义的观点来评价文学的发展，我们就会得出许多新的看法，比如如何对待经典与传统，如何对待文学的原生态，如何坚持文学的多样性等等。不管是从宏观，还是从微观的角度，文学都存在着多样性丧失的情况。我们知道，生态的多样性包括动物、植物、微生物的物种多样性，物种的遗传与变异的多样性及生态系统的多样性。而生态平衡则是指自然生态系统中生物与环境之间、生物与生物之间相互作用而建立起来的动态平衡联系。生态批评将文学作为一个生态系统，就可能去关注它的类型，它在文体、风格与表现手法上的多样性；关注它的遗传性状，它的传统性状的存活程度，它的经典美学的生命力；关注它的变异，一些新的文学特性的产生；研究它在整个生态中的地位与影响，比如与其他艺术的关系及其消长，与社会生活的关注及其作用等等，正是从这些方面入手，生态批评可能发现许多新的文学境遇，给我们的文学研究与批评拓展出新的领域，增加新的活力，提出新的问题。

我们今天讨论的议题就可以置于这样的生态批评观之下，也就是说，重提以文学的方式来谈论文学，并不是说要回到八十年代，也并不意味着非文学的方法与角度就不能讨论文学，更不是主张终止文学的外部研究，而是寻求文学研究与批评的多样化、科学化与内外研究的相对平衡。不管怎么说，文学如果只是其他学科的素材，如果说我们的文学研究又要重回社会学批评的一条道路，如果说谈论文学只是停留在感觉的层面，甚至，文学只是这个浮躁与充满戾气时代被人辱骂与撒气的对象，这显然不是我们希望的常态，毋宁说是文学的退步与文明的悲哀。

要不要经纪人,这不是一个问题

至少在目前,只要事情与莫言相关就注定还是新闻,可见,莫言的诺奖效应还在持续中。这次有关作家要不要经纪人就是一例。要不要经纪人是当事人的事,我要,你不要,都是正常的,本不值得认真讨论。但莫言要了,而且点的是自己的女儿,这就一下子成了一个即使没有热度起码也是有温度的话题。

一旦成为话题,谈论就不会点到为止,谈着谈着,本来不以为意的,结果还真觉得它具有可谈性。

其实,作家经纪人早就有了,我认识一些作家朋友,他们都有自己在海外的经纪人,负责自己作品的海外版权,当然,不仅是版权,还有翻译、出版、出访等业务和活动的联系。中国大陆也有,也许不是严格意义上的经纪人,比如未见得对外明确法律关系,业务和服务范围比较单一,而且很不固定等等。

不管从国外的情形,还是从国内发展的态势看,我以为作家是

人与自己的内心有多远

需要经纪人的。为什么有人认为不需要？可能缘于对经纪人业务的陌生，或者还未曾享受到经纪人给他们带来的好处。没买冰箱，日子也都过了；买了冰箱，还就离它不得，道理是一样的。如果从传统文学形态的成果转化方式等角度看，经纪人好像有些多余，不就是投稿发表吗？不就是文学作品吗？但是如果这成果不仅是文字作品，如果这些文字作品要追求效益的最大化呢？有人认为作家经纪人没什么事可做，问题就出在对经纪人业务范围的误解上。其实，在我看来，作家的经纪人真的很难做，他与其他行业的经纪人不同，与文化艺术行业的经纪人不同，与那些明星、艺人的经纪人更不同。他首先必须是一位懂文学的，国外就发生过，不少作家在如何看待自己的作品价值上与经纪人不时发生分歧，而事实证明，多数情况下经纪人是对的。经纪人看出了作品的价值、风格、类型，他知道如何从这些要素出发使作品最大程度地实现价值，而不是仅仅让它发表出来，跟出版商讨价还价什么的。对于其他艺术品来说，它的形态基本上是定型的，其转化也是在同类型中转化，但对文学来说就不一样了。如果从现在的文化产业而言，文学对自己来说虽然是完满自足的，其实它仅仅是个开端，是一个"脚本"，存在着向下游产品开发的无限可能。已经有统计表明，文化产业发达的国家和地区，文学的生产量都相当高。正是因为文学不断地向这个产业链输送创意，才有了其他产品旺盛的生产力。反观国内，一是文学生产的高成本与低附加值，一是其他文化产品的重复与低质量，原因之一就是缺乏如作家经纪人这样的中介，而要承担这种产品跨行转化的职能，对作家经纪人的要求有多高！

有人说，贫困作家也要有经纪人，我不认为这是句玩笑话。作家的贫困就是因为其生产的单一，市场承认度不高，产出与付出不成比例，更没有机会增值，产生高附加值，而这所有的遗憾在现代社会本来应该由经纪人来完成的，不是作家穷得聘不起经纪人，而是没有称职的、优秀的经纪人来使作家富起来。不要说已经成名的作家需要经纪人，不管他是穷还是富，就是没有成名的甚至还不是作家的但有志于文学的人也需要经纪人，经纪人是可以为他们圆上文学梦的。要知道，现代社会是一个专业化程度不断提高的社会，而其重要标志之一就是分工不断细化。传统社会许多看上去是一件事儿的工种在现代社会被多次切分，分成许多次工种，当这些小工种独立之后，本来不起眼的环节都会产生价值，都会做得很出色。比如写作与写作以后的事就可以如此。作家就只管写，心无旁骛地写当然有助于提高作品的质量，写出来就交给经纪人，余下来的是他们的事。可以设想，即使那些从没有发表过作品的人也可能被经纪人发现，推荐、包装，径自可以一炮走红，一写而富！其实这样的事不是没有人做，不是有许多"文化""传媒"公司在做吗？由于真正的文学经纪人制度的缺失，使得许多业余作者上当受骗。情形就是如此，如果社会产生了新的需求但又没有法律的保障，就必然给不法者留下机会。

  我知道经纪人不是做慈善的，他们也需要报酬，需要人付佣金。这就需要经纪人去劳动，去创造性地劳动。如同房产中介等等一样，他的佣金本来就是两个来源，雇主的聘金，更多的是产品市场化后的分成，经纪人应该把眼睛盯住后者，只有这样，才是雇主和经纪人的双赢，而带来的则是社会文化消费的极大发展。谈到这里不妨顺便说一句，中国各级文联作家协会倒是可以在推动作家经纪人制度上做些工作的。在经纪人制度尚不完善的中国，在作家的利益得不到实现的时候，甚至在他们的权益受到侵害的时候，我们

人与自己的内心有多远

文联、作协能为他们做些什么呢?能不能如同那些家政服务一样地成立个作家经纪人机构,为他们培训、介绍、提供经纪人?或者,先免费为作家和广大的写作者"经纪"起来?

是你的，谁也短不了

按一般的说法，操弄文学的应该是一些甘于寂寞、坐得冷板凳的人，因为优秀的作家总是拒绝流俗，拒绝大多数，拒绝相似、传统与模式的，他们并不是不求知音、不求同道，但这是建立在精神的超越与思想的深度认同之上的，是建立在对现有的文学状况与文学秩序的超越之上的。因此，洛阳纸贵与应者寥寥在本质上并不矛盾，前者只不过是创作与接受在多种复杂情境中的契合，而不是刻意的追求，而后者的"藏之名山"，为的也是能等到真正的对话者的"传之后世"。

这都是过去的情形了。现在是一个文学时尚化、传媒化的时代，是一个作家明星化的时代。其实，这么说并不太确切，与体育、影视等娱乐业不同，在当今，文学是一个不断受排挤、不断被推向边缘的年代，她的境况远非上世纪八、九十年代可比。在那时，一首诗、一篇小说是可以让人一夜成名、全国皆知的，但那个

人与自己的内心有多远

年头又确实并无作家明星化的情况。事情就是这么颠倒滑稽,可以成星的时候不成星,不能成星的时候反倒拼着命想成星。

然而,意味深长处却尽在这颠倒滑稽中。我以为可说者有三。一是文学自身挣扎的需要。过去,大众文化消费还是传统的,文学在这种消费中占得了大半个江山,属于桃李不言,下自成蹊;而现在的文化消费品种类繁多,并且以其迅捷、多变、直接与欲望化更加贴近消费者的身心欲求,文学因其自身的特点而显得"门前冷落车马稀",于是,加入大众文化的行列,以大众文化的方式来运作与包装实属一种本能的应激反应。二是文学商业化的需要。照理说,文学一直具有商品的属性,不过却从来没有像今天这么直接,这么突出,当文学的商品属性占据的比重越来越大时,作家的个人利益便显得很重要了。稿费、印数、版税,已经成为作家鬻文时必须考虑的重要因素,对于文化消费品来说,品牌、广告、营销、产品制作者的个人因素都是影响销售利润的方方面面,于是,作家们也纷纷仿效,视宣传、策划、包装为必要,不仅是包装,而且在自己的创作中揣摩和迎合读者的心理与趣味,将大众文化的时尚作为自己创作的审美追求,或者与其他大众文化的旺族(如影视、小品等)结盟,不惜充当它们的"枪手"。既然明星比一般的艺人收入大得不可比拟,那成星之后的作家其作品的印数也必然会上涨,在现如今,这样的类比想象应该是很自然的。三是商业因素固然重要,精神因素也不能不考虑。明星与一般人的差别是有目共睹的,尽管明星们纷纷叹息做星的苦恼,但相比其在星上的"高峰体验",那点苦恼简直算不得什么,甚至是矫情。成就感、荣誉感、征服感、影响力,等等,只要有可能,恐怕谁都想尝一尝,文学的位置虽说有点不尴不尬,但毕竟还有一些文学人口,作家们想过一回星瘾也并非不可能。

我只说可能，还不敢肯定。虽然对许多作家反复炒作造星的心情非常理解，但作家真要明星化其难度还是相当大的。而且，此星非彼星。知名度的高低是不是成星的标志？作品的畅销与否是不是取星的尺度？这都是需要讨论的。我更倾向于认为，说一个作家成了明星可能更多的是一个比喻的说法。这样的明星说法还有很多，如科技明星、学术明星等。因为作为一种文化现象，明星是当代心理崇拜的产物，是传统崇拜的变形衍化。分析明星的类型及特点，可以看出，与传统崇拜不同，明星是人，而不是神，明星们体现的是人类自身潜能的超常发挥与演示，是与个人身体、动作、形象相关的力、美、智慧，这是核心，因为这个核心，个人的生活方式、趣味和人格精神才具有了共在的意义，这就是为什么明星大都出在文艺界、体育界的原因，也是明星及其明星崇拜为什么只存在于大众文化层面而无法超越的原因。换句话说，明星是与自身的外在存在联系在一起的，这种外在存在又与他的职业是一体化的，他的身体、他的精神、他的形象与他的职业不可分割，我们看到的明星总是一个个重叠的可以置换的形象，如贝克汉姆的足球英姿，刘易斯的短跑矫影，麦当娜的摇滚狂态……。如果从这个角度看，作家，连同科学家可以成名，却难得成星，他们可以让人尊敬，却无法让人崇拜、疯狂与迷醉，他们与自己的作品是分离的，他们的形象无法让人想到他们的作品，而在他们的作品中，他们个人的形象也同样是隐蔽的，无法让人直接感觉到他们的存在。

这样说来，是不是有点扫兴？如果这些话还有点道理，那我的结论就是，想成星可以理解，但作为一个作家，不管从哪个角度讲，追求最大利益的办法还是埋头创作自己的作品。该你的，谁也短不了。

第三辑

文化的变迁

如果一个人对中国上世纪八十年代之前的情形还有形象而深刻的记忆的话，那他肯定会对时下社会的变化有更为强烈的感受，这种感受不仅来自人们的政治生活和国家的经济发展，还包括我们的日常生活、生存环境和所有一切耳闻目见的场景和画面。从前，人们的服饰通常是黄、蓝、灰等几种色调，几十年不变，而如今的时装却是五彩缤纷、花样翻新；过去，人们只能唱唱样板戏和有限的红色歌曲，而现在不仅有经典的高雅音乐，更有铺天盖地的爵士乐、摇滚乐、校园民谣以及其他流行音乐；十几年前，人们依赖的主要传媒只有书籍、报纸、广播，现如今又增加了电视、宽带网、时尚杂志。岂止如此，广告、快餐、街舞、健身、美容、派对、明星、贺岁片、情景喜剧、写真集、TV娱乐版块、休闲报刊、手机短信息、武侠、言情、卡通画、畅销书、名牌……我们每天都处在它们的包围、诱惑和浸染当中。二十年前，当人们听到邓丽君的歌曲时，感到浑身不自在，斥之为靡靡之音；当有小青年穿起牛仔裤时，人们也很不习惯，视为奇装异服。但随着时间的推移，事情在不知不觉之中发生了变化，消费与购物时总要询问一下是否流行，而春节晚会由谁执导、谢霆锋的案情、刘海若的伤情也成了人们饭桌上的话题……。

一句话，这是文化的变迁。

"文化"这个词，人们习惯将它与知识连起来用，学知识与学文化是一个意思，文化总是与经典、高雅、修养、正统等联系在一起的。其实，文化从根本上讲是一个大概念，在文明社会，一切人工的和受到人类影响的都是文化，科学、艺术可以是文化，一切物质产品可以是文化，包括山川自然也是人类文化的组成部分，因为经过了人类的改造，或者被人类赋予了象征的意义，当然，人们的观念、行为方式、生活方式就更加是文化的题中之意了。

文化有许多的属性，首先它是发展变化的，其次它又是多层次的和多样的。如果从时间上进行划分，那么对应着农业文明的是古典文化，对应着工业文明的就是现代文化。如果从性质上划分，我们还可以将以知识分子为主体的文化称为精英文化，将以国家主导意识形态为主体的文化称为主流文化，而从现代工业社会中产生、以城市市民为主要构成成分的普通民众为消费对象，以现代传媒和现代市场为传播和流通途径的文化产品以及与这些产品相适应的消费观念、生活方式，我们称之为大众文化，有时我们也称之为通俗文化或流行文化。

上面我们所例举的都是大众文化现象。

大众文化有许多特性，首先是它的消费性，一般来说，大众文化是现代消费社会的产物。因为只有工业化程度提高，社会拥有了丰富的商品，人们也具有了相当的购买力，而现代市场经济也趋于成熟时，文化才可能作为一种产品进行生产，也才可能作为一种商品进行流通。大众文化为什么无孔不入，蔓延迅速，就是因为它是由市场这只看不见的手控制的。另外，从消费性的角度来看大众文化，可以更清楚地认识到它的享乐性，大众文化产品大多是针对人们的感官去设计和生产的，它非常注重人的身体的参与性，卡拉OK、立体电影、电脑仿真、超级模仿秀以及歌会舞会等，都无不让消费者置身其间，用身体去亲自体验，从而获得感官的愉悦。

当把主导权让给市场，当把享乐提高到首要的地位时，精神和意义必将退避三舍，所以，其次，大众文化又是一种拒绝深度的文化。应该承认，大众文化在一开始是以反传统的面目出现的，它对人的解放曾起到一定作用。二十世纪六十年代美国摇滚乐是这样，中国八十年代崔健等一批歌手的出现对当时社会的开放也是有一定意义的。但随着大众文化一步步趋向市场，就变得越来越媚俗，越来越浅薄了，因此，不否认大众文化产品在认知和审美上具有一定的功能，但从总体上讲，它是一种易变的和缺乏深度的文化形态，这也是大众文化的自我定位。我们在大众文化消费中很少能得到心灵的震撼、理性的思考与精神的提升，相反却会时时身陷其中，在享乐中忘乎所以，消沉了意志、放纵了本能。大众文化产品与精英文化不同，它不重视内涵，不重视个性，相反，它可以通过模式化和复制取消你的内涵和个性。它可以将徐悲鸿的马、齐白石的虾、张大千的山水批量地印制在各种饰品和挂件上，这些大师的经典性、个性及其内涵随之消失。它可以将郑板桥的"难得糊涂"印得满世界都是，郑板桥深层次的悲怆与无奈也因此而渐渐成了一句世俗味十足的玩笑。当《在希望的田野上》的乐声响起，屏幕上出现的却全是泳装女郎,这种怪诞是卡拉ＯＫ经常性的场面。

再次,是大众文化的流行模式与复制化。大众文化越来越成为现代社会的一个重要产业,大众文化的制造商总是能准确地捕捉到具有开发前景的信息,并且及时地将其产业化、商品化,成为一个个卖点,进而通过炒作和营销策略使其成为流行的时尚并形成规模。好莱坞明星们颁奖典礼上的晚礼服、F1方程车手的口味、贝克汉姆的发型、濮存昕中年男人的微笑以及巩俐的身材曲线等都可以成为大众文化流行的发端。所以,流行与时尚既可以使某种风格的大众文化产品和消费方式通过大面积的快速拷贝迅速滋蔓,而新一轮的趣味又可以使之如明日黄花一文不值。比如,上世纪八十年代曾经风行过的喇叭裤,不长时间就被新的裤型所取代。再比如,曾经风行一阵的"西北风"的唱法,也早就不流行了。因此,大众文化的消费者总是被时尚拉拽得气喘吁吁。

正因为大众文化具有这样的特性,主流文化与精英文化一直对它时刻保持着批判的姿态,时刻提醒人们警惕其对社会的消蚀作用。因此,如何引导、规范、塑造健康的大众文化,就成为现代社会的重要任务。

我们的身体

《我们的身体》是江苏青年小说家韩东的代表作之一,我们这里不想介绍这篇小说,而是对韩东十几年前的敏锐感到惊讶,韩东在中国日常生活还相对朴素,第三产业也不甚发达的年代就指出,"身体"是一个很重要的领域。

在谈明星崇拜时,我们已经触及到了"身体"的问题。要把这个问题谈透就必须认清楚现代社会与古代社会的区别。大众文化本身就是现代社会的一种文化类型,因此,许多事情都与此相关。比如身体,按古代社会通常的伦理道德来看,特别是在一些宗教伦理观念当中,身体往往被看成是神性的对立面,生命的最高价值和最高境界是抽象的思想、义理和精神,是彼岸世界,而身体只不过是灵魂的暂居地,是第二位的,甚至是一种拖累,身体、连同身体的感觉和欲望都是肮脏的、可耻的,是罪恶的渊薮。中国古代有"存天理,灭人欲"的说法,它就典型地体现了精神优先,而物质欲求

人与自己的内心有多远

（包括身体）必须受到贬谪的价值观念。

一般认为，是文艺复兴运动肯定了此岸世界，肯定了人，进而肯定了人的欲望、人的身体。尤其是工业革命之后，伴随着现代主义思潮，身体获得了优先权。矫枉常常过正，可以说，人类历史上对身体实行的长期压抑和定罪，导致20世纪的人类走向了身体解放和身体放纵的另一个极端。现代社会思想解放的"超人"尼采在他著名的《权力意志》一书中就声称："要以身体为准绳。……因为身体乃是比陈旧的'灵魂'更令人惊异的思想。"20世纪的人类生活可以说在身体上做足了极端的文章，和过去那个沉重的"肉身"、宗教的"臭皮囊"不同，现代社会拥有的是欢乐的身体、欲望的身体。

如果把现代社会兴起的大众文化说成是建立在身体之上的文化，恐怕一点也不为过分。此前，还没有哪个社会像如今这么关注"我们的身体"。即使去掉宗教神学对身体的压制不谈，前现代社会对身体的关注最多也只停留在自然的、工具论的层面。身体是自然的产物，是人赖以生存的工具，它可以用于祭祀、生育、生产（劳动力）和战争，一切对身体的有限的装饰、维护、评价和审美也都是由这些延伸开去的。但现代社会就不同了，这种功利的对身体的低层次的看法几乎荡然无存，代之而起的是新型的前所未有的"身体文化"，并由此建立了一整套不断花样翻新的"身体管理学"和"身体技术"。在现在光怪陆离的各种文化场合，到处转动着身体，身体在时尚中隆重出场，人们给它套上的卫生保健学、营养学、医疗学的光环，时时萦绕心头的是推动身体对青春、美貌、阳刚／阴柔之气的追求，不断精致化的护理技术、饮食制度和健康实践所承诺的快感与美丽神话催促着现代人将身体交付给一个个消费场所。今年春季旅游旺季来临之际，旅游公司展开了激烈的竞争，有的旅游公司居然打出了这样的买一送一的超值消费广告：到韩国十日游送"免费韩国整容"，联想到韩国的那些女影星据说大都是整容出来的美丽脸蛋，这个广告的诱惑力肯定是不言而喻的。岂止是整容，还有时装、美发、美齿、减肥、褪毛、瘦身、美体、健身、人体彩绘、香水、护肤用品、饰品、化妆、模特大赛、选美大赛……大到整体形象设计，小到睫毛、指甲的美化，我们身体上的每一寸肌肤都正在受到呵护和关爱。

有一则广告语这样说道："减肥是一种生活方式。"言下之意，选择减肥就是选择了一种时尚的生活理念，而拒绝减肥则意味着落后于时代。在诸如此类的时尚观念下，身体又一次成了人生的烦恼。人们解放身体的呼声还未平息，对身体的新一轮压迫就已经开始。大众文化正在以各种各样的方式告诉每一个人，你要爱护你的身体，身体不是你的工具，而是你的目的，你必须为你的身体服务，包括观念、时间、精力和金钱。而且，这样的服务不是随心所欲的，为了让身体获得最大限度的观赏性和享乐性，你在消费的时候要按时尚的标准，按时尚推荐的身体样式来塑造自己（"塑身"）。到了这一步，身体似乎与人分离了，它成了一个物品、一种商品、一种资源。一位经济学家曾以戏谑的口吻问道："女性的身体是第几生产力？"确实如此，权威机构的调查表明，化妆品生产在暴利性行业"排行榜"中名列前茅，这正是身体文化作为大众文化其产业化和消费性特征的突出表现。消费社会已渐渐通过时尚法则形成了一套身体控制机制，围绕身体而流行的消费元素都是加在身体上的新的专制，有相关经历的人都有这样令人不胜其烦的体会，每一次去美容美体，护理员都会殷勤地、不达目的决不罢休地向你推销新的产品和项目。这个社会似乎已经默认，身体的美和快乐的标准

人与自己的内心有多远

是掌握在那些消费工业的制造者手中的,是他们规定了身体的模型,并且据说掌握着制造理想身体的良方秘诀!他们通过明星、专业模特和广告引导公众趣味,形成一波又一波关于身体的技术和美学浪潮,在激发你消费欲望的同时对你构成无形的压迫和不容置疑的命令,其力量足以成为违反早先身体解放所确立的快乐原则和自由理念。现代社会的流行病之一就是"身体焦虑症",身体不再属于个人,但个人却必须为社会来塑造自己的身体,或者说,身体成了个人通向社会的通行证。时尚不容分说地以身体为标准将人分成三六九等,理想的身体会给人带来荣耀,甚至金钱和地位,相反,它会使一个人遭到奚落,失去很多的机会,他会因为自己"不良"的身体而自惭形秽,羞于见人。人可以因为身体而被社会抛弃,人也可以因为身体而自我放逐。所以对那么多消费者心甘情愿地加入"自虐"的行列我们就不应该感到奇怪了,比如线条崇拜、节食病、滥用减肥药和外科整形等。作家韩少功在《暗示》中曾描写过这种状况下生产出的"骨感美人":

(她们)骨瘦如柴、冷漠无情、面色苍白、不男不女,居然成为了当代女性美的偶像。骨瘦如柴是一种不便于劳动和生育的体态,冷漠无情是一种不适于在公共集体中生活的神态,乌唇和蓝眼影等等似乎暗示出她们夜生活的放纵无度和疲惫不堪,更像是独身者、吸毒者、精神病人以及古代女巫的面目。体重或三围看来已经逼近了生理极限,她们给人的感觉,是她们正挣扎在饿死前的奄奄一息,只是一片飘飘忽忽的影子,一口气就足以吹倒。

这还是我们的身体吗?

"英雄"无觅,风流总被雨打风吹去

对于 2002 年年末和 2003 年年初的中国传媒而言,恐怕没有哪一个能对张艺谋的《英雄》沉得住气而三缄其口的。2002 年的中国影坛,《英雄》一枝独秀,耗资 3000 万美元,票房一路飙升,逼近亿元大关。而更令人惊叹的是"英雄"虎胆,径直扑奥斯卡而去。

电影是一门年轻的艺术,她的问世不过百年,相比起许多姊妹艺术,她最没有传统。而这一百年又是我们这个世界变化最快最多的时代。回顾电影的百年史,真如万花筒一样。最初的电影是无声的,很没有地位,人们觉得它不过是一种能活动的摄影,类似于魔术一样的杂耍。真正给电影以地位的是文学。有声电影诞生之后,好莱坞兴起了一股文学名著改编热,文学的经典给那时的电影撑足了面子,电影由此沾上了"雅"气而在艺术殿堂里有了自己的一席之地。紧接着,就是全球性的现代主义思潮的涌动,波及电影,产生了许多有影响的流派,如新浪潮、精神分析、新写实主义等。

人与自己的内心有多远

当欧洲大陆的导演们还沉醉于先锋电影的探索的时候,美国人对电影作为工业化时代的新兴艺术样式的特点已经认识得越来越清楚,并将其付之于实践。这些特性不是从美学角度去认识的,比如它对其他艺术表现手法的综合运用,比如它镜头组接的独特性也就是"蒙太奇"等,而是从生产到消费这整个过程的商业性特征。电影与众多艺术不同,它必须动用大量的人力、物力,它不可能是一种个体性的创作;电影对技术的依赖相当严重,我们甚至可以这样认为,技术决定了导演的思想及其作品的可能性;电影的欣赏途径也是物质化的,没有拷贝、放像机、电影院,就谈不上什么电影;最后,由于制作的先期投入问题,电影是最迫切需要回收成本和获得利润的。因此,争取最多的观众,发行最多的拷贝,创造最高的票房是电影人最现实、最基本的追求。这样,相比起其他艺术,电影较早认识到自己的商品特征,也最早建立了自己的制作与营销机制。好莱坞的制片人就这样顺理成章地将电影的主旋律定性在大众文化的通俗层面上,观众们喜欢看什么,他们就拍什么。长期的制作与欣赏反馈使他们形成了许多电影模式和类型化的主题,如言情、恐怖、警匪、科幻……各有各的套路。他们不但占据了本土的电影市场,而且作为一种特殊的文化商品大规模地向国外输出。本来,苏联、法国、意大利、日本乃至印度,都是电影生产的重镇,后来都被冲得稀里哗啦,一时间,捍卫民族电影,保护本国电影市场成了许多国家电影人的共同口号。

在这种娱乐电影的冲击下,精英电影越来越趋于衰落,爱森斯坦、黑泽明、伊文斯、安东尼奥、基斯洛夫斯基……这样的导演连同他们的电影美学越来越成为过去的遥不可及的明日黄花,《金色池塘》《辛德勒的名单》《美丽的心灵》则是五光十色的商业电影夜空里难得的一划而过的灿烂流星。

中国的电影故事几乎是这一历程的压缩版。沉寂了十几年之后，上世纪七十年代末曾经掀起过一阵探索电影热，《黄土地》《黑炮事件》都是当年引发新时期电影美学革命的代表作。它们拓宽了中国电影艺术的天地，这种探索一直到所谓第五代、第六代导演身上仍然有强有力的延续。但是，这种以类哲学精神为内蕴、以形式表现为艺术价值观的精英电影并没有占据中国电影的主流。几乎与这种探索一起的是商业电影的大规模生长，作为标志的七十年代末八十年代初的《庐山恋》，虽然镶嵌了爱国的主题，但实际上已经是好莱坞言情片的低调改装。从此，好莱坞的言情、武侠、枪战、警匪、黑幕等一系列商业模式逐渐占据了中国银幕的大部分，在中国电视普及之前，它们成为中国观众最基本的视觉享受，而在电视普及之后，它们又必须变本加厉以找回失去的市场份额。为了票房，电影似乎不能不迁就绝大部分观众的观赏心理和趣味，走大众文化的媚俗之路。即使那些早年埋头探索的精英导演们也不得不改弦易辙，这几年连续不断的贺岁片，就是早年英气勃发的第五代导演的商业动作，日常化、休闲性、轻喜剧，反正什么搞笑拍什么。

在这个电影大众化的过程中，张艺谋可算得上一个绝佳的个案。这个曾经是《黄土地》的摄影师，其后又执导了《红高粱》《大红灯笼高高挂》的中国目前"第一导"，在经过了"纯电影"的探索之后，终于选择了市场之路和大众之路。正如他当年致力于精英电影全力以赴一样，搞起娱乐片来也是浑身的劲儿。《英雄》从策划、制作到市场动作堪称一流，单以制作来说，就有这么几个方面：一是借用大众熟悉的武侠片故事模式，用娱乐片的方式去消解历史的深度。这里没有什么历史的真实，没有人物的性格，甚至，连一般的道德判断也被悬搁了,几个"和平""国家"的现代流行语汇,就将几千年来被反复书写的历史悲歌给改写了。二是斥巨资,追求宏大精良的视听效果,《英雄》的先期投入是巨大的,这巨大的投入保证了影片的技术支撑和制作工艺,画面逼真,场景宏阔,色彩亮丽,体现了当代影视重感官刺激、轻深度追问的流向。三是明星工程,《英雄》可以称得上是明星的大拼盘,陈道明、梁朝伟、张曼玉、李连杰、章子怡,都是当红影星。过去,性格第一还是明星第一,在好莱坞营运决策上曾起过纷争,但后来,还是后者占了上风,一次就看了五个明星,这对观众来说无论如何都是过瘾的。

毫无疑问,《英雄》的制造标志着中国电影作为大众文化产品走向成熟与规范,但它会不会意味着中国精英电影探索的衰落呢?作为一部娱乐片,它又会坚持多久?也许不用多长时间,人们就会在蓦然回首中惊叹:

"英雄"无觅,风流总被雨打风吹去。

温柔的陷阱

作为通过媒体向公众介绍商品、劳务和企业信息等内容的一种宣传方式,广告的普及现在已经是相当惊人了,报纸、刊物、广播、电视、信函、互联网,凡是媒体存在的地方,就会有广告。原先只是商家和企业的一种经营中的附属行为,现在已独立为一种专门性的行业,广告代理商、广告公司、广告设计、广告策划、广告形象代理(大使)等已成为一个庞大的文化产业链。

广告的大量出现和举足轻重算起来时间并不很长,它是大工业以后的产物。工业革命之前,由于生产力低下,产品的制造量一直是低水平的,远远不能满足社会的需求,用市场学的话说,那是一个以企业和产品为中心的时代,产品无需推销,更不在意什么宣传,所谓"酒香不怕巷子深"。但工业革命之后,生产力迅速提高,制造业的规模成几何级数增加,供求关系也随之发生了本质性的变化。顾客成了中心,成了"上帝"。如何满足顾客个性化的需求,刺激顾客的消费欲望，通过宣传产品最终获得销售利润成为现代营销必须考虑的重要内容。在这个意义上，营销比生产更重要。再加上现代传媒业以及人们生活方式的改变，广告便成为现代营销中的重要手段。

早期的广告还是比较朴素的。但随着销售竞争的加剧，广告的制作便变得越来越复杂。同一类商品，顾客为什么选择甲而不选择乙，广告的作用是不可低估的。商品对顾客的争取首先就表现为通过广告强化顾客对商品品牌的了解，因此，商品对顾客的占有在这个意义上就变成了广告对顾客的占有。这样，广告的量固然是一个因素，但广告的质则更为重要。如何把握住时尚的流行趋势和消费者的趣味、心理和审美要求，抓住消费者的眼睛和耳朵，成为广告制作人煞费苦心的问题。所以，广告可以看成比许多文化产品，包括艺术作品更迅捷、更醒目、更具广泛性和代表性的大众文化流行标志。这也是为什么广告商常常选择明星作为广告形象的原因之一，因为明星已经被流行推出，被公众认可，并且，在明星身上集中体现了当前的文化趣味，因而具有广泛的号召力、感染力和征服力。

广告与它所宣传的商品实物一般是脱节的，这使广告一开始就带有虚拟的特点。因此，对广告的认同与对商品的认同并不能完全等同。广告所负载的信息与商品的信息（属性、功能、价格等）也不是一回事，商品信息只是广告的底牌，而揭开这个底牌的过程则是漫长的，充满了艺术、机巧与趣味，正如传媒学家波德里亚所举例的："四页广告写得如同散文诗一样，而公司的商标却羞涩地躲在最后一页的底部。"而且，这一底牌有时是不足挂齿的，因为广告是可以独自成立的作品，对广告的欣赏与对商品的购买两者间的关系是相当松散的，人们可以对某一商品不感兴趣，甚至对它提出批评，但却对这一商品的广告作品大加赞赏，这是现代广告流通中相当突出的买椟还珠、本末倒置的现象。在现代，广告在很大程度上被看作一门艺术，它有自己的价值体系，它们每年都在推出自己全球性的典范作品，它经常被独立欣赏，许多影院推出广告作品的通宵大餐。

当然，大量的广告其设计与制作目的还是相当明确的，那就是宣传与推介它所服务的商品。但这仍然并不意味着就一定要把商品放置在作品的中心，直白会造成对消费者的强制与压迫。优秀的广告设计与制作总是含蓄的、柔性的、迂回包抄的。它们往往通过对一些观念、方式、形象与氛围的推介达到对商品的推介。因此，与其说当代广告是在介绍商品，倒不如说首先是在设计生活。说广告是艺术，是现在制作速度最快、制作量最大、制作总成本最高的大众文化产品，其道理也就在这里。八十年代中期以后，中外交流日趋频繁，当时最流行的广告之一就是由电视剧《北京人在纽约》的女主角王姬拍的"孔府家酒"的广告，中心词是"孔府家酒，叫人想家"，同时期的同类广告还有"三九胃泰"的探亲叙事，这些广告是中国传统文化中的思乡情结和故土情怀的当代版，既是古典的，又十分契合当代情境。九十年代以后，随着经济的迅速发展和生活水平的提高，中国的社会阶层结构发生了许多新的变化，类似于西方中产阶级这一阶层的崛起引领了中国人尤其是都市人生活的潮流，消费的前沿基本上是围绕他们这个重要群体来设计的。所以，从那时起，广告的设计风格开始注重家庭生活情境的创设，不管是哪种商品，都是在家庭成员的全景式或具有典范性的中产阶层生活方式（运动、休闲）中出现的，加上电视这一重要媒体的支持，使得这样的画面异常温馨而逼真，极具诱惑力。

　　需要特别说明的就是电视广告的独特性。许多文化专家和视觉艺术心理学家都认为电视具有使观众产生幻觉的功能。作为一种在私人环境中"亲密接触"的媒介，它常常让观众忘却了与画面的距离，他们与电视中的人物建立起了一种貌似熟悉的潜在交流，这是一种极易被认同的"准社会的"关系。所以，当电视广告推荐某种产品时，消费者的潜意识里会将这种产品连同广告所描绘的生活一同接受下来，好像使用了某种洗发香波，生活就会真的美丽起来，或者觉得自己和濮存昕一样，觉得在生活中呼机、手机、商务通一个也不能少。

　　现在的广告为了"笼络"人心，会竭力淡化自己的商业性，增强自己的文化性与"公益性"，它们不仅向大众推荐理想的生活方式，而且推荐一定的哲学观念、社会意识形态，甚至道德理想，如"雕牌洗衣粉"演绎的是下岗再就业的动人故事，"北京吉普"描绘的是抗洪抢险的场面，"联想电脑"诠释的是天人合一的东方哲思，而一则洗发护发水用的广告语竟然是"柔顺头发的人有着一颗柔顺的心"！将时髦的"爱心"与头发的质地和风格建立起了必然的关系，在"无理"中暗藏着极大的诱惑与暗示。

　　正是这样的策略，使广告愈来愈成为一种温柔的文化陷阱。

紫金文库

音乐，为什么"流行"

谈论明星崇拜时，我们举了F4的例子，其实，与另一些狂热的场面相比，F4并不算怎么突出。当年英国"披头士乐队"到纽约时，几千名狂热的年轻人等候在肯尼迪机场，还有几千人挤在他们将要下榻的旅馆附近，首场演出时，礼堂的座位只有700个，而求购入场券的却有5万多人。滚石乐队到美国时也受到了同样的欢迎，乘坐的大轿车的车顶上爬满了崇拜他们的女孩子，她们不顾一切地想跟着滚石进入旅馆，几乎把车顶压塌。

摇滚歌手们得到的如此礼遇是从事严肃音乐的音乐家们难以想象的，这里面有许多东西值得深思。其实，不仅是摇滚，所有流行音乐和通俗音乐的风格以及它们与受众的关系比起经典音乐来都发生了根本的变化。应当说，任何艺术都来源于生活，任何再高雅再精致的艺术都有它与民间艺术、民间文化的血缘关系。但是，只有现代流行音乐不仅来源于民间、来源于生活，而且从内容到形式都

人与自己的内心有多远

几乎保留着母体的特征并且尽可能地强调了它们,像欧美流行音乐的源头大都是美国的乡村音乐、黑人音乐和宗教音乐,这些音乐的旋律特征、题材、配器和演唱方式与古典音乐不同,但却都被后来的流行音乐保留和放大了。

流行音乐兴起的原因很多。十九世纪欧美工业的发展需要大量的产业工人,于是,无以计数的农民涌向城市,加入到产业工人的庞大队伍中。城市中的中产阶级和产业工人都需要有自己的业余音乐生活和娱乐场所。而农民以及其他阶层进入城市后,也把他们的音乐带了进来,这些音乐质朴、通俗,很快进入酒吧、舞厅和小剧场。这两方面应该是流行音乐产生的基础。所以说,流行音乐的特点首先就是通俗,它要能够让城市中的大多数听众易于接受,易于掌握,易于自己来演唱和演奏,能让不具备很深的音乐理论和技巧修养,甚至根本没有什么音乐知识的听众感兴趣。因此作品的旋律要清晰,音域要适中,伴奏部分的和声手法要简易。它还满足了这样的要求:除供演出使用之外,还可以作为家庭或个人娱乐活动的材料在日常生活中使用。

流行音乐几乎在一开始就是以古典音乐或正统音乐的反对者出现的,它是正统音乐的"颠覆者"。所以,当年摇滚乐一产生就遭到社会方方面面的反对,美国麻省地方检察官就说:"摇滚乐给年轻的无赖找到一个借口聚集在一起,它挑动十几岁的年轻人,以达到淫秽的目的。"一位精神病教授甚至说:"如果我们不堵住这种带有麻醉节奏起伏的摇滚浪潮,我们就要在它流传的送葬舞蹈中完蛋。"这无疑是一种偏见。要看到,正是流行音乐把音乐从大众不可企及的神圣殿堂拉到了人们的身边,使它贴近人们的生活,表达现代大众的情绪。以早期的摇滚为例,不管是"猫王",披头士、滚石，还是迪伦，他们的作品都具有绝对的原创品格，并且表达了现代社会特别是青年们的愤懑、彷徨和忧伤，反映了两次大战以及当代社会诸多政治、经济动荡后人们的普遍心态，与现代主义文学和艺术一起组成了强大的批判力量。像早期的迪伦就被誉为"抗议歌手"，人们称他是"青年与民间运动的领袖"，"他是60年代的良心"。中国流行音乐基本上是在西方，特别是港台流行音乐的影响下产生的，虽然很少精神内涵和原创品格，但也产生了像崔健、唐朝、黑豹等优秀的歌手和乐队，崔健的摇滚对八十年代的思想解放和美学思潮的嬗变都曾产生过不小的影响。

说到流行音乐的普及化、通俗化，其中一个重要的特征是它的唱乐方式。它在相当大程度上摒弃了传统的规范与技巧。它是自由的、质朴的、率真的、激情奔放的，因此它能够更直接地表达人们的情感；它又是亲切的、近距离的，它改变了传统音乐的舞台概念，尽可能地消弭了表演者与听众的界限，甚至改变了听众的身份，在日新月异的视听技术强有力的支撑下，每个听众都可以成为"歌唱家"，比如，在卡拉OK中找找感觉。流行音乐将听众一同带进音乐的氛围之中，它是当代大众文化体验性、参与性的典范形态之一。在参与性活动中，听众体验到的是一种艺术的平等、身心的愉悦和虚拟场景中内心的宣泄。有时，演唱本身并不重要，甚至，音乐的元素都退居其次，体验那种特殊的氛围成为了目的。中国当代作家韩少功认为，在歌厅，在演唱会，"听众不是来听'音乐'的，只是来表现如何'听'的。一整套'听'的姿态、动作、器具、言语已经构成听众们的仪规，构成了音乐会实际上的主体"。

正因为流行音乐具有这样的特点和听众基础，所以从它一诞生起就成为资本掠夺的对象。这种掠夺一开始是通过音乐出版业来

人与自己的内心有多远

进行的，出版和销售乐谱及音乐读物是流行音乐最初的商品形式之一，像著名的弗朗西斯公司（伦敦）、萨拉巴特公司（巴黎）、阿波罗公司（柏林）都曾是流行音乐出版的垄断者。其后是唱片业和演艺业的加入，使流行音乐迎来了第一个流行的高峰，并且使得大大小小的唱片公司又狠赚了一把。紧跟着是广播、电视、录音带、大型露天演唱会、VCD、CD等，将流行音乐散布到社会的每个角落，它不仅给创作和演唱者带来了丰厚的回报，而且也为媒体业、出版业和演艺业经济人以巨大的商业利润。歌手们的唱片、音带和音碟的发行动辄上百万、上千万，披头士当年在美国的一场演唱会收入就接近四十万美元。为了获取争取更多的消费者、销售量和商业利润，流行音乐的策划者和营销者们与乐评人结成联盟，以各种方式发动宣传促销攻势，如排行榜、歌迷会、新闻发布会和各类娱乐版块。当流行音乐到这种地步时，它与它最初产生的土壤不可能不发生分离，它的民间性、底层性、革命性和颠覆性必然会程度不等地丧失，它们不得不迁就利润的法则和时尚的趣味。早在上世纪二十年代，流行歌手们就染上了雇佣的色彩。当年美国唱片出版业的巨无霸芝加哥唱片社为了录制"理想"的唱片，就曾到处收罗人才，大搞"造星"运动，红极一时的雷纳和贝茜·史密斯就是他们捧红的。至于当代，就更不用多说，商业化所造成的流行音乐的粗俗雷同、品质低下已是不争的事实，它也早已引起许多有识乐人的警惕。

也来"崇拜"一回 F4

2002年南京的流行文化大事记恐怕无论如何要记上F4来宁演出这一档子事。F4还没来,南京的F4迷们就疯掉了,电视台曾经采访过一位打工的女大学生,问她为什么竟然打工到了必须要逃课的地步,结果居然是为了一张F4的演唱会门票,她说她好喜欢、好喜欢他们,想离他们近点、近点、再近点,而一张近台贵宾票需八百多元,演唱会又开唱在即,权衡来权衡去,只能冒风险逃课打工挣"分"了。据说演出那天火爆异常,五台山体育馆周围的墙顶和树上全是人,场内更是不得了,哭的,叫的,扭的,跳的,几欲晕倒的少女少男为他们心中的偶像狠狠地奉上了一把炽热的仰慕之情。

这是一个值得好好说说的现代大众文化时代明星崇拜的个案。常识告诉我们,崇拜本来是宗教的一个基本要素,指的是对所信奉的"精神体"(也就是人的精神的变形了的对象化,如神、仙、鬼、怪等）表示尊崇而采取的种种行为，其目的主要在于对所信奉的对象进行感恩和祈求护佑，比如基督徒崇拜上帝等。但是，自从人类进入现代社会之后，科学昌明，宗教式微，崇拜这一人类精神行为从外延到内涵都发生了许多深刻的变化，对神的崇拜渐渐让位于对人的崇拜，拜神变成了拜人，或者人神同拜。我们知道，宗教是社会意识形态之一，崇拜神实际上就是崇拜我们不可知的力量，那么崇拜人的本质又是什么呢？要明白这一点，首先要搞清楚宗教与世俗、神与人的一些区别。一般来说，前者认为在人的世界之外还有神的世界，即使是人，也是有灵魂的，有所谓前生与来世，那是比我们的今生更重要因而也更值得追求的彼岸世界，而后者则肯定了此岸，即"今生"生活的重要性甚至唯一性；前者认为精神重于肉体，为了精神，人应当牺牲肉体，而后者则强调了人有追求幸福和享乐的权利，人应当解放自己的肉体，既然通过对神的崇拜渴望精神的永恒和来世的幸福是不可能的，那么还不如好好地善待此生。因此，如何发挥人的潜能，创造新的生活境界和新的生存体验成为现代人重要的超越性的欲望。发挥潜能、创造新的境界是一个相当广的范围，但在解决了基本生存问题的现代消费社会之中，那种将精神与肉体结合在一起的，对自己智慧与力量进行挑战，以及以各种方式使自己的形体、形象与动作趋于完美的活动成为人们生活的重要目标，而与之相应的文艺与体育活动的地位较之过去发生了变化，成为现代公众普遍关注并以各种形式参与的活动。当然，这些活动中的杰出者便容易成为公众崇拜的偶像，毫无疑问，在人众所崇拜的明星中，体育与演艺人员占有绝对量的比例。是乔丹、布勃卡、刘易斯、巴乔们一次次挑战人类力量与技巧的极限，贡献一个个令人向往、令人类自豪的场面；是鲍曼、赫本、派克、高仓健、麦当娜、列侬、普莱斯里们以各种风格的美好形象、个性化与激情四射的表演对人类精神做出了独特的诠释，并创造了一个个美轮美奂的艺术画面。

因此，必须认识到明星所带来的积极的文化意义，尤其是信仰发生危机，人们内心感到空虚的时代。人们希望内心的理想、精神、情感与生活目标能有一个寄托，明星往往成了这种文化的形象代言人。但是，在当代，明星的这种文化内涵及明星与其崇拜者的关系发生了变化，明星正在日益退化成形象的外壳，而崇拜者所需要的也仅仅是他们的形象，明星的文化内涵已变得相当模糊。而当明星崇拜中的文化内涵一旦丧失，那么这种崇拜也就会渐渐失去理性，变得盲目、狂热而又庸俗。郭达和蔡明表演的小品《追星族》曾对这样的崇拜做了讽刺，小品中的女儿因为追星而荒废了自己的学业，举止行为显得那样幼稚可笑。明星并未能对这个崇拜者有任何的引领作用，在这个女孩子的心中，明星就是形象，就是她们日常生活中的一切细节，衣着打扮、兴趣爱好、生活习惯……甚至连明星乘坐的汽车溅到身上的泥水也令她神魂颠倒。现在，明星崇拜确实日渐浅薄，人们由于不再关心自己心中的精神世界，不再需要建立自己与明星的精神关系，所以，对明星的崇拜也就不再专一，不必专一，也不可能专一。今天可以追这个，明天又可以追那个，"星"起"星"落成为大众文化中的普遍现象。

更重要的是，在一个商品社会，明星已渐渐地成为资本的傀儡，成为利润追逐的目标。明星的文化效应是与明星的商业和消费效应连在一起的，围绕明星可以形成一个完整的文化产业。明星可以是文体行业的杰出者，同时，他们又是广告代言人、亲善大使、庆典嘉宾、服装趋势的引导人、减肥健身专家、药品推销员、慈善

人与自己的内心有多远

活动的发起人……大众文化将时尚通过明星传递出去，掀起一波又一波的消费热潮，到此，明星的内涵被置换了，他们成了时尚和流行趣味的载体和试验品。

因此，明星不但可以被利用，而且可以被制造，造星运动一直是大众文化的重头戏，也是消费时代的商业发动机。造星运动的关键与秘密就在于能否把握住流行的时尚，在大众生活趣味的无规则曲线中"赌"准其兴奋点。比起许多失败的造星运动，F4可以说是一个成功的典范。F4的策划人认为女性依然是一个具有开发潜力的消费群体，于是就委托广告公司对女性观众做了一份问卷调查，结果发现大多数女性的趣味已悄悄发生了变化，粗砺硬汉的支持率正在下跌，她们非常希望在屏幕上看到年轻、英俊的小帅哥，这样的心理正好解释了日本漫画作品《流星花园》为什么高居少女漫画排行榜首的原因。于是，策划者们决定对这部作品进行改编，并按漫画的形象挑选了四位演员，电视剧的剧情没有任何新的创意，完全照搬，演员原先默默无闻，但因为长得漂亮，几乎是原作的拷贝，结果一炮打响。这是一次成功的商业行为，F4也完全是一个畅销的文化产品，制造者对市场的准确调查与大胆决策造就了四个新星，他们没有显赫的家族背景，没有明确的精神内涵，此前也没有什么了不起的业绩，演技生涩，素质平平，但这些都无关紧要，有形象就可以了。更令人惊叹的是制造商们对F4商业利润的充分开掘，他们并没有止步于电视剧，而是继之以流行音乐、巡回演唱、写真专辑、电脑网站……形成了一个主题性的文化产业链，从追星族们的身上赚取了大量的钞票。难怪在媒体众口一辞的捧声中时时听到F4与他们的经纪人和制造商们的吵闹声，因为在消费社会，利益分配始终是矛盾的焦点地带，明星们在这个时代已不可避免地沦落为金钱的奴隶与赚钱的工具。

　　明星已成为商品，崇拜也相应地成为一种消费行为。既然如此，我们就应该提倡理性的消费，当我们被明星激动得要死要活的同时，千万要记住，明星及他们的制造商正在体面而疯狂地掏着我们的口袋，而且，在短暂的疯狂之后，留给我们的依然是空虚无援的精神荒漠。

人与自己的内心有多远

云想衣裳

在诸多的身体文化行业中，有必要把时装拎出来谈谈。如果夸张一点说，服饰可以说是人类区别于动物的标志之一，在生物界，只有人类是用其他材料来遮掩和包裹自己躯体的。同所有人工物品一样，服饰在人类文明的演进中是一个重要的符号系统。服饰也是一种"语言"，显示了不同时代、地区、民族、阶层、职业、性别、年龄的文化意义。在等级社会里，不同阶层、不同地位的人其服饰有着严格的规定，不能乱穿，否则便坏了规矩，乱了纲常。比如中国的古代官服从其款式与色彩上一眼就可以看出官阶的高低。它与平民的服饰绝对是两个不同的系统，所以才有"微服私访"的说法，也就是为了特殊的目的，官僚改穿平民的服装以便隐匿自己的身份。专业化的服饰系统在现代社会还有延伸，为了突出行业、身份及其文化象征意义，现代社会依然有专业服饰系统，军人、教士和法官的服饰显然在提醒人们必须意识到权威、秩序、区别、等级甚至威慑力。当然，统一化的着装有时还会营造一种气氛，强化着装者的角色意识，比如大部分学校都会提倡学生在重要节日甚至在校园里必须穿校服。

时装是现代社会中逐渐兴起的新的服饰系统，在这个系统中，社会性的等级文化观念不见了，统一的服饰秩序也不再起作用，相反，它追逐新奇，张扬个性，凸现身体。人们将穿衣的方式看成是一种建构及表现自我的积极过程或技术手段，身体的活力通过衣服、装饰和手势的技术安排得到表现。这种"自我"与"活力"很大程度上表现为对时尚的积极响应和融入，表现为对社会推荐的生活方式的向往与间接的摹仿。英国动物学家莫里斯曾经在他的《人类动物园》里说，十八世纪的英国乡绅们打猎时，常常穿着前短而后长的燕尾服，到了十九世纪中叶，这种猎装略加修改后就成了流行便装。自那以后，茄克、超短裙、牛仔裤等，都因为最先是上流人士用来从事射击、钓鱼、高尔夫、马球、滑冰、网球一类休闲活动，后来才在社会上流行开来的，这就是时装业经典的"高位模仿"，是为时装设计师和制造商进行时装制作的通用策略之一。时装设计师们首先瞄准了社会的精英阶层，为他们的日常生活度身定做，然后通过他们去普及或稍作修改成为大众消费的时装。据说巴黎的大型时装设计公司推出的高档时装新款的平均顾客也只有几千人，但就是这有限的基数却是可以引领社会潮流的精英阶层，星星之火足以成燎原之势，设计师们在为他们设计时装时总是将他们的生活方式浓缩在里面，在推行时装的同时，这些时装商们也在推行某种时髦的生活理念，一种总体上以闲暇、玩乐、健康、美丽、奢侈、高贵为特点的生活方式，而大众在认同这些时装的同时便是对这些潜在消费趣味的接受，哪怕对大多数人来讲，它们可能只是一

人与自己的内心有多远

种可望而不可即的神话与幻觉。

既然时装总是与生活方式联系在一起,因此它也就成了社会风尚的晴雨表。与许多大众文化产品一样,时装之"时"就在于表明它是一种没有耐久品格的文化类型,相反,新意或现时性倒是它的中心思想。这一点恰恰与经典服装(如西服,日本和服)形成鲜明的对比。如果说经典服装表达的是时间的永恒性和人们对古典生活的怀念的话,那么时装则突出了时间的变化、对传统的蔑视和对现世的看重。时装必须将人锁定在当下现实的情境中,必须将人们带到一个个新奇的时空幻景中,而不是将人拉回已经消逝的陈旧时光里。时装创新的灵感不可能仅仅从某一个阶层获得,设计师固然能够对服饰传统点铁成金,但更多的却是将时下的大众时尚"翻译"成时装。时装设计师们的最大问题是必须知道何时将自己和别人追逐的潮流区别开来,何时又必须去追赶别人的潮流。要取得成功,你要能够比别人看得更远,能够预测到尚未出现但极有可能出现的潮流。与所有的大众文化产品一样,时装的品牌不是建立在像传统文化产品品牌一样的守成与相对固定的风格之上,相反,某一时装之所以能成为品牌,是因为它的设计总是花样翻新,对萌芽状态中的时尚潮流有敏锐的反应,并在设计制作中屡试不爽从而总是在同行中占得先机,成为一大批模仿者的始作俑者,而它的消费者也将从中体会到时装弄潮的虚荣。不过,消费者也许已经明白,自己就是这样被品牌时装套牢的,但不这样又能如何呢?现在人们在置换服装很少是因为短缺和破损的,式样是否入时是首先考虑的因素。

影响时装文化及其消费的因素很多,时装设计不仅仅关系到款式,而且面料、制作工艺以及销售策略都是相当重要的。也正因为如此,时装工业派生出了许多产业,从而形成一个相当规模的文化产业链，比如时装广告、时装摄影与时装模特。我们这儿只简单地说说时装模特。模特在职业化之初是一种让人们瞧不起的行当，但今天却是令人万分艳羡的职业。据统计，在高中和女大学生们的择业问卷中，愿意做影视演员和服装模特的远远高于对其他行业的选择。模特之于时装的意义是显而易见的，模特不仅显示了最时髦的服装，而且还通过一定的生活场景，如卧室、办公室、婚礼或者某种户外场面的创造显示了时装出现的理想氛围。由于模特要传达出时装的精神，因而模特必须具备各方面的素质要求，除了天生的身体条件、知识和严格的形体训练之外，化妆、衣着、社交风度、举止、发式、医疗问题、个人卫生、摄影和电视广告，都是一些必要的职业技能，随着专业性的加强以及培训成本和广告效应的增加，模特的社会地位也在与日俱增，其中名模的价码已超出想象。模特所"秀"还包括一些具体的身体部位，如头发、胸部、腿、手等，有一则报道说一位"手模特"因为被别人的宠物咬伤了手而索赔，单凭已签好的广告合同来赔就相当可观。这些确实让人羡慕，不过，向往名模的女生们也许不一定能体会名模内心的压力，著名的模特施林普顿曾这样回忆说：

> 我不懂当时为什么要坚持这种生活。我们出生于虚荣而不断打扮自己给别人看……。那种不安全感使我在梳妆台前流连，并不断跑进女厕所检查自己的外表。这真是一种可怜的情形！我这个红极一时的模特竟会这样。我不过是个装饰罢了。

是啊，逐新的前提是抛弃，时装如此，时装模特也是如此。

人与自己的内心有多远

今天，我们读什么？

　　阅读的作用曾经被无限夸张，因为在农业文明时期，文字基本上是承载信息的唯一手段，通过阅读，人们可以获取知识和经验，交流体验与情感。同样是由于农业文明特性的缘故，祖辈的知识与经验具有至高无上的地位，这些经验经由文字固化而得以超越时空，广为传播，成为后代学习、模仿的对象和崇敬的典范。在长时间的流传、积累、淘汰与筛选中，人们拥有了越来越多这样的读物。这便是经典产生的最简单的说法。阅读经典，意味着你对祖辈文化的承继，你对往昔历史、思想与生活的拥有与想象，同时也就意味着你对当下生活，特别是对下一代的发言权。在过去的年代，这种经典阅读构成了人们生活中的重要内容，青少年们被反复告知，阅读经典是人生的必修课。

　　然而这种状况正在悄悄地改变。正如文字已经不是信息的唯一的独霸天下的传输手段，文字阅读自然也就不再是唯一的阅读方式了。更重要的是，经典也不再是人们首选的阅读对象。相对于后工业时代与现代消费社会，经典的意义正在发生变化。首先，经典所描绘的生活离我们越来越远，它不再具有实用的参照价值，谁还会去模仿经典呢？除非他是个不折不扣的"堂·吉诃德"；其次，思想与诗意已经变成了累赘，在现代巨大的商业物流面前，思想实在是空洞、脆弱而渺小的，而深层次的、需要反复品味的那种"言有尽而意无穷"的诗化境界也让现代人很不耐烦，什么最能方便地、直截了当地作用于感官，那它就最适合现代人的阅读口味。要紧的是，阅读的目的已发生了巨大的变化，它不仅仅，或主要的不是为了接受教益，锻炼心灵，而是为了享受。过去动辄提倡"苦读"，而现代，阅读是一种重要的消费行为。因此，最后一点，经典是不具备有现代消费品格的，经典意味着永恒、静止，而现代消费的主要特点是变动不居，它必须跟着流行的趣味走。

所以，如今的阅读完全变样了，除了应付学校考试，真的很少有人再去光顾那些经典，当不得不读时，人们也宁愿放弃原著去寻找更为简单便捷的途径，比如简写本、改写本，"大话""戏说""图说"，白话翻译。八十年代兴起的蔡志忠热与此就大有关系。老子讲大象无形、大音希声，道可道非常道，名可名非常名，庄子也讲道不可言，言而非也，可蔡志忠竟能把老庄之道诉诸比言（文字）更具体实在的图画，这在本质上是违背了老庄哲学的。蔡志忠的图说唐诗也很滑稽，中国的诗最讲空灵，你一图解，就坐实了，就限制了读者的想象，孩子学唐诗，最不能看蔡志忠，看了他的图画，以为诗中描绘的景象就是他画的那个样子，一辈子都不易忘掉，这种伤害实在太大了。

由蔡志忠就想到"读图"。据说我们的阅读早就进入了"读图

人与自己的内心有多远

时代",从学生的课本一直到学术图书,凡书皆图,可谓无图不成书。如果从深层次讲,这种传播与接受风格的变化本质上是时代使然,现代传播技术(如影视、互联网)把一切都图像化了。意大利著名作家卡尔维诺说:"我们生活在没完没了的倾盆大雨的形象之中,最强有力的传播媒介把世界转化成为形象,并且通过魔镜的奇异和杂乱的变化大大地增加了这个世界的形象。"卡尔维诺对此大为不满,认为它消解了人类一种本质性的生活,他指的就是人类内心的思想生活。因为第一,图像是抽掉了语言文字深度以后的平面,它是反语言的;第二,语言文字作用于人的内在的综合性的语言器官,语言文字提供的首先是一种心智活动,而图像刺激的是感官,引发的是欲望,它更多的是一种官能的享乐——当然,就图像本身来说,又是复杂的,多层次的。但当前的读图及图说无疑是引导人的思维向浅俗的方向发展,近期书市上流行桒米,标明是成人图书,大大的开本,整幅的图画,寥寥几行字飘在上面,这样的读物让人觉得要么是对成人思维的嘲弄,要么就说明我们现在的心智水平真到了堪忧的时候了。这种阅读风气不可能对人的内心有什么提升,相反,倒有可能使人趋于平庸与懒惰,有人将此类图书称为"奶嘴文化"的一种,这个称谓形象而确切地揭示了目前流行文化非智化趋势。

与图相关,还有横扫一切的"动漫"。如今的动漫早已不是从前的漫画或动画片了。现在的每一所学校里,几乎都有一大群动漫族,孩子们可以对文字没有兴趣,但却不能缺了动漫。有几个孩子不知道一休、花仙子、机器猫、奥特曼、灌篮高手和蜡笔小新的?动漫成了从孩子一直到成人重要的阅读对象,奇特而类似的情节,夸张而概念化的造型,说句实话,它不但削弱了我们对文字的情感与兴趣，而且对传统美术构成了巨大的冲击。

也许没有比动漫更能说明阅读作为文化消费行为的特性了，它典型地说明了时尚对作为大众文化产品之一的读物的影响，读物作为文化消费中的一个环节，它与其他文化产业，与其他消费行为一直处在一种相当密切的互动关系之中。据说在日本，动漫产业的年总产值高达 1 兆亿日元，是仅次于旅游业的第五大支柱产业。当今的日本动漫业已超过美国，占世界市场的一半。在图书出版物中，漫画杂志有数百种，发行量高达近两亿册。年播电视动画片近三千部。每年 90 亿美元的影院票房收入有一半来自于动画片。去年风行的《千与千寻》，多次荣获国际大奖，在国内也创造了 500 亿日元的票房新纪录，超过了美国大片《泰坦尼克号》。而衍生产品，诸如 VCD、DVD 等音像制品、玩具、文具、食品、服饰等，市场的容量、产值和利润，又超过动漫产品本身，占有五分之三的比重。动漫艺术及其衍生产品相辅相成，紧密结合，已组成一个效能显著的产业链。中国的动漫怎么样？还没有权威的资料，不过一定也很可观。但是原创性如何就难说了。日本的动漫创汇能力比起汽车、电子产品等也是毫不逊色的，我们上面列举的那些动漫形象都是来自日本。这样说来，就日本动漫的出口来说就不仅仅是一个阅读问题和文化消费问题，而且是一个文化倾销问题了。我们的大众文化起步晚，不说其他，仅从产业角度看，就没有什么竞争力，而由此带来的对传统民族文化的压制，对本土消费者世界观、人生观以及价值观上的冲击所引发的诸多问题就更值得深思了。

人与自己的内心有多远

面对电视

在目前的大众传媒中，恐怕没有哪一种比电视更普及、渗透性更强、影响力更大的了。作家苏童这样叙述电视："电视已经成为许多人日常生活中的宗教，而电视机几乎就是一个口齿伶俐吃苦耐劳魅力四射所向披靡的传教士，整个世界都成了他的教堂。"现在，电视已经被赋予越来越多的功能，新闻、娱乐、教育、购物……其频道也不断从综合走向专题。

由于受众面广，电视成为现今文化产业的大户。收视率的多少直接决定了电视产业的利润，因此，如何将收视者吸引到自己的频道是电视制作人费尽心机的事情，不过它同时也是电视频道激烈竞争，电视节目日新月异的内在动力。如果说电视的品格与文化功能发生了什么本质性的变化的话，那么，从原先优越的训导者、资讯的拥有者转为贴近大众、贴近生活时尚的服务者可能是最突出的。即使以最严肃的新闻、政论节目而言，电视风格的变化也是惊人的，从录播到直播，从后期制作到现场热线，从主持人的独语式主播到合作者之间的对话，再到观众参与，这种制作方式的变化反映出电视已经由高高在上而变得平易近人、由封闭走向开放、由神秘变得透明、由单极走向互动。观众坐到电视机前不仅接受资讯，接受教育，他同时又是参与者。因此，观众的欲望与体验，是必须受到重视的。国外电视提倡"快乐新闻"，道理也就在这里。在目前，最受观众欢迎的就是类型不同的参与型电视节目，从有奖收视、现场调查、热线电话，一直到走进演播厅和实景拍摄，通过这种种参与，观众的许多潜意识的欲望得到宣泄，虚荣心、成就感、表达欲与暴露欲得到了满足。据说，现在的电视主体正在因此悄悄地发生变化，从看别人变成看自己。像不久兴起于西方也渐行于我国的"真实电视"，正想方设法在观众不知情的情况下，将普通者的生活不加改造地搬上屏幕，甚至让拍摄与观看同时进行，通过悬念设置引导观众不断地参与到下一步的电视进程之中。

电视面孔越来越日常化了。电视人明白一个道理，电视与电影的一个明显的差别是它观看环境的变化，电视机不是电影院，它是一个私人用品，是一个家用电器，它在绝对私人空间内被使用，在绝对日常生活的氛围里被观看，观众是在从公众生活走回个体生活时，从社会角色转为私人角色时才会观看电视。因此，电视的节目主题必须与这样的环境与角色相吻合。它必须放松、日常、娱乐、温馨，它讲述的理当是"老百姓的故事"。我所在的城市的几家电视台在新闻频道上的竞争异常激烈，纷纷改版，其中重要的有四项：一是将传统意义上的时政类新闻删除或后移，并尽可能压缩长度；二是将镜头对准老百姓的日常生活，走进百姓的家庭，与老百姓衣食住行、喜怒哀乐相关的"新闻"成了节目的主角；三是增

人与自己的内心有多远

加服务性，参与到平常百姓的生计中去，利用媒体的权力，以实际行动为百姓排忧解难；四是增强参与性，以各种方式将观众请进节目。这样的改变一时难以评说，但这种走出"精英""高雅"，走向平民的姿态确实切合了所有大众文化的一般走向。

新闻类节目如此，其他专题，尤其是娱乐类节目更不用说了。在目前的电视频道中，传统艺术已经退缩到聊胜于无的地步，如果不是配合节令与主流政治，也许早就被清除出了屏幕。由于电视普及率高，所以自从问世以来就一直被流行文化作为重点攻略的领地。现在电视已经成了流行时尚信息的重要集散中心。无论是流行音乐排行、电影、电视制作、演艺圈动态，还是广告和时装，大量的信息每天都在通过电视播向四面八方。对于明星们来说，电视是一个大舞台，通过电视，明星被越来越多的人所知晓，从而争取到更多的市场份额。电视不仅仅是流行时尚的传播工具，更是流行时尚本身的制作者，是重要的时尚主体，它在视觉文化上的地位，已经超过了传统大户——电影。目前，以电视为主体的时尚节目主要有三大类：第一类是多种形式的互动式娱乐节目，其主要策划与制作理念是提供一个或多个话题与一个开放式的活动平台，将演艺圈内的人士与多种渠道遴选的观众置于一个特定（虚拟／真实）的情境之中；第二类是专题性与综合性的综艺节目，唱主角的依然是流行档当红明星；第三类就是电视剧。现在，中国电视剧年产量早已突破万集，除了有专门的电视剧频道，其他频道到了每天晚上八、九点以后也大都是电视剧的天下。现在的电视剧生产已越来越成为一个规模性产业，这一产业又由一系列相关的子产业组成，它早已进入市场化运作，而不是早期的"国"字号式的"艺术创作"。成功的电视剧主要不是看其美学表现，而是拷贝的发行量。

当然，巨大的发行量的数字背后依然有一些共通的因素，除了明星效应以外，电视剧已经有了相当成熟的叙事模式和语义结构。它首先大都贴近大众，贴近城市居民的口味。将城市居民作为拟想的观众，是有道理的，因为在发达国家，城市化的程度已相当高，而在发展中国家，电视的普及率城市要远远大于农村，再者，城市居民的闲暇时间要比农村人多，当然，这里面还涉及受教育的程度以及审美水平和流行时尚的接受与熏陶等文化因素。所以，不仅是电视，几乎所有的大众化产品都将这一群体作为其潜在的消费人口，只不过因为电视剧表现手段更为多样，语义更为明确，其浸润性也更具特点罢了。在国外，电视剧与电影的功能是有很大差别的。不少电视剧被称为"肥皂剧"，从这个名称就可以看出电视剧的普通定位。它的意思就是家庭妇女可以一边干些洗洗涮涮（肥皂一词的由来）的家务活，一边看看这些电视剧。这些电视剧拖沓、冗长，为了节约成本，大都由室内对话构成（室内剧、情景剧），多看一集，少看一集无所谓，剧情不外乎男女情爱、武打、凶杀之类。改革开放以后引进的大型电视剧《血疑》（日本）、《大西洋底来的人》《加里森敢死队》《神探亨特》（美国）、《女奴》（巴西）……都是这方面的典型。这些电视剧的引进给中国本土电视剧的制作定了型，后来风行一时的《渴望》《便衣警察》就是这些作品的中国版，它们的剧情模式是舶来的，文化理念则是本土的，由于刻意切合大众的欣赏趣味，以至降低了作品的思想含量，甚至将早已被批判的陈旧的道德观念作为生活的范本加以张扬，比如在《渴望》的主人公刘慧芳这一贤妻良母的身上，我们几乎看不到一丝新女性的影子，至于后来的情景喜剧《我爱我家》则更是一种廉价的温情，无伤大雅的嘲讽，毫无智慧的所谓幽默的杂烩，剧中人不惜作践自己，装疯卖傻，以博观众一笑，它可以说是中国肥皂剧浅俗的"极品"。

电视的诱惑力一直是专家们努力探讨的问题，人们一直在寻找抵御的理由与方法。然而到目前为止，电视仍然看不出衰减的迹象——也许，互联网的诞生可以拉走一部分消费者，但谁又能保证那不是另一个陷阱？

紫金文库

节日、贺卡与手机短消息

　　每个国家、民族、地区乃至行业都有属于自己的大大小小的节日。从节日的起源，到如何过节，其文化含义是非常丰富的，它们往往集中体现了一个国家、民族、地区或行业最具特征的文化性格和心理内涵。它通过仪式将这些性格和心理外在化、程式化，并通过各种手段进行夸张，使人一眼就能够识别。因此，即使对这些节日主体而言，如何过节也往往成为他们文化认同的重要方式。这么说并不意味着节日的文化形态是一成不变的，相反，它是一个变化与守成、创新与继承的辩证统一。相比较而言，节日的文化形式在农业文明时代有着更多的功利与宗教色彩，其形式相对稳定，因为对形式，也就是规矩的破坏可能意味着不吉利，甚至是灾难。所以，节日形式的力量是相当强大的，每个敢于抗拒这种形式与规矩的人都不同程度地被视为叛逆，因此也就承担着相当大的社会与心理压力。到了科学昌明的工业文明时代，情形就大为不同了，节日

人与自己的内心有多远

更多地从宗教迷信中解放出来,去掉了不少功利色彩。它更多地演化为一种娱乐的、审美的活动,即使依然有一些传统的形式与规矩,但它们实质性的文化象征意味已经淡化了,对人不再是一种神秘的力量。由于审美与娱乐功能的凸现,现在的节日成了物流集中的时间和特色文化产品开发的一个个知识源头(比如端午节、中秋节、春节其文化产品的内在知识体系是不一样的),成为销售商们要拼命争夺的商机。为什么现代化程度不断提高之后,中国的节日反而越来越多了?许多"文革"时期早已不"过"了的节,现在又"过"起来了?而且又从西方进口了如圣诞节、情人节、父亲节、母亲节……,现在是中西合璧,今古同流,节日缤纷,让人眼花缭乱,应"节"不暇,道理就在于在现代市场经济观念下,在现代消费社会的经营理念中,在现代大众文化的概念里,这一个个的节就是一个个欲望的爆发点,是一个个购买与消费的高峰,所以,才有了节日"长假",才有了"黄金周",恨不能天天过节才好。

由于现代工业文化的加入,现代节日也就带有了浓重的大众文化的色彩,大众文化的一些主要形式也成为现代节日的重要手段。在节日里,亲朋好友互相走动,互致问候,互通消息,是一种重要的社交活动。记得早先,这一活动的主要承载工具是书信,节日到了,修书一封,遥致祝愿。再后来,是贺卡。朋友多的,节日一到,收到的贺卡一大堆,有普通的明信片,有带插页的,带电子音乐的,还有纸雕纸塑的,一直到现在,贺卡在节日通信中依然拥有顽固的市场份额。与贺卡一同流行的是"贺卡文体",这是一种集传统祝辞、吉祥语、格言体、诗歌、书摘与现代流行歌曲(词)于一身的特殊文体。这种文体最突出的文化意味是夸饰性的温情与浪漫化的承诺,而独独省略了对当下现实的陈述。如果说在青年学生群体中流行季节性的贺卡情境的话是一点也不过分的，但它对青年文化的复杂作用，包括青年语文学的影响，却一直少有人去作深入的研究。

贺卡之后应该是电话。由于缺乏书面的环境，加上口语交际方式的限制，节日电话的问候总体来讲缺少抒情性。但紧接着兴起且至今不颓的手机短消息却在贺卡之后将节日的交际文化推向了一个新的更高的阶段。手机进入日常生活给人们的各方面所带来的影响怎么估价都不算夸张，即使喻为"革命"恐怕也不为过分。它不仅仅是一个方便、迅捷、提高效率的问题，关键之处还有两点：第一，手机改变了人们对世界的看法，强化了现代技术特别是现代通信的神话地位，瞬间的共时性的交流已没有任何困难；第二，因为手机给人们提供的是一种新的文化传播的途径，所以，手机不是固定电话，也不仅仅是一种传统意义上的语音传输工具，它是一种新的文化载体。也正是因为如此，手机一方面不断超越人们的想象，品种与技术的更新让人不知所措，另一方面人们却依然希望手机不断革命，来实现人们文化交流更新、更细、更逼真的需要。现在的手机已经是一个移动的电脑，是一个移动的、智能化的、并且不断人性化的个体全部信息的存贮、编辑与交流集合体，通过造型设计、机壳美容和以各种形式（图像、声音、个性化铃声、游戏、网络等）与持有者的对话，手机已从工具变成人的朋友。在手机的诸多功能中，短消息是一开始被人忽视而现今却是使用频率较高，而文化含量最大的一个。这几年每年的春节，各移动通信公司的网络都被短消息挤得梗阻，它给各通信商所带来的收入都是动辄几千万，甚至是上亿的。有需求就会有供给，各通信商为了开发这一产品，迅速占领市场，不断推出一个个"让利项目"，短消息业务

人与自己的内心有多远

整个成了一个"动感地带"。不但通信商，连同互联网以及其他平面传媒也纷纷加入，企图分得一块蛋糕。除了技术领域，短消息内容也成了开发对象，也就是说，短消息的内容可以不是由短消息发出者自己"书写"的，而是在大量现成作品中选择的。继贺卡文体之后，短消息文体及其相关制作程序诞生了，短消息有了专业的制作人，这绝对是一个十年前怎么也想象不出的新职业。这些专业制作者在节日、情境等数十种复杂主题下不断制作出大量不同风格、不同适应性和选择性的短消息供消费者挑选，消费者可以通过报刊、网络选择自己需要的短消息发给他人。发送与欣赏短消息成了现今的时尚，也是一种新的消闲方式。不仅在于节日里，实际上它已经遍布了我们生活中的每一个时间，它方便、隐蔽，有那么一点小幽默、小智慧、小伤感、小情调，它可以存贮，反复把玩，可以一个人独享，又可以与他人共用，也可以即读即删，它可以如约而至，也可以不期而遇。因为许多短消息都来自专业制作者，所以，它成了人们共同的心理氛围与语言经验。

与所有的大众文化一样，复制与通用是手机短消息的特点之一，在这一点上，它比贺卡走得更远。因此，当人们沉湎于短消息的发送与接收的时候，有没有意识到它对个体真实体验的剥夺？据说，在现今，尤其对都市人群，手机已成为生活中的不可或缺，那么可以缺失的又是什么？事情就是这样，对于真正失去的，人们总是很少关注，这样的错误以前犯过，今后可能还会乐意地犯下去。

生活在别处

对中国现代文学稍有了解的人，大概都知道老舍的话剧《茶馆》和沙汀的短篇小说《在其香居茶馆里》。一般来说，人们的注意力集中在它们对当时社会世象的描摹和对各色人物的刻画上，很少有人刨根究底地追问为什么要把故事的背景与人物活动的空间放在茶馆里。其实，不仅是这两部作品，如果稍作留意就会发现，仅以中国文学而言，自晚清开埠和现代城市形成以来，以茶馆、酒店、酒吧、旅馆、舞厅、游乐场乃至马路等公共空间为故事背景的作品数量简直惊人，以至形成了一种可以称为"公共空间结构"的故事模式或构思方式。人们确实很少对这一点进行过细的分析，很少留意公共空间的建设与管理会对文学艺术产生的影响。比如，出于治安的考虑，现在的旅店规定相互陌生的客人不得入住同一间客房，而原来入住同一间客房的陌生人物曾是我们多少文学作品的叙述对象，现在，这一公共管理规定的实施宣告了一种文学故事模式的终结。

人与自己的内心有多远

从这个例子我们不难看出公共空间对人们的生活，特别是对文化的深刻影响。社会学家认为，现代性的标志之一就是公共空间的建立和扩大。在农业社会，公共空间是极为有限的，人们的身份是固定的，角色的变换非常稀少，而随着现代公共空间的建立，人们有了相对自由的活动领域，人们可以在不同的空间里寻找自己喜欢的角色，而在这流动性很大的空间里，也容易形成和传播与主流文化构成补充的许多亚文化，其中最具影响力的显然是面对大众消费的流行文化。我们不妨通过对几个典型空间的点击略窥斑豹。

酒吧、茶馆、咖啡厅。这些场所的设计与功能庶几相近，其形成与流变也经历了大致相同的过程。中国的茶馆是农业文明时期不多的公共服务设施之一，它与酒店饭铺一道成为当时三教九流的聚散地，有时，两者在功能上是兼通的。酒吧或咖啡厅是引进的，在西方，它们也是从普通酒馆演变而来的。西方学者指出，最早的酒馆、酒吧是下层工人、叛逆青年、自由知识分子聚会的场所，是"革命"的温床。上层人物一般待在沙龙，很少涉足这里。这一点与中国也可以进行不恰当的类比，这只要看看《水浒传》里宋贵兄弟开的小酒馆和《沙家浜》里的春来茶馆就可以明白。但随着现代化的脚步，消费文化对这些场所进行了全面的入侵与改造，并以流行文化、精英生活予以装扮，于是，这些场所一跃而成为时尚生活的身份标志，流行艺术、时尚信息、自由交流成为氤氲其中的格调。不少经营者将消费文化的营运策略引入进来，打造品牌，或怀旧、或前卫、或另类，争夺、引领并塑造着属于自己的消费者。随着黄昏的到来，现代人的夜生活便在此次第展开。确实，它给现代人提供了超越家庭、工作等制度性空间的条件，给了人们放松、逍遥、宣泄、沉思的机会。所以，喝什么并不重要，关键是有这么一块地方。为什么现在有那么多"吧",简直没什么不可以"吧"的(茶吧、网吧、说吧、陶吧、足吧、话吧……),就是这个道理。

舞厅、歌厅。在许多人的印象里,现在的舞厅、歌厅都带有难以言说的暧昧色彩。其实,真正意义上的歌舞厅与流行音乐以及现代都市艺人的生产有着密切的关系。不要说西方,就是当今中国,它们依然是不少流行乐队特别是摇滚乐队生存的空间,许多歌手、乐队都是从这里走向大众、走向大舞台的,许多流行歌曲也是从这里传唱出去的,因此,它始终是流行音乐的敏感地带。

快餐店。原先是为产业工人服务,为的是尽量节约时间,以扩大尽可能多的生产时间的快餐业,在20世纪得到迅速的发展并发生了质的变化,从原料生产一直到成品生产,从本土经营一直到跨国公司,快餐业是一个世纪以来迅速崛起的消费产业之一。从消费文化的角度讲,快餐既是原因,又是结果。首先,它顺应了现代社会的节奏与生活方式的流行趋势,将人们从日常俗务中解放出来,以便自由地加入到快节奏的现代生活之中;其次,快餐以工业化的方式解构了传统的饮食文化,在快餐理念中,传统的饮食文化是经验主义的、繁琐的、低速度低效率的,而快餐是科学的、简洁明快的和高速高效的,它岂止是一种饮食观念,同时还是一种生活哲学;最后,快餐将一种休闲观念融入饮食过程中,有时,饮食似乎不再重要,有许多青年就着一杯咖啡可以在快餐店里待上几个小时。它也成了一种"吧"。

游乐场。游乐场是什么?换个词,它就是狂欢。这里没有身份的区别,年龄的大小,有的是冒险、刺激、模拟与想象,是痛并快乐着的欲望的满足。从这个意义上说,如果好莱坞是一个梦幻工厂,难道迪士尼乐园就不是一座梦幻加工场?梦,不再是人们的幻

人与自己的内心有多远

想,不再是纸上的文字,也不再是银幕上的特技与动画,它就在你的身边。你置身其中,可以上天,可以入地,可以与动物交朋友,可以与魔鬼打交道,可以生,也不妨体验一下"死"。它会让每一个人摆脱日常生活的重压,在这里找到冒险与成功的快乐,甚至是替代性虚拟性的满足。仍可以以迪士尼乐园为例,看看它的八大主题:美国大街、冒险乐园、新奥尔良广场、万物家园、荒野地带、欢乐园、米奇童话、未来世界,还缺什么?只有你想不到的,没有它办不到的。为什么迪士尼能分布全世界并不断扩张,为什么类似的主题公园、乐园层出不穷?因为它宣泄了现代人的巨大压力,因为它成全了大众的梦,因为它带来了惊人的商业利润。

马路、广场。千万不能小看它们的文化功能,马路早已不是原先意义的交通通道,广场也不是原先意义的城市人口的分流空间,它们现在都是城市着力打造的文化空间:平面和垂直绿化、城市雕塑、亮化工程、街心花园,它们是城市精神的形象体现和代言人,同时,它们又是大众文化争夺的巨大平台:广告牌、霓虹灯、液晶显示屏,包括被称为"城市牛皮癣"的小招贴,五花八门,应有尽有。每到周末,广场音乐会、商品发布会、展销会、媒体见面会……永不枯竭的巨大人流成了消费文化争夺的资源,这使得原先人们天天行走却视同无物的交通用地变得令人眼花缭乱、头晕目眩……

在现代社会,消费文化的公共空间远不止这些,由它们织成的网不仅使人们无所逃遁,而且让人乐意成为其中之鱼,不是吗?即使你足不出户,也会落入到它的虚拟(网络、声像、平面媒体……)空间之中。

我们永远生活在别处。

感觉互联网

在前面的讨论中，我们已经涉及传播方式的演进对文化的影响。如果以传播方式的变化作为划分的依据，我们会得出与其他划分手段不同的人类的文明史分期，传播学家们曾经这样概括人类在传播方式上几个重要的发展阶段：符号和信号时代，说话和语言时代，文字与书写时代，印刷与书籍时代，大众传播（报纸杂志、广播电视）时代，网络传播时代。每一种传播方式都代表了一个人类文明时期，当然，每种传播方式的变更也都会引发或伴随社会的重要变革，包括社会的结构、社会成员的关系与交往方式，甚至包括了人们的情感态度、价值观与审判趣味。

对于互联网对社会的巨大影响，我们有些人至今仍然估计不足。这是因为在目前，我们的传播状况呈现出的是一个前所未有的多种传播方式并存的局面，印刷、广播、电视与互联网共生共在，社会成员不但共同享用着这些传播方式所传载的文化信息，在多种

人与自己的内心有多远

传播方式中具有自主选择的可能和空间，而且，不少社会成员由于是通过以印刷传播方式为主的文化形态获得知识的，其文化认知方式与心理结构大体已经定型，所以对互联网这样的新型文化类型有一种本能的排斥。"代沟"作为一个社会心理的概念，在说明人类代际间的差异与冲突时仍被广泛讨论与应用。其实，这个要领也可以用来说明不同文化范式人群间的区别和隔膜，比如，从目前人与传播方式的关系看，就可以明显地呈现出社会成员之间的文化态度，"书籍一代"与"电脑一族"显然缺乏共同的文化品格。

准确地说，互联网是最能体现出大众文化的大众性的。有关学者已经深刻地指出，互联网的诞生绝非只是科技进步的产物，从实质上讲，它与现代社会的民主制度密切相关。互联网的最根本的理念与精神有两点，一是平等与共享，二是知识与信息，其他所有的特点与功能都是由此派生或以此为根基发展起来的。统计数据表明，在当今世界，互联网的普及程度固然与某一国家或地区的经济发展有关，但更与这一国家或地区的现代制度的建设相关，从这个角度讲，中国互联网的迅速普及是现代政治文明建设不断发展的结果。

由于上述性质，互联网实际上正在帮助我们这个社会构建新的文化形态。在这个文化形态中，社会成员间是平等的。在虚拟的、匿名的网络世界中，人的许多社会身份不见了，在这里，没有长幼、尊卑，没有职务的高低、权力的大小，也没有恼人的不同性质、不同层次的社会歧视和令人尴尬的而又无法左右的社会评价，这确实是一个自由的空间。网上没有垄断，没有"关系"，它的信息资源是共享的。而且，互联网巨大的信息吞吐量改变了人们对知识的传统看法，书籍文化中的固有经典观念在这里是不适用的，创新是这里的灵魂。人们在网上体验到的是：每天都是新的。网络好比是一个没有终极的黑洞，它的"链接"是没有穷尽的，所有的节点都在一个硕大无垠的平面上展开，每一个成员都可以由一个节点进入，在层层打开中自由翱翔，因此，网络总是充满着难以排拒的诱惑性，同时也充满了挑战性，所以，网络文化是面向未来的文化，是不断告别过去的文化，是永远年轻的文化。

网络文化的诱惑性与其他大众文化不同，它不是单一的，而是丰富的。它可以是知识的，也可以是娱乐的；它可以是真实的，更可以是虚拟的；它可以是被动的，也可以是主动的；它既是客观的，又是主观的。可以说，网络是一个再造的社会，现实生活中有的它当然有，现实生活中没有的，它也可以有。正如同每一个社会个体不可能进入整个社会领域、不可能了解所有社会一样，人们同样不可能穷尽网络，从这个角度说，即使是号称网虫、网迷的人在网络中也只是沧海一粟，他们也只能生存于网络社会的某一角落。

将网络视为一种"社会"的观点非常具有理论阐释功能，它能解释网络所产生的许多问题。比如我们固然应该肯定网络对人类社会进步的巨大意义，但这种意义的取得所付出的代价同样惊人，仅从物质层面来讲，如果将所有网络终端都算在内，可以说，没有哪一种文化传播方式要像网络这样支付巨大的成本。如同任何结构形态的社会一样，网络也在不断带来让人头疼的事情，社会公共安全、网络犯罪、青少年的网络健康，等等。什么是网络健康？它指的是人们能以科学的、文明的观点对待网络世界，并能以与网络时代相适应的行为方式参与到网络交流中去。比如，仍然是以传统的享乐游戏方式去看待网络，将网络仅仅看作是满足自身娱乐要求的工具，或者，在网络面前丧失了自我，从而迷失在网络中，整个地

人与自己的内心有多远

以网络世界取代了现实的生存世界,凡此种种,都是不健康的网络心理与行为。因此,即使一个人整天在网上游戏,那也不能说是真正进入了网络,他还算不上一个网络人。我们已经说过,网络具有其他传播方式无可匹敌的优越性,它的兼容、整合与覆盖功能几乎使所有的传播方式都可以在其中找到自己的位置或替代方式,网络几乎整合了目前所有的大众文化类型,如影视、流行歌曲、广告、动漫,甚至包括一些更为传统的娱乐方式(这只要去浏览一下那些游戏网站就可以一目了然),均可以通过网络来进行。对于痴迷于网上某一娱乐方式的人来讲,网络只不过是工具变了,它的趣味及理念并无多少变化,它并没有完成文化类型上的转变。以游戏来讲,网上游戏由于多媒体技术及容量和速度的支持,比起其他媒质来讲,效果当然更好,但它作用于人的诸多欲望的性质,给人提供替代性满足的性质并没有什么根本的改变,而且,由于网络技术的支持,游戏有可能构成对人更为严重的掠夺、霸占,它的伤害也就更大。

网络还会向哪里发展,谁也无法预料。从第一台计算机的诞生至今也不过几十年,而互联网的产生时间还要晚,它的发展确实超过了人对它的适应与掌握,没有什么知识比网络技术更新更快的了,它使得这个产业的竞争异常酷烈,整个社会变化的节奏都因它而加快。同时,它也在不断地提醒人们关注人与技术,人与机器的关系。谁是世界的主宰?人与技术能共同进步吗?如果能,它的节奏与频率究竟是怎样的呢?这些总是都令人不安而又着迷。

当年打败国际象棋冠军的电脑名为"深蓝",要知道,网络是一个比蓝色的海洋还要深广的世界。

文学的时尚化与作家的明星化

虽然对于还没有最后放下清高姿态的纯文学界来说，它不能构成一个话题焦点，但对于大多数阅读消费者来讲，2003年岁末的最后一个文学事件似乎是木子美的《遗情书》。先是网上和平面媒体的双重炒作，接着是迅雷不及掩耳之势的纸质版本的快速面市。它的套路十分典型地体现了畅销书的工作流程，而它的主要故事则是当下十分流行的都市生活碎片的拼贴，是一次真正意义上的带有行为艺术特点的"身体写作"。

这就是文学的时尚和时尚化的文学。作为流行文化的重要组成部分，文学的时尚化是与文化的消费主义进程同步的。对于中国大陆当代文化来说，文学的时尚化滥觞于上世纪七十年代末，一开始也是以输入的方式出现的。港台的言情、武侠随着邓丽君的歌声一起进入了人们的视野，琼瑶、三毛、亦舒、金庸、古龙、梁羽生构成了那个时代大众阅读的主要对象。现在看来，这样的消费状况还

人与自己的内心有多远

未曾真正与时尚同步,也未曾对纯文学的写作构成冲击,但是其潜在的阅读趣味的转移已发生了本质的变化,即非经典的、泛文学的读物正在占据人们的阅读空间。只要发生了这样的迁移,随着外部文化的侵蚀,文学的全面时尚化只不过是个时间问题。

从字面上我们就可以看出,文学时尚化的主要动力来自于外部,对于文学的这种变化而言,它是一个由外到内的演化过程,它所导致的最本质的变化是文学的消费性、消闲性比重的大幅度增加。本来,文学作为一种精神文化产品是以追求其精神价值的永恒性为旨归的,它虽然也有一种娱悦人的作用,即文学的娱乐性,但却是以对精神价值的追求为最终前提的,所以,不管是中国的春秋,还是西方的古希腊,在解释这种关系时的经典提法都不约而同地定位为"寓教于乐"。正是在这一点上,使文学区别于一般的物质文化和其他通俗类的精神文化产品。但是,这种情形在现代消费社会发生了改变。在这个社会,市场决定一切,文学,连同许多高雅艺术一起被放置到市场的风口浪尖上。除了极少的国家和公益扶持外,留给高雅文学艺术的安全岛屿已经越来越少。这种情形各国皆然。说句实话,能够真正顶得住这市场风浪的文学艺术家还真不多,出路似乎只剩下下海一途,坚持纯正趣味的可算是凤毛麟角。这样一来,文学的位置改变了,娱乐上天,精神落地,与其他大众文化的壁垒也打破了,社会的流行趣味对文学的影响变得十分容易和迅捷,人们在物质产品消费中所养成的某种日常生活的趣味,开始反过来影响人们对文学作品的阅读期待,更不要去说那些走在前面的众多大众文化品类了,这些物质的和文化的趣味所造就的阅读期待最终促使文学形成一波又一波的流行浪潮。

于是,许多作家,当然主要是在当代大众文化温床中长大的青年作家（所谓"六十年代""七十年代"），开始将笔墨集中到人们的时尚生活趣味之中。这些作家或者以中国沿海发达城市的生活为表现对象，或者以当代西方大众生活理念作为他们的文学想象，制造着一个个与我们当下生活相去甚远却小资味、波波味十足的文学白日梦，造就出一个个横空出世的文学时尚人物。有学者在分析这类文学时尚人物时指出，他们在作品中往往没有太多的过去的经历，因而也就没有多少历史的因袭和负担。他们生活在一个物质丰富、文化多元、信息发达、交通便利、物质文学和大众文化都十分发达的时代，一方面张大欲望的器官，充分享受现代物质文明带给他们的这种感官的享受和欲望的满足，创造着这个时代的各种新的和更新的生活时尚与文化时尚，他们的生活方式和行为方式连同他们的生活和行为本身，甚至也包括他们的肉身在内，都成了这个商品化时代欲望的符号。而对这种欲望化生活书写得最为大胆、最为淋漓尽致的就是以一批女作家为代表的所谓"个人化写作"与"私人化写作"，她们沉湎于"一个人的房间"，对"两个人的战争"津津乐道。这些作家通过她们笔下的人物彰显出感官消费时代的文学风景线，并且因此而成就了"身体写作"的一代，卫慧、棉棉、九丹，连同我们开头提到的木子美都是较为典型的。

　　时尚化的文学其表现是多种多样的，它几乎渗透到我们文学写作的每一个角落。如果说上面我们分析的现象表明了文学力图追求时尚的潮流，力图与大众文化的前沿风尚并驾齐驱而呈现出前卫色彩的话，另一种更为普及的情形则体现出大众文化消闲的时尚趣味。在谈及大众文化的表现形态时我们就已经指出，它固然有流行歌曲、行为艺术、街舞、极限运动等明显带有刺激意味的形式，也有酒吧、美容、阅读等带有悠然生活情态的消闲文化场所及方式。

人与自己的内心有多远

如果对时尚文学进行分类，大致也是这两种大的风格。这第二种风格的表现是从对现代散文闲适小品如周作人、林语堂、张爱玲等作品的再度阅读开始的。这样的阅读趣味刺激了一大批作家对这类风格的模仿，于是，所谓随笔、生活散文一时间遍布了大大小小的文学刊物，流风所及，包括报纸副刊、生活类时尚刊物也加入其中。这些作品篇幅短小，大多以日常生活、身边小事为题材，行文自由，不拘体式，谈些小情调，小幽默，小伤感，衣食住行，男欢女爱，无所不包，即谈即忘，随风而散。曾经非常叫座的素素、黄爱东西的所谓"小女人散文"可算是这方面的代表。

从这些叙述中，我们已不难看出文学时尚化在文化功能上的复杂性，所以有的学者认为时尚对文学来讲是一把"双刃剑"。一方面它促进了文学的普及，有利于文学人口的增加，同时也在一定程度上有利于人的心理情绪的宣泄和调节；但另一方面我们也看到，时尚化文学所表现出的平面化、官能化是对文学深度的解构，是对文学人文关怀的回避，是对文学审美高度的放弃，长此以往，那导致的不仅是文学的倒退，更为严峻的还将是整个社会状况的精神滑坡。

文学的时尚化使许多方面都发生了改变，包括写作者即作家。在过去，作家号称人类灵魂的工程师，是如普罗米修斯一样的人类盗火者，他们以播撒人类文明、宣传崇高的精神和道德理念、提升人的审美水平为己任，因而拒绝流俗，甘于寂寞。而如今，他们却公开宣称要"躲避崇高"，极端者甚至说"我是流氓我怕谁"。而更多的作家则从传道者的神圣位置退居到一个职业写作者的角色。在文学写作者中，现在是一个自由写作比任何时代都要多得多的时代。

当文学时尚化以后，它便自觉地将自己定位成了一种特殊的文化产品。我们知道，文学作品作为一种物化了的精神文化产品，本身就具有双重属性。它以艺术的审美方式来反映世界，表达思想感情，这种表达虽然具有非物质的超功利的特点，但它的物化形式在进入市场和流通的过程中却具有了物质产品一样的商品属性。文学的时尚化遵从的是市场法则，它极大认同并强调了这种商品属性。它不但追求其审美价值与精神价值的实现，而且追求其商品价值的实现，追求利润的最大化。在一个大众文化产业化的时代，文学的生产已不仅仅是作家个人的事，它还涉及出版、销售等许多方面，为了实现利润，它就必须要进行制作和包装。这种制作和包装是两方面的：一是在写作上迎合时尚和大众的趣味，说白了，就是因袭那些最具有感官刺激性和诱惑性、被证明具有商业效应的模式来进行文学创作，这可以称之为内包装；二是按一般的商品包装程序来进行，从策划、广告、宣传，一直到营销方式，这可称为外包装。也就是这种外包装，促成了如今作家的明星化现象。

　　对于文学作品的包装甚至文学的商品化，现在的作家大都是迎合的，不迎合也没办法。因为从实际情况看，一方面文学的商品化已成为事实，谁也阻挡不了；二是文学这一特殊的商品在众多文化商品中并不十分叫座。过去，大众对文化的消费还是比较单一的，文学在人们的文化消费中占得了大半个江山，属于桃李不言，下自成蹊。而现在的文化消费品类繁多，相比起文字传媒的间接性，它们以其视听的直接性、变化的迅捷性、消费者的参与性和对人们身心欲望的贴近赢得了更多的消费者，文学反而显得"门前冷落车马稀"了。所以，不包装就不足以吸引消费者，而消费者的多少又直接与作家的利益挂钩，稿费、印数、版税已经成为作家鬻文时必须考虑的重要因素。因此，与其抵抗不了，不如以积极的态度配合文学的商业化运作。

　　而在诸多文化产品的制作与包装中，明星是一个不容低估的商业筹码，它对提高产品知名度、引导消费起着不可忽视的作用，这里面有一个大众对明星崇拜的盲从心理。利用明星来包装产品的情形很多，而对精神类、艺术类、体育类作品来说，大多是靠明星来推销自己的作品，如歌星之于流行歌曲，影星之于影视作品，体育明星之于赛事，等等。对于同一个作品或表演来说，星与非星其商业价值的差别简直无法可比。既然明星比一般的艺人收入大得不可比拟，那么，成星之后的作家其作品的印数也必然会上涨，这种类比思维在现如今实在是再自然不过了。事实上，我们的出版商、图书经销商，连同作家们也正是这样做的。他们精心安排一个个场景、抓住一个个机会，让作家从书斋走向媒体、走向公众，让作家频频在视听和平面媒体亮相，将作家的生活公开化，甚至也如同其他行业的造星一样恰当地安排一点绯闻，请作家参加节庆、公益活动、签名售书、做客热线节目等，作品还未成型，那边已然开始"爆炒"。同时，不断打出一个个文学旗号，而每一种旗号为的是推出引领风骚的明星式作家。当然，商业因素固然重要，精神因素也不能不考虑。明星与一般人的差别是有目共睹的，尽管明星们纷纷叹息做星的苦恼，但相比其在星上的"高峰体验"，简直算不得什么，成就感、荣誉感、征服感、影响力，等等，只要有可能，恐怕谁都想尝一尝，文学的位置虽说有点不尴不尬，但毕竟还有一些文学人口，作家们想过一回星瘾也并非不可能。

　　不过，比起其他大众文化来说，作家明星化有一些特殊性。虽然对许多作家反复炒作造星的心情非常理解，但作家真要明星化其难度还是相当大的。而且，此星非彼星。知名度的高低是不是成星的标志？作品的畅销与否是不是取星的尺度？这都是需要讨论的。因此，更多的人倾向于认为，说一个作家成了明星可能只是一个比喻的说法，这样的明星说法还有很多，如科技明星、学术明星等。因为作为一种文化现象，明星是当代心理崇拜的产物，是传统崇拜的变形衍化。我们在讨论明星崇拜时已经分析过明星的类型及特点，可以看出，与传统崇拜不同，明星是人，而不是神，明星们体现的是人类自身潜能的超常发挥与演示，是与个人身体、动作、形象相关的力、美、智慧，这是核心，因为这个核心，个人的生活方式、趣味和人格精神才具有了共在的意义，这就是为什么明星大都出在文艺界、体育界的原因，也是明星及其明星崇拜为什么只存在于大众文化层面而无法超越的原因。换句话说，明星是与自身的外在存在联系在一起的，这种外在存在又与他的职业是一体化的，他的身体、他的形象与他的职业不可分割。我们看到的明星总是一个个重叠的可以置换的形象，如贝克汉姆的足球英姿，刘易斯的短跑矫影，麦当娜的摇滚狂态……如果从这个角度看，作家，连同科学家可以成名，却难得成星，他们可以让人尊敬，却无法让人崇拜、疯狂与迷醉，他们与自己的作品是分离的，他们的形象无法让人想到他们的作品，而在他们的作品中，他们个人的形象也同样是隐蔽的，无法让人直接感觉到他们的存在。

这样的说法可能有点扫明星作家们的兴，但反过来说，成了明星也罢，成了伪明星也罢，成不了明星也罢，这是不是文学运作的常态都是值得讨论的，即以发达国家文学创作的现状看，作家明星化好像也不明显，如此看来，这种状况所反映的大概是大众文化尚不发达时的过渡情形和畸形状态。

人与自己的内心有多远

购物的幻像

　　社会学家韦伯曾经投入大量的精力去寻找资本主义发生的源头与现代物质社会形成的秘密，他发现，以新教伦理为基础的重劳动、重节俭是早期资本主义形成的内在动力之一，这让我想起许多文学作品对资本原始积累时期资本家形象的塑造，比如巴尔扎克笔下著名的守财奴葛朗台，他虽然有万贯家财，却节俭异常，视钱如命，他最大的乐趣是在夜深人静的时候点上油灯在地窖里把玩金币，那金币炫目的光泽带给他的享受远远超过了任何绫罗绸缎、山珍海味。

　　但是，葛朗台注定是要退出历史舞台的，守财奴作为一种特殊的艺术典型也进入了文学的历史博物馆。这与人的品德、甚至性格都没有关系，因为现代社会早已成为消费的社会，他已失去了其生成的典型环境。

　　如何看待消费行为，以及它的形成与在社会发展中的地位？对于这个问题的思考其关键是要转换理论视角。按经济学家的说法，至少在20世纪之前，人们对社会发展的解释大都可以归入"生产主义视角"，顾名思义，这种视角重视生产劳动，重视产出以及社会物质财富的积累，消费行为在这种理论视角里是没有地位的，甚至被斥责为一种不良的品行，是挥霍浪费。但如果换成"消费主义视角"，情形就大不一样了，许多被忽视的历史情形得到了揭示，许多社会规律得到了明晰。比如，首先，至少在18世纪，随着殖民主义的横行，商品大量流通和屯集，一下子改变了人们尤其是欧洲人的消费水平、消费内容与消费习性；其次，大工业时代的到来，使城市化进程迅速加快，大量农业人口涌入城市成为产业工人，社会人口中越来越多的人脱离了生产与消费一体化（所谓生产与消费一体化指的是在传统的农业社会中，人们往往消费自己生产的产品，自给自足）的古老模式，产业工人们生产的往往并不是自己消费的产品，自己的消费品必须到他人处购买，消费成为大规模的社会行为；最后，同时也是最重要的，与早期资本主义不同，随着生产的发展，经营者们发现，商品的被消费是生产的主要动力，没有消费就不可能有进一步的生产，消费者成了现代社会的英雄，为什么说顾客就是上帝，这才是最大的秘密。

因此，20世纪重要的社会特征之一就是围绕消费来构建生产与经营体系，不断组成新的商业形式和商业组织，并在此基础上不断构建新的消费制度，促进消费观念的更新，从而最终形成了动态的影响社会方方面面的消费文化。

消费发生的前提，或者说消费的起始行为是购物。谁也不会料到，购物在现代社会会成为一种文化行为，而购物场所也成为一种特殊的文化空间。在我们的城市，形形色色的购物场所遍布了大街

人与自己的内心有多远

小巷，既有传统的家庭式的小商店，由各种摊贩组成的贸易市场，季节性（年度性的春季、秋季商品交易会）、时段性（早市、夜市）和主题性（花鸟、文物、旧货……）集市、专卖店，更有大型、超大型的购物中心、百货商店和超级市场（超市），而后者正日渐成为城市商业的枢纽，甚至成为城市人口的重要集散地、建筑标志和城市形象的窗口。各大城市不断发布兴建大型购物场所的消息，动辄就是国外的超市航母零售巨舰（沃尔玛、家乐福、欧贝德、易初莲花、诺玛特、麦德隆……）登陆某地。众多的购物场所正如接龙游戏一样不断扩张地盘，蚕食着城市的有限空间，动不动这里一条商业街，那里一条步行街。城市为了它们不断将其他行业的领地和居民的居住地挤出中心地带。打开每一张城市地图，图例中提示的商业繁华区都集中在城市的黄金地段。我们的城市功能已变得日渐单调，越来越像是一个大卖场。

购物场所的变迁给人们的消费行为带来了哪些变化？人们不得不承认，现在普遍采用的自助式销售是商品零售行业的一次革命，在这里，顾客被邀请进来，直接浏览、检查商品，而那曾经非常重要的柜台，或者说顾客与商品、与销售商之间的阻隔消失了。当顾客与商品进行"零距离"接触时，会产生怎样的心理呢？主要是购物的冲动。商品就在自己的周围，就在伸手可及的范围内，挑拣、比较、拒绝与接受都变得十分简单。许多人都有这样的购物经验，只要进了超市，开始并不想买的后来总是买了，开始只想购买自己的目标商品的，结果所买却远远超过了。所以，一个很简单的道理是，只要有顾客，就不怕他不买东西，对零售商们来说，商品的存贮与不断更新固然重要，但吸引顾客并且留得住顾客也同样重要。因此，现在的大型购物场所最下力气的地方是环境的投资，地板的铺设、电梯的速度、货架的间距与高度，都成为不可忽视的细节，更不要说温度的调节，空气的流通与照明设计等方面了。现代零售商们正不断将自己的卖场改造成一个集购物、休闲与旅游于一身的综合场所。正是在这个意义上，传统的、以实用为目的的单一性的购物行为演变成了复合型的消费行动。大型购物中心已越来越成为城市的浓缩，城市主要功能俱全的具体而微。在这个人为的刻意为之的有限空间里，可以囊括各种消遣、休闲和娱乐设施——从电影院、游泳池、屋顶花园、画廊、溜冰场，到游乐场、系列餐馆、茶室、纸质与电子阅览室可谓一应俱全，要什么有什么。国外有些声名显赫的大型购物场所甚至设有旅馆和小型教堂！

这样的购物中心和超级市场往往是流行信息的发布中心，时尚推广中心。不仅是广告，它们直接通过商品的形式告诉人们当前应该吃什么、穿什么、搭什么、喝什么、玩什么，如果一个人不想落伍于消费的潮流，那就每周去一次大型购物场所吧。所以，这些购物场所极力营造的氛围总是针对城市的中层阶级。事实上，那些设计得宽敞的停车场，五光十色的流行高档商品，漂亮的导购小姐，柔和的背景音乐，随时可以停下来享受的餐饮、美容、健身与阅读，也确实已经是十足的中产阶级消费模式了。所以，是否高频率地出入这些大型购物中心就成为现代城市人的一种身份标志，一个人的生活消费品是从邻家小商铺里购买，还是到大型购物场所去购买以及每周的购买量，往往是他身份上的消费印记，据此，可以判定他社会角色中的许多内容，包括收入、趣味、消费层次等，你是不是那些购物中心的会员，拥有多少张购物金卡，现在已经变得越来越重要了。也正因为这一点，现代人常常出现"购物焦虑症"。法国哲学家笛卡尔曾经有一句名言说"我思故我在"，意思是只有

人与自己的内心有多远

思想才能证明自己的存在,而现在则变成了"我买故我在",只有不断地购买才能证明一个现代人的存在,马克思曾经预言过的商品的异化终于来临了,人成了商品的奴隶。在一个"商品拜物教"的时代,商品不但具有使用价值,还具有文化象征意义,它关系到人的品位和地位,商品有时就是人物的身份标签。现代购物制度改造了人,塑造了人,每一个进入大型购物场所的顾客都程度不同地产生"夸示性的消费",它远远超过了购买者的使用水平。在这种消费中,顾客被自己想象成了一个富有阶层,从而因这种虚拟的身份认同而产生特殊的"商场购物快感"。

快感是很重要的购物体验和商场体验,现代大型购物场所之所以竭力营造环境与氛围,其主要目的就是为了使顾客获得这种体验。他们努力使购物行为轻松化、休闲化、审美化,不仅让顾客在购物时获得一种得到商品后的满足感,而且能体验到自尊感、权力感和控制感,让顾客习惯用商品去说话,使商品成为语言。丰富的商品以及五花八门的包装与形象设计,能使顾客在任何目的下都能找到表达自己愿望与情感的"机会商品",是销售商们告诉我们圣诞节买什么,情人节买什么,应该向什么人送什么,商场不仅让我们获得体验,还得到"知识"。

即使不买什么,大型购物场所也是一个不错的去处,也同样会给人们带来快感。事实上,"逛超市"正在成为现代人,尤其是现代女性重要而日常化的休闲方式,因为女性被社会归为具有审美技能的性别,所以比男性更容易感受到商品形与色细微之处的质感,更容易感受到商品的审美价值。因此,对许多女性来说,不一定要购买,"看"就够了,对商品的观看、浏览、触摸(有时不妨再深入一步,比如试用与试穿),同样会获得快感。为了配合顾客的

"看",现代购物场所强调前台,强调暴露,只要有可能,它都尽力使自己"视觉化",使自己成为城市的现代景观,从而使徜徉其中的人获得愉悦。而一杯咖啡和藏身于巨大人流中的"大隐隐于市",更会让人额外地体验到一种情调,一种逍遥。

第四辑

故事总是这样开始："从前……"

——毕飞宇《往日的事》序

奥地利医生弗洛伊德几次三番地强调童年对人一生的影响。这种影响对从事文学艺术的人来说尤其厉害。他曾经以歌德、达·芬奇、陀思妥耶夫斯基等为例子，把他们的作品与他们的童年生活一一对照，说出了许多惊人的秘密。如果这位医生的话是对的，那么，了解一位作家，或者将他的作品读透的最好方法就是去翻看他的童年，不管是大事小事，都会意味深长。

所以，毕飞宇的《往日的事》首先的意义是精神分析学的，是创作学的，肯定会被那些搞传记批评的评论家抓住不放，深挖不止。事实上，我们确实从毕飞宇的往事中看到他作品的许多原型，虚构的生活与实体的生活在这儿得到了草蛇灰线样的印证。故乡与童年是那么的强大，不管他小说的风筝飞得多高多远，那根线总是系在苏中的那块洼地上。我们不难从飞宇的回忆中寻找到他小说的蛛丝马迹。《写字》中在操场上以地作纸的男孩显然有着作者童年的影子，而蛐蛐让作者如此难忘，以至直接以其作为小说的篇名，《枸杞子》中的手电也可能就是作家童年的家电……如果不是故乡特殊的地理地貌，那一望无际的大水，也许少年时对空间的想象不会那么深刻和强烈，直到成年还会以《地球上的王家庄》顽强地挣扎出来。毫无疑问，毕飞宇的知识是丰富驳杂的，但乡土系列始终是他知识谱系中的强项，他说如果没有少年时代的经验和父辈的传授，连他自己都难以想象会写出像《平原》《玉米》这样的作品。而"文革"对一个少年的影响也比人们想象的要深重得多。我很惊讶在这样一部童年记事中作者对自己少不更事的严厉态度，一个有着复杂身世的孩子在那个时代注定要承受比别人更多的歧视和压力，但他同时可能在有意无意中使同伴受到伤害。这样的童年经历会让作者成年后有了更多的清醒特别是自省，对专制有了更自觉的批判。谁能想到，一个人价值选择的根据有可能要追溯到他遥远的童年。

所以，我们可以将这部有趣的关于作者往日的纪实性作品看成作家的成长叙事，当然也可以看作一部教育叙事。不过，怎么看首先取决于我们怎么理解教育。教育其实是很宽泛的，并不是我们所狭隘的那唯一的学校教育。如果按照这种狭隘的理解，那么毕飞宇这部作品中的许多叙述都称不上是知识，起码不是有用的知识，遑论教育？但教育就是在我们不以为是教育的地方发生了，而且，它对一个人成长的作用可能远远大于学校，重于老师，多于书本。也许，我们的一些家长会从飞宇的这部书中获得许多的启示，并由此调整他们对孩子的教育方针。我记得俄国思想家洛札诺夫就曾经武断地认为家庭是最好的学校。他认为家庭能影响孩子的人生观，能给孩子爱和自由，能让孩子认为什么是生活，而这比知识与棒，比考学生重要得多了。洛札诺夫觉得人的成长最重要的是做人，而"只有家庭，也唯有家庭才能培养儿童最重要的文化品质，教给儿童最高尚、最基本的东西"，这些东西是有规律的、宗教性且富有诗意的东西。"个人正是通过家庭、进而通过社会同整个人类融为一体并感悟生与死的奥秘"。他这样比较家庭与学校："家庭唯一能给孩子的是使之健康成长，使之有信仰，使之处事认真，这就是给孩子工具，如同给旅行者一根手杖一样。如果家庭能做到这一切，就让学校给孩子其他次要的知识吧。"仔细想想，还真的有道理。毕飞宇也许没有认真地去盘点他的家庭，也没有刻意回忆他的长辈是如何教育他的，他又从他们那儿学到了多少，但他写了他的少年生活，这种生活是以家庭为核心的一种延展，由家庭，他开始走进村庄，慢慢地小心地拓展着他的生活半径，这样的拓展如同积墨法一样不断渲染出一种氛围，这样的氛围在潜移默化中给了一个孩子基本的人生意识，他的好奇、他的怀疑、他对生活的兴趣、他对劳动的理解和参与……这其实都是我们生活必须遵循的精神。即使说到知识，也很难说哪种更有用。是学校课本中那些有体系的知识，还是日常生活中散漫的经验？从根本上说，学习的目的肯定是为了生活，起码是要养成运用知识的意识，如果一个人不能感时花溅泪，恨别鸟惊心，很难说他的语文学好了，如果他不习惯在市场上与人讨价还价，那也不能说他具备了生活中的数学意识。同样，我们还有"化学生活""生物生活"，这都是我们应该学会和拥有的。想一想，在这样一个有毒的世界，这样的生活自觉有多重要。

　　毕飞宇早就跟我说要写这样的一本书，也许是因为我与他是同代人，所以看了之后觉得特别的亲切。我知道这样的感觉除了有相

人与自己的内心有多远

似的经验外，代际间的身份认同也是原因之一吧。不过，我并不是过分的自恋，确实认为与后代相比，我们可能拥有比他们的生活有趣得多的回忆。我问我的女儿，你的童年是什么？让你回忆，你会说些什么？她想了想说"猫和老鼠""小龙人""小虎队""超级玛丽""新白娘子传奇""流星花园和F4"……这些就是她的年轮，只有通过它们，她才能将她的那段人生完整地串起来。她特别遗憾地说我那年没有允许她看《新白娘子传奇》，这让她的人生少了一个节点，现在同学们回忆往事到这一年，她只能无话可说并且因此受到了同学们的奚落。她不无夸张地说她的这一段人生是无法弥补的空白！这就是女儿的童年，她们的回忆。其实，相比起她的不少同学，她与现实的联系应该还不是完全脱节，她应该记得小城的街道和小吃，知道四时节令与农事，叫得出许多植物的名字，而不完全是电视与游戏和那些由虚拟与符号构成的世界，也许她的同学们也有着相似而又相异的经历吧。但这一代的身份定位迫使他们对其作了选择性的遗忘。一代人有一代人的生活，有一代人的成长资源，也有一代人的文化记忆。从这些视角看去，我们与他们的差别实在太大。不管我是不是抽象了他们，我还是倾向地认为我们的童年更丰富。这不仅是因为学校教育占去了太多的时间，也不仅仅是因为升学的压力使他们无暇顾及其他，而是因为这个世界正在从他们脚下将大地抽去。一个人的童年，一个人的成长最好要与日常生活相关，尽可能完整地参与到日常生活中去。一个人的知识和对世界的看法不能仅仅来源于书本，而要形成，或验证于他与自然的关系，他要与大空、大地、河流、乡土植物，与人们生存不可分离的动物们建立友谊，这样的关系应该是亲密的，带着质感与气味，甚至是肌肤相亲。这样的生活才是接地气的。少地气的生活对人的影响有多大？也许，一代人甚至几代人都不会看出来，但总有一天会意识到，如何让孩子们拥有全面、健康、自由和自然化的生活，是一个问题。

  这也许是我的看法，连毕飞宇也未必同意。确实，否定一代人的生活，哪怕仅仅是他们的童年也是轻率的和危险的，说出自己曾经的生活，让它们流传下去才是正事，既然每代人都做过或正在做这样的事，那就让我们继续做下去。

人与自己的内心有多远

从生活的结束处开始

——姜琍敏《叫我如何不执著》序

早就想为姜琍敏的创作写点文章。认识这么多年，书架上插了那么一长溜他的作品，人家这么多这么好的东西送你，却一点回赠没有，心里还真觉得有些失礼和亏欠。

不过，真要写了，却又不知从哪儿写起。姜琍敏的创作实在太丰富了，朋友多年，来一本读一本，一本一本地读过去，亲切、自然、自在。这样的阅读已经如同居家的日常生活一般，有心而又无心。许多的话好像都已经说了，若要细论，竟有相逢无一语的感觉。在我的印象中，姜琍敏是一个在文学上不太张扬的人，默默地写是他唯一的文学动作。也正因为这样的勤勉与低调，才使他有了如此惊人的创作量。在文学理想上，他是一个偏于传统现实主义的人，这可能与他青少年时期的文学阅读与文学启蒙有关，当然，也与他这一代人的生命历程与人生感悟有关。他的小说创作，虽然几乎横贯新时期文学几十年，历经各种文学潮流，但却少有时风的影响。这不是说他的创作能置于时代之外，而是说他总是不急不躁，将别人的思想，外面的风潮慢慢地琢磨、沉潜、消化、积淀，然后化为自己的手笔，并且统摄在自己的文学理想与实践之中。姜琍敏的文学是为人生的，是与社会和现实相呼应的，是试图为人心存照的。九十年代初，他的《多伊在中国》甫一发表即引起关注。这部作品从题材上说明了姜琍敏的创作与现实生活的距离，他的敏感、他的快捷、他的思考。即使现在再去读这部作品，还依然能感受到作家得风气之先和他对中国经济与社会生活的剖析之深，体会到他对变革时期人们心态变化的观察之深。其实，故事并不铺陈，结构也不复杂，但是许多宏大的主题，东西方文化的冲突与融合，传统伦理的现代转型等似乎都在作家的把控之中。而《女人的宗教》《喜欢》等则近乎心理分析式的作品，体现了姜琍敏刻画人物，特别是体察人心的能力。姜琍敏这代作家，对社会的认识，对生活逻辑的理解实际上在几十年前就基本上形成。这样的代际背景、思想资源与文化性格在面对这几十年的社会巨变，特别是要以文学的方式来处理时，可以说是一把双刃剑，就看具体的创作者怎么使唤了。有的人可能始终待在自己的那前几十年里出不来，他们或只写自己那代的人与事，或对现实只存不解与怨怼。但也有通脱者，能将自己的阅历、背景与认知作为参照，恰可以拉开距离看出历史的变化与世事的播迁，如黑白对比般鲜明。姜琍敏正是这样的智者。这些作品虽然立足时代，却从社会的神经末梢入手，潜伏到人物的灵魂深处，写出不同阶层、不同性别、不同身份与地位的人物的心灵史，他们的欲望、本能和畸变。姜琍敏如同一个高明的外科医生，下刀稳而准，经他之手，那深藏的病灶几下子便呈现出来，让

人与自己的内心有多远

人不得不叹服作者的老辣甚至"残忍"。

姜琍敏长期从事文学期刊的编辑工作,这一职业使他须臾不能忘记读者,他们是他的上帝。这样的态度必然体现在他的创作中。他知道读者们喜欢怎样的作品,同情普通读者的审美趣味。姜琍敏对小说传统有精深的研究,对小说这一带着世俗印记的文体的文化属性了如指掌。说得白一点,好看是对小说起码的要求,在这方面,姜琍敏是下了大力气的。千万不能说好看是小说的低级性状。相反,在一个现实常常超出了文学的想象,资讯发达天下怪事第一时间就能传遍世界的时代,在影像叙事不断增强刺激度的今天,讲好一个拖得住读者的故事还真不是件容易的事。我从读者的反馈中知道,他们喜欢姜琍敏的小说。像《黑血》《漫长的惊悚》等作品不但读者喜欢,即使我们这样的成天操弄批评只顾搜寻微言大义的人也不得不要换一个角度来讨论,老姜的故事是哪里来的?比如《漫长的惊悚》,一个看上去普通的男女情爱,怎么就会在几十年的绵延中藏得住那么大、那么多的秘密?明处的人物与暗处的人物如何在自然而然的状态下那么天衣无缝地"合作"着他们的故事?作者又如何面对和安排真相被揭明的那一刻?我们又该如何重新推想另一种叙述,假设一切本不该如此?这样的小说阅读后的智力游戏我想人们好多年不常做了,而这,大概是一个小说家所期待和得意的吧。真正的小说应该存活于作家与读者的互动之中的。

姜琍敏不仅多产,而且多面。他不但在小说上跑马圈地,而且在散文创作中也颇多建树。汪曾祺曾经说过,一个作家的最高理想是成为一个文体家。这句话的含意非常丰富,从大了说是自创新体,开一代文风。也可以说是一个作家建立了自己的文体意识。他知道文体的性格、文体的特征、文体的目标与功能,知道如何与不同的文体相处，更知道自己的心性与文体的关系。能做什么，不能做什么，能做好什么。我没有与姜琍敏讨论过类似的问题，也不敢贸然说他是个文体家，但依我的判断，他是一位具有自觉的文体意识的作家。因为我在小说与散文之中，看到了不同的姜琍敏。

在姜琍敏那里，小说是向外的，是为别人的，也是言说人间世事甚至天下大势的。但散文不同，散文在他那里，可以向外，但更可以向内；是为别人的，但也可以为自己；既可以观风俗，论时事，但更可以说人情，道心事。叙讲开门七件事，玩一玩风花雪月，它是"我"的，也是自由的。如果要对姜琍敏的散文特色作一个概括的话，我以为或可用智慧风貌而论之。因此我特别向读者推荐这本集子中的"禅边浅唱"部分，它可能包含了姜琍敏散文的秘密，也是打开作者散文之门的钥匙。禅边浅唱是说禅的，在姜氏禅学里，禅是一种态度、关系和方法。它的精义在于从现象处去参悟。佛无处不在，所谓一花一世界，一木一天地。它更主张佛就在我们的心中，每个人都有得道悟性的机会和权利。参禅悟道不是做学问，它可以不涉理路，不落言筌，它是人与佛性的相遇，是一种状态与境界。所以，禅是彼岸的，但更是此岸的，是超越的，但又是世俗的，是与我们每一天的生活相联系的。因此，姜琍敏说禅时，固然也出入典籍，和我们一起重温《五灯会元》《景德传灯录》《续传灯录》《祖堂集》《临济语录》等佛教史著作以及大量的类书笔记中的经典典故，体会醍醐灌顶、当头棒喝的境界与哲思，但更重视禅在现代生活中的状态以及与我们的关系。禅不仅在寺庙，也不仅在僧人，它同时就在我们身边，是我们应该拥有的生存智慧，是我们对待生活的一种态度，和我们应对生活中许多难题的方法。姜琍敏的禅是"现代的禅"。所以，他说，"咱老百姓能顺应本

人与自己的内心有多远

性,尽可能平常、善良地过一份安稳日子,就是天大的福分,就是'道'了"(《道在树上?》)。他问到,"生活中处处存在着如此精深的禅理,为什么我们总是视而不见,却痴痴地到处寻求、膜拜什么'佛子'呢?"(《为何不赞叹》)当然,既然是一种方法与态度,既然禅家亦可诃佛骂祖,因此,对禅的世界观,禅的历史遗产也不是不可以反思与批判,而且,这可能更近于禅的本质。所以,我尤其欣赏姜琍敏的入室操戈、反出山门,那些与禅宗的祖师爷"叫板"的文字,比如我们该如何看待我们的心理感受?我们真的需要什么都放下吗?我们又该如何对待自己的肉身,包括生与死?禅是为了安顿个体,安顿日常的生活,并且使生活获得意义的,如果不敢面对,而皆掩面逃去,要禅何用……

我们这里不是要与姜琍敏一起参禅,而是在讨论他的散文精神。这种精神就是智慧,就是从生活出发,反过来解释生活。古人讲,太上立德,其次立功,其次立言。张载的横渠四句说"为天地立心,为生民立命,为往圣继绝学,为万世开太平"。韩愈主张文以载道。我以为都可以用来说文学,说散文。文学也是一种立言,立什么言?就是给生活以说法,给生活以意义;天地无言,但文章一出,它们就有了"心",所谓心也就是使山川草木、人间百事都获得了解释;凡人懵懂,"立命"也就是为普通人的生命找寻价值,这些都是文之道。所以,生活的结束,就是文学的开始。我们看姜琍敏的散文,他所耳闻目睹的我们没有经历过吗?巴黎的超市,罗马的街道,我们没去过吗?街边的瓜摊,桥洞中的寄居者,我们也见到过,我们也常常打电话时拨错号码,也时时丢三落四,也怕理发,怕搬家,但我们更多的时候也就止于此而已。每天每日,有多少类似的事情与场景与我们擦肩而过?至于它们的背后是什么,它们与什么有着隐秘的联系，会给我们怎样的启示，我们却疏于思考。姜琍敏通过他的写作告诉我们，我们应该再向前一步的，也就这一步之遥，我们竟能海阔天空，我们成了"会思想的芦苇"。姜琍敏在寄居者的桥洞边也就多站了一会儿，便起了这样的思绪，"我仍不清楚录下这些凡俗之至的见闻有何意义，虽然心上常隐约感到似有似无的触抚。这大桥上风驰电掣着滚滚车流，桥两岸林立的大厦和迷离的灯彩里，也时刻起伏跌宕着诱人得多的活剧。有时你甚至能听到某辆名车中飘落的莺声浪语。但若你下桥来，站近看，这儿尽管比桥上暗也矮得多，毕竟仍是混然的一体。就是说，尽管形态不同，这也是生活。是生活就有意义，就有值得你我或各方偶尔关注一下的理由"。姜琍敏有文《叫我如何不执著》，虽是说自己，但我们也不妨多"执著"一下。

好的作品就是这样，它不仅给我们愉快，更给我们启迪，让我们更好地生活。

祝贺琍敏新著的出版，也感谢他给我这么好的谈谈他创作的机会。但纸上得来终觉浅，还是找机会坐下来说得痛快。

何时一樽酒，重与细论文，在此与琍敏郑重一约。

人与自己的内心有多远

——冯新民《风中的广板》序

冯新民先生的诗集《风中的广板》就要出版了,他让我来写个序。我知道,新民叫我写序,不是因为我对诗歌有研究,而是我与他认识了几十年,也可以说是老朋友了。

一个地方的文学与一个地方的人是有关系的,与一个地方的几个人,甚至一个人是有关系的。这几个人或一个人,可能得风气之先,可能在某个领域有所建树,也可能特别热衷于文学活动,或者,他主持着一种文学刊物,在当地文联和作协从事文学组织工作,等等。我们都可以从这些方面去讨论这些年的南通文学与新民的关系吧?

我是因为诗人萆晓明的介绍认识新民的,听说在这之前,南通的一批诗人交往唱和切磋已经多年了。在上世纪八十年代的南通,有着全国知名的小说家、散文家、诗人和批评家。现在那样的地方性文学格局已经不大见到了。我一直认为这是值得探讨的文学或文化现象。文学从最本源的意义上说是每个人都可以拥有或选择的精神生活方式，我相信，在每个人的生命经历中，都曾经有过用文学表达自己的情感与经验的冲动。只是这样的冲动需要条件，也需要自己的坚持。为什么我们大家对八十年代都很怀念，就是因为在那时，诸如文学之类的生活方式曾经是许多人的选择，而不是以后的物质与财富的追求。那个年代，南通的文学朋友，就在江海平原，在南通的同仁书店、如皋的缘缘书店、通州的新感觉书店，经常聚集一起，品茶、喝酒、说诗、纵论天下、臧否人物，并不觉得自己就多么的矮小，也不觉得那方土地就怎样的逼仄。那确实是一段美好的时光。与那个时代相比，不能不承认，文学或文化的位置上移了，地方的文学人口正在减少，稍有成就者便走出地方，于是，地方的文学不断被抽空，水位不断下降，可持续的发展也受到制约。由于社会价值的选择，又造成文学人物影响力的削弱和文学活动制度性的限制，比如，听说作为几乎是唯一的市级文学刊物《三角洲》也移植别土，新民与这本刊物感情极深，谈及此事，激动不已。我对他非常理解，也想劝劝他，但又十分无力。从宏观上讲，这种文学格局上的变化对一个地方的文化创造显然是不利的。回想起来，当年的那些朋友大多星散各地，或为谋生、或为寻求更大的文学空间。没有走的朋友，并且一直坚守文学的，新民算一个。冲着这一点，我对新民是钦佩的。这是一个对地方文化坚守的人，也是在创作上做出了牺牲的人。我没有就这方面的事和新民作深入的交换，我宁愿他的工作是快乐的，并且是有成就感的，看到一些年轻的文学面孔加入到南通的作家队伍中，我首先为新民感到欣慰。

　　新民从事诗歌创作好多年了。我还记得当年与他讨论文学的情

人与自己的内心有多远

景,他随和而又率性,喜欢抽烟,特别沾酒,但在文学上,他却是个心气十分高傲的人。这与他的文学理想有关,与他诗歌上的取舍有关。我没有就诗歌创作与新民做过深入的交流,是不是在借用的意义上,新民会倾向于认为诗歌应该是纯粹的,它与其他文体应该有比较严格的区别。在新民的诗歌疆域里,很少写实,新民的作品不企图去为历史做什么编年史书记员,相对而言,它们与精神、与灵魂、与形而上、与一个人的心灵关系更大。所以,我们在冯新民的作品中很少看到什么现象形态的生命历程,很少看到身份的标志,很少看到地方性知识,甚至日常生活的影子也非常的模糊。也许,偶尔会闪过扬州、洪泽湖与南通港的字符,但你千万不要指望它们会给你带来什么现实的描绘,"就这样奔你而来/我/于此时到港/船票结束车票开始/登岸/我亮出爱因斯坦牛顿/卡夫卡/乔伊斯/寻找职业"(《南通港》)这里有我们熟悉的港口么?新民通过这个港口走向的显然是另外的旅途。新民有首《自画像》,这样描写自己的人生状态,"跛足的灵魂/把坦坦的道路踏出凸凸凹凹的履历/被挤伤的智慧/却埋在头发深处/悄悄分檗",我认为这是比较准确的,这是他作为诗人的写照。因此,不能说新民的诗就与社会无关,就与现实阻隔,就看不出人生的印记。不是说它与我们的经验无关,而是看诗人对这经验的理解。现代诗的经验越来越呈现为一种"隐秘的经验",它不是外在的和现象的。对诗的这种美学定位首先来自对现代社会经验表达与语言方式的自觉,传统诗歌的许多功能,如认识、美刺与教化等都被其他文体甚至传媒更方便的承担,但是人类关于经验世界中最幽暗和最敏感的部分,却是其他方式难以传达的。为什么在新民的作品中,有着那么多的象征和隐喻?就是因为他力图通过可以操作的语言去表达那语言不可通达的幽深的世界，我们难以言说的心情意绪。从这个意义上说，新民的诗歌对经验的表达是广谱的，对我们当下精神世界几乎是全覆盖的。在这方面，可以说新民具有思想的野心，对人类的精神状况具有深刻的人道关怀。我们可以在他的作品中很方便地看到自己的精神影像，自己的苦恼与忧伤，彷徨与恐慌……与心戚戚。正是因为这样的感受和判断，我觉得新民的诗表现的是这个世界沉重的一面，幽暗的一面，令人不安的一面。

　　这样的诗歌姿态是现代的，更是先锋的。我不知道新民更早的诗歌是怎样的面目，当我接触他的诗歌的时候就是这样的前卫。一个人一时的先锋并不难，难的是一辈子先锋，说新民一辈子为时尚早，但他几十年的执着足以令人钦佩。我在许多场合说过，中国先锋是不彻底的，这种不彻底的表征之一就是过早的放弃。诗歌在众多的文体中是最为革命的，情形是不是好一点？但稍作观察也还是觉得"后撤"是许多诗人不约而同的选择。现在，如何继承上世纪的先锋遗产是整个文学界共同面对的美学难题，这种难不仅是诗艺的，更是价值的选择。也许，新民的这种姿态使他失去很多，也许这种姿态常常让他很难进入诗界的中心，但我以为这种特立独行恰恰是一种可贵的立场，蓦然回首，我们会发现，新民正在捍卫着现代诗歌的方向。

　　每当朋友聚会，我常常在觥筹交错中细细地打量豪情万丈口若悬河的新民，心想人的外表与人的内心究竟有多大的距离。现实中的新民是一个开朗的、活泼的人，也是一个达观的很会享受生活的人。但是，我想当他进入诗思状态时，大概是孤独而决绝的吧？我知道许多诗人在这两者间苦痛地徘徊而难以抉择，但新民似乎出入自由，了无羁绊，这真令人羡慕。当然，这也不过是我的想象和推测,子非鱼,焉知鱼之乐?

感谢新民对老朋友的信任,让我为他的新作做序。人我说了,诗我也说了,可能都没说好。我希望经常看到一个举杯大笑的饮者新民,也希望更多的人去阅读诗人新民。

繁茂如树的乡愁

——丁浩《庸言》序

丁浩是我的老同事。虽然现在我们不在一个单位了,但还是能够经常见面,因为我们两个单位还在同一座建筑内,还在同一个食堂用餐。只要在食堂见了,就会端着盘子坐到一起,谈过去、谈近况、谈同事。不少老同事都快到点了,而新同志则一个个进来。说起这些,我们都不由得感慨,我们的时代正在远去,不会远去的是文字。在我的印象中,丁浩虽然久在机关,却是少有机关气的人。机关气是什么我也说不清,但我有一个自己的标准,那就是读不读书,写不写文章,说不说点风雅的事。古代的衙门与现在的机关当然不是一回事,但有一点是一致的,那就是坐在里面的都是读书人,都算做知识分子。过去坐在衙门里的大都会舞文弄墨,为官与为文似乎从来不分家。虽说太上立德,其次立功,其次立言,但在文人的眼里,这立言的分量还是比较重的。这一传统不知什么时候

人与自己的内心有多远

改了。坐机关的,特别是有个一官半职的如果写点文章,看点与本职工作不相干的书就会被说成不务正业。我曾经出席过一些基层官员的作品研讨会,会前会上他们都很纠结,一方面想听听文学界人士对他们文字的批评意见,又怕别人说闲话。我真的非常不理解。

丁浩的文字很干净,很实在。收在这本集子中的有对故乡的回忆,有对自己往事的回溯,也有读书心得和心情意绪的书写。看得出,丁浩的写作面很宽,从这一点来看,也可以说他是一个生活阅历和内心世界非常丰富的人。

我特别喜欢他那些带有乡土气息的文章。丁浩是江苏靖江人,我是海安人,我们的故乡相距并不远,气候相似,生产方式与生活方式也差不多,连路边的野草野花也长得一样。丁浩童年见到的赤腹鹰、红隼、白腰雨燕、绿鹭、灰椋鸟、黑领椋鸟、柳莺、杜鹃、金翅雀、红嘴蓝鹊、红嘴相思鸟、红耳鹎、银鸥、斑嘴鸭、罗纹鸭、绿头鸭等也出没于我故乡的树林和芦苇荡里,而黑鱼、甲鱼、鳗鱼、塘鳢鱼、黄鳝、鲶娃子、昂丁公、大青虾、乌锈蟹和鳜鱼也是我家乡的水产。至于斫糖,水铺鸡蛋同样是我小时候十分喜欢的食物,想当年,一听到"破铜烂铁,换糖吃啊……"的叫卖声,便会飞奔出家门。所以看到丁浩写故乡,看他回忆少年时代的往事就特别的亲切。最难得的是丁浩对家乡农事、渔事和农作物的叙述和描写。不知什么原因,描写故乡的文字一般都倾向于唯美。从题材上说那就是认真地描写农事与农作物的越来越少,而风花雪月以及本来就很"文艺"的故事传说则越来越多。其实,农事与农作物都是很美的,在长期的生产中,不管是人的劳动过程还是劳动对象,都与人结下了深厚的情感,并被赋予了丰富的人文含义。它们不仅是我们生活的保证,也是我们生命的象征与情感的寄托。《麦思》

与《赏稻》等都是我喜欢的作品，如果不是对农村有感情的人，即使麦子就在面前也会视而不见，当然不会有"扑面而至的全是将熟未熟的新麦，是麦天麦地麦山麦海"这样的画面和感觉，更不会折取"已经黄梢的麦穗，结成一束，拿在手中把玩，放在案头欣赏"。现在还有多少人会将农作物作为审美对象的呢？而丁浩则经常将自己淹没在无边的农作物的海洋里，如同一株植物一样与它们共同呼吸。有时，他又像一位老农，为植物的长势、丰收，为新的植物品种而欣喜。"整整齐齐的稻田，从眼前一直铺向远方。稻棵子挤挤挨挨，精神抖擞。秋分已过，收获季节即将来临，成熟的稻穗谦恭地垂着头，其神其态，是对劳动的赞美，是对大地的感恩。稻穗的色泽，饱含着赤彤丹朱，是天边流霞，是带绿的金色，是古代文人眼中的'碧'。在这片稻田里，我见到了一种过去未曾见过的新品种，稻穗是紫色的，看上去更加养眼。"这是怎样的深情。

　　如果没有读过丁浩的这些文字，真的不知道他的故乡情结如此之重。人与人不一样，有些人天生有种飞翔的气质，能够轻易地将自己从故乡连根拔起，并且轻而易举地找到异质文化的漂白剂将自己身上的乡土印记洗得一干二净，了无障碍地进入城市，脱胎换骨地融入人生的目的地。但另一些人不行，他们不愿意，也做不到。柯灵先生说："一个人为自己的一生定音定调定向定位，要经过千磨百折的摸索，前途充满未知数，但童年的烙印，却像春蚕作茧，紧紧地包着自己，又像文身的花纹，一辈子附在身上。"丁浩大概就是这样的人。"本来以为我会四海为家、随遇而安，潇潇洒洒地漂泊一生，然而如今的每一个夜晚，枕边有压弯的村路，梦里有揉皱的乡野。所有的记忆全都在故园乡间的往事里发了芽生了根，然后长成一棵棵大树。"想来这棵大树还会不断生长出新的叶片，这些叶片将在丁浩的文字中闪烁、翻飞。

　　这本集子中的许多篇章我曾在报上零星地读过，它们都不长。不长，不等于它们容易写。我是知道短文的厉害的。一篇文章就是一个生活片断、一个场景、一个人物、一段情感或者一丝感悟，写几篇可以，像这么上百篇地写下来，要有多少的积累，要花多少的功夫。许多的意念是可以铺排演绎下去的，但常常就是那么千把字就打发了，全是干货，结结实实，没有一点水分。可能有些人看不上这样的短文，其实，说得大一点，中国现代散文的诞生、成型与繁荣，乃至五四新文学的发展，与这样的短文都是分不开的。五四的许多文章大家，鲁迅、周作人、丰子恺、梁实秋、王了一、梁遇春等，都是短文高手，也是报纸专栏作家。说到底，是现代报纸催生了这一文体。所以我一直说现代报纸副刊是现代散文的温床，而副刊短文应该是一种相对独立的文体，它有它内容与形式上的特点。不少文章大家就感叹自己写不来这样的短文，气息、节奏与表达方式都不适应。想一想，现在每天有多少报纸，又有多少人在等着看副刊文章，当我们在繁忙的工作之余紧张的生活间歇从这些短文中得到一丝闲适，些许慰藉或一点启示时，真该好好感谢像丁浩这样勤奋而富于牺牲精神的写作者。

　　丁浩几次跟我说要把文章结集起来，今天终于等到了。承他不弃，嘱我为序，序是不敢当，但我的祝贺是真诚的。

驮着故乡爬行

——海马《回忆与时间》

海马是我的老乡，而且相距不远，也就十八里地，但等到相互认识时，故乡已经离我们很遥远了。

因为有着几乎相同的童年记忆，所以，海马这本《回忆与时间》中所写到的故事与人物在我读来就十分的亲切。海马有一篇文字提到诗人小海，提到了北凌河，那儿与海马的故乡李堡大概也就一箭之遥。我的少年时光就是在那儿度过的。那里地处僻壤，有许多大得望不到边的草荒田，这在我们这种南方平原耕作地带是很少见的。春天是绿绿的，秋天是红红的，里面出没野兔、猪獾、刺猬、鹁鸪以及好多的大蟒蛇。大水一起，草丛里满是乱窜的鱼虾。除了打猎的偶尔放几枪，可以说终年没有人去打扰它。在那片土地上，有着许多与海马家乡一样传奇的人物，舞刀弄枪，吹拉弹唱，游走着熟悉和陌生的生意人。那里民风朴实而宽容，几乎每个村子

人与自己的内心有多远

都有着说不尽的暧昧故事。海马笔下的乡亲时时勾起我儿时的回忆,他们是那么的相像,只要换个姓或者重新安个名,他们就成了我熟悉的张三李四。

我曾仔细问过海马离开故乡后的经历,在我这个几行字就写完个人履历的人看来,他是个令人羡慕的阅历丰富的有故事的人。一个曾经走南闯北的人,一个曾经干过几个行当的人,为什么回忆起来总也走不出那个弹丸之地李堡?我看了这些文字的写作时间,它横贯了海马近二十年的人生。可以夸张一点说,自从离开家乡,他就开始思故乡、忆故乡、写故乡了。前些时的文化流行语"这么快就开始回忆了"用在海马这儿倒是蛮恰当的。

一个人这么快,这么专心而纯粹地描写童年、叙述家乡的人与事肯定有他的道理。生活中总是有这么两种类型的人,一种人拼命地想洗掉自己身上乡土的印记,进入城市就是为了告别自己乡土的出生地,脱胎换骨,而且他们可以做得很成功,他们非常迅速而完美地融入了他们人生的目的地。另一种人则不太容易做到这一点,他们或者不能或者不愿。海马大概属于后者。我宁愿理解海马这样的写作是为了不断地证明自己乡土的文化身份和精神基因。他唯恐哪一天不去回望故乡,自己就可能像只断了线的风筝被吹向虚空。而在这不停地回忆和书写中,他便心有归依,仿佛一刻也没有离开故土。海马出生于上世纪六十年代中期,我知道,在我们家乡,那个年代的城镇化程度还比较低,李堡在我们那一代已经算得上是一个大镇了,但方圆也就几里地,一抬脚就上了街,而目光只要稍远一点就是无边无际的农田。但是也就几十年的工夫,我们的县城已经号称通江达海,铁路、港口,正被打造成苏中的物流中心。原先的九里一镇也早已连成一片。我们的上一代人已经老去,而不要说下一代，只要再比我们年轻十来岁，就已经不太可能拥有纯粹的乡土经验了。事实上，我们在成长经验上已经很难与他人言说与共享。而反过来说，这也是我们这一代从农村出来的人较为个性化的生命体验和感性知识。现代化成了中国年轻人的文化认同，他们统一、单纯，与当下贴合无间，但我和海马不行，因为我们不可能掐掉自己另一半的生命，那一半生命不但顽固地诉说着过去，而且桀骜不驯地对抗着现在。这就是一代人的宿命。白天，我们在同质化的城市中演着被指定的角色，夜晚，则卸下面具将自己放回从前，飞向已经不存在了的故乡。

　　这一点都不玄奥，是非常日常生活化的。不同的人有自己安排心灵的方式。

　　不过海马的写作还可以换一个相近的思路去讨论。可以问一句，这种只能从记忆中去捕捉和打捞的写作还有另外的意义吗？

　　我想是有的。因为海马的这种故乡书写的纯粹性，我称之为地方性写作。这种地方性写作已经不同于简单的零星的对故乡的回忆，而是一种自觉的对故乡、当然同时也就是某一地方的系统性书写。如果认真阅读海马的这些文字，会发现他与一般的乡土书写的不同之处。一般的乡土写作会将笔墨集中于乡土的历史、传说和风土人情，特别是自然风貌与民间习俗。但这些在海马的文字中是零散的，他专注的是人与语言。他是以人来写地方、以人来写故乡的，他显然是想通过人写出地方的性格与灵魂。地方性是什么？是自然，还是风俗？说一个地方与另一个地方相区别，最终还是要落实到人，比如落实到所谓的南人与北人、齐人与燕人。自然不同，决定了人应对自然和与自然相处的方式，从而形成了制度、规矩也就是民间习俗，但这一切总是通过人来实现，并且积淀为某一地方

人与自己的内心有多远

人的行为特点与性格类型。这才是最本质的地方，也是最重要的地方性知识。我看了海马笔下的人物就知道他写的是我们那个地方的人。虽然我还不能准确地概括我们那个地方的人是怎样的一种人，有着怎样的一种性格，但他们确实就是海马所写的。他们的劳动，欢喜与悲伤，无赖与无奈，辛苦和狡黠，就是如此。地方即人。在生活方式日新月异的今天，自然与习俗状态中的地方是不牢固的、多变的和不断被同一和通约的，但人的性格，这种建立在家族、血缘和遗传和生命自觉中的人的习性虽然看上去比较隐蔽，但却坚韧而稳定。

人与语言是连在一起的，这语言在海马这里就是方言。当习俗乃至自然都不再可靠，都不可能承载地方性时，还有什么？也只有语言了。从这个意义上说，只要方言在，故乡和地方就还在。方言是地方文化最佳也是最后的载体，方言消失，也就意味着地方性的终结。海马对方言的使用可以说到了顽固的程度，他对方言的运用不仅是名词，不仅是那些关乎名物与风俗的称谓，他几乎涉及了语用的各个层面，他恨不能让他的文字在纸上响出家乡的声音。我是一直主张方言写作的。只有方言，才会有书写的个性，也才会使语言保持生机和再造的能力。在任何民族、地区和时代，相对于通行语或官方语言，其他的一切都是处于弱势的，是被摒弃、改造、驱逐的语言。然而要在语言上寻求独创，我们又必须从这些弱势语言入手。相对于普遍性，文学化的写作可能更重视差异性。普遍性突现了通用、统一、标准替换与假设，而差异性则相反，正是许多的方言，映照出我们共同语中的空白，包括彰显地方性的存在。就目前汉语的现实状况来讲，虽然普通话普及率不断提高，但绝大多数人还是首先生活在自己的方言中。由于方言与普通话处在不可完全转换之中，因而方言更真实地反映了一个人的生命状况和方言区的文化承传。所以，尽管方言现在受到了许多挤压，龟缩进了一些"角落"或因人口的流动处于一种悬浮的状态，但它对个体与地方来说，仍然是珍贵的。这意味着要从生存本体的角度理解方言，否则，方言、地方性就很有可能成为奇装异服、奇风异俗、异国主义或东方主义的猎奇。地方文化的传承和文学语言的根基，这就是方言的两重功能。

海马还是位诗人，他应该知道海德格尔说过，方言天然地就是诗。如同故乡就是诗一样。我的故乡早已不是记忆中的模样，每次回去我都想找寻往日的痕迹，那是我生命的证据，但总是徒增伤感。但读到海马的文字，我体会到了文字的力量，它是可以留住故乡的。不管故乡如何改变，她会一直存活在我们的记忆与文字中。不论我们走向哪里，只要有记忆，有方言，故乡就还在。我们就这样带着故乡上路，漂泊，如同一只蜗牛，身上的那间房子是用记忆和方言砌就的，我们驮着故乡爬行。

人与自己的内心有多远

我们的家乡我们的根

——王晓晴《闻鸡起舞》序

《闻鸡起舞》已经是王晓晴的第二本散文集了，可见作者的勤奋。对于一些作家来说，几年功夫出两本三本散文集并不是什么难事，但对于一个在基层工作，事务繁杂的业余作者来说，就不是件容易的事情了。

我曾经说散文是一种非常自由的文体，自由得几乎让你很难给它定义。如果硬要说有什么边界的话，大概只有真实了，而且这真实就是生活的真实。写真人，说真事。所以，一个人的生活状态，生命轨迹，情感思想和阅历见识在他的散文作品中最能体现和表达出来。正是在这个意义上，说散文是一个作家的人生写照是有道理的。王晓晴的《闻鸡起舞》再次印证了我的这一判断，它真实地记录了作者的生命体验与人生感情，我们可以从中看到作者家乡的风情与变化，结识一个个工作在不同岗位、总有着特殊的生存经历的新的面孔，倾听到作者与亲人，与朋友充满温情的絮语，从而分享作者人到中年的酸甜苦辣，一起品味作者面对世界时的感悟。

王晓晴的文字确实没有给我们带来过多的惊奇。小地方，小场景，小故事与小人物，构成了王晓晴的散文世界。我与基层的许多作者交流过写作方面的看法，我体会到他们的焦虑与压力。这种压力来自所谓的经典，所谓的名家，所谓的文坛以及一系列五花八门的评奖。当然，我知道他们并不为名为利，但他们在乎"文学"二字。平常的人生，平淡的风景，似乎与真正的文学相去甚远。我以为这样的焦虑与压力是没有必要的。自古以来并无所谓的一成不变的文学，文人雅言固然是文学，但乡野之声中也有文学。相比较而言，我从来不为所谓纯文学担心，为中国作家没有获得诺贝尔文学奖而焦虑不平，但如今民间文学、市民文学的衰落倒是我忧虑的。在南通，许多民间艺术难以为继，海门山歌、浒零花鼓、通州僮子戏、启海的北调评弹这些民间艺术样式，特别是与文学相关的它们的文学脚本，大都面临老无所承、新无所创的格局。而它们，才是文学的真正的母本。所以，我倡导本土化的、乡土化的写作，在这方面，基层作者有着得天独厚的条件。他们与乡土了无间距，身处乡土的日常生活之中，如鱼之在水，鸟之在林，不必刻意寻求，就是那些身边的人与事、景与物，春耕秋收、四时节令，社会的变化、风俗的更替、人心的沉浮，所有的嬗变都在那些细节与场景中体现出来。守着一方水土，沉入当下的生活，体察那世道人心，自然就会有朴素而实沉的文字。用那乡音说出，暗合那生活的节奏与百姓的趣味，清新、活泼，是庙堂之上的文人断断做不出来的。

所以，我特别看重王晓晴笔下那些透着乡情乡韵的文字，这些文字并非我们想象的一味的仿古，一味的猎奇，如"申遗"一般。

人与自己的内心有多远

它们是自在的。故乡、故乡的风景、人情与文化就融化在作者不自觉的叙述里，像如泰河水一般自然地流淌。它在亲情的描写里，在革故鼎新的叙说里，在与旧朋新友的对话里，甚至，在作者的工作笔记里，在那些乡村突发事件的处理的追记中，我们可以体会一个地方的乡规民俗、人情物理。当我在作者的笔下看到滨山镇的石板街，看到黄海之滨的洋口港时，真的非常亲切。木屐走在石板路上的嗒嗒声，一家一家鳞次栉比的小店铺，长江三角洲冲积层形成了特有的黄海滩涂，夕阳下赶海归来的牛车，这样的画面以及氤氲出的情调足以唤起一个他乡游子的归心。

写上几行字，表达对王晓晴新作问世的祝贺，顺便谈谈我对乡土写作的一些看法，是为序。

微言有大义

——张斌《微言录》序

因为毛敏女士的介绍,我得以读到张斌先生的新作《微言录》。虽然我至今还没有见过张斌先生,但还是答应给这本文集写上几句话。说实话,这些年来,类似的情形不少,一开始确实有些不习惯,古人讲"知人论世",对作者一点都不了解就给写序,这既不慎重,也会影响自己对作品的判断。但是现在人们写作的热情普遍很高,再加上社会给写作者提供了非常好的氛围和条件,所以,我经常收到陌生作者的书稿,并且真诚地邀请我说上几句。这些作品出自各界人士之手,带着生活的新鲜和芬芳,包含着作者真挚的情感和对社会现实独到的感悟和见解,常常给我许多的启发与教益。虽然,从文学上说,它们确实存在一些不足,但它们的真实与质朴总能打动我,让我不忍拒绝。因为这样的机缘,时间长了,我认识了不少文学圈子以外的写作者,并且与他们交上了朋友。

人与自己的内心有多远

在这些方面积累了经验之后，现在我一点也不敢轻慢每一个陌生作者的来稿，甚至，我对这些作品怀着许多的想象和期待，因为它们时常给我带来惊喜。就说张斌先生的这册《微言录》吧，它就在第一时间给了我陌生化的讶异，在我的预想之外。我已经自认为适应了文学的"新常态"，知道在这个"自文学"的时代，人人都是一个潜在的写作者，不知什么时候就会冒出一个世外高人，文章妙手。我也知道，现在的网络和移动终端技术给写作带来的巨大变化，一些新的表达平台如博客、微博、微信等正在或已经催生了文学的新形态、文章的新体裁。但是，这些新形态和新文体如何形成规模化的表达，它们又会以什么方式与传统的传播形式结合等，我还没有仔细想过。因此，当我读到张斌先生的《微言录》时就有一种欣喜，他是一个有心人，他是在网络环境下进行即时性写作的，但是又将这样的写作延续到线下，并且进行了二度创作。这样，原来，过往的碎片化的电子文本现在变成了连续性的纸上文章，本来已成历史的许多社会现象在此定格，依然发人深思。我得给张斌先生点个赞。

由于话题众多，内容丰富，在这里无法展开来对《微言录》进行仔细的分析。但张斌先生的尝试和作品新颖的形式确实给我们不少启发。我不知道张斌先生是不是有过传统写作的经验，或者，是不是在"微写作"的同时依然进行着传统的写作。如果有，那他一定对这两者的区别深有体会。微写作，不管这"微"是"博"还是"信"，它都是一种即时化的写作，内容与写作过程都是如此。它是对当下的社会热点，对身边有意味的人与事，对日常生活中不期而遇的可供分享的现象的记录和评论。它又是一种交流式的写作、互动式的写作和有对象的写作。张斌先生在写作时心中是有读者的，他是在与他的朋友一起分享他的发现、他的经验、他的情感与他的立场。他会在其后的跟帖和评论中得到反馈，并且在这些反馈中或重申自己，或修正自己。所以，它是一种写作，更是一种对话和交往，是一种自我提升和群体认同。当一个人将偶然的微言变成自觉的写作时，他就将原本私人性的表达转而为一种公共性的话语，从而有了社会的担当。《微言录》中作品已经很成熟，有自己的风格和结构。这些文字大体上都包括两部分内容，一是事，二是议，事固重要，议更精彩。因为这议，事才显出了意义，才会对他人有启发，才会变成社会交流的意义资源，人们也才会有讨论，甚至有争辩。所以，微时代的写作虽然是片断化、瞬间化的，但却开启了人与人共时性的交流平台，从而鼓励人们去发现，去思考，去关注社会并参与到社会建设中去。

不知道我的理解对不对，我只知道，如今的"微世界"是一片表达的汪洋，那里有"大义"存焉。

人与自己的内心有多远

相 遇

——高维生《浪漫沈从文》序

高维生是我十几年的老朋友了，但我们一直没有见过面。最早联系的时候，我在江苏的如皋，他在山东的滨州。我到南京也已快十年了，还是没有机会见面，这是不是有些不可思议？但想想在远方，有一个多少年不曾见面的朋友，好像存着一份没有动用的财富似的，这种感觉也很好。

但一直不断读到他的作品。高维生写作面很广，诗歌、散文、文学评论，且都颇有造诣，特别是他的散文，或刻画人物、或模范山水、或抒情记事、或议论时事，自然、智慧，从容不迫，是我十分喜欢而向往的境界。这次，他将有关沈从文的作品结集为《浪漫沈从文》出版，无疑是他写作中十分重要而有意义的事，值得庆贺。

我从书中一些章节写成的时间看，这本书花了高维生近十年的时间，应该是他非常用心、非常在意的一部作品。我没有与高维生交流他这次写作的缘起和经过，我猜想它一开始可能是偶然的。高维生读书甚多，涉猎广泛，不知是什么机缘，他于某一天，在沈从文这里停下了脚步，也许，这次停步本来只不过是兴之所至，甚至，只是为他人之约的一次命题阅读，所以大概连高维生自己也没有想到，他会在这个湘西文人这儿盘桓这么长的时间，会一而再，再而三地来到这位现代文学巨擘所经营的文学世界。

我是相信缘分的。一个人与另一个人的相遇是必然的迟早的事，时间与空间都不能阻隔，性情、精神、气质，总会使他们被冥冥之中的力量安排着，会让他们连自己都不可预期地遭遇。我想当高维生走近沈从文时，一定也会有这样的感觉吧。沈从文的文字，沈从文的质朴与诗意，他的情感与思想，连同他的传奇人生，以及他生活过的湘西的山山水水，都深深打动了几十年后一个年轻作家的心，他要走到"过去之中，在一条水上，跟随沈从文的脚步"。

我现在还不能很准确地认定高维生这次写作的意义。这不是一本高头讲章式的有关沈从文的研究专著，也不是一本严格意义上的沈从文的传记，心的契合已经使得高维生不再顾及写作的文体与形式。他只有一个目的，就是走近沈从文，走进沈从文，走到大师的心里。他从自己的感觉出发，从自己对沈从文的理解出发，去塑造一个他所理解的沈从文，去还原一个人丰富的文学生命，去与一个已逝的灵魂对话。所以，我们时常看到这样的情形："在雨中，我放慢了脚步，走过每条街巷，每一座房屋。我想在墙壁的缝隙间察看岁月的影子，听沈从文童年的脚步声。我在沈从文故居的窗口，看到了一盏灯，花格子窗后他伏在桌上写东西。我是认识了他，才了解了凤凰和湘西。""沈从文的书摆在桌子上，橹歌在书中，随船的行走悠扬地传响。我们默默相视，无语中，只有墙上表的走时声清晰地响起""在2008年春天的夜晚，我们相遇了。彼此不需要介绍自己，我看到水湿气，这么多年过去，没被涂抹上一层时间的釉。我伸出手在空中暂停，没有触摸，我却嗅到山野味。沈从文在岁月中望着我，讲述着黑猫和她的旅店"。高维生不仅在与沈从文对话，他还走进他的作品，与他笔下的人物倾心交流，按照作家的指引，在湘西山水城乡间重走当年作家走过的路，去寻找沈从文的小说世界曾经记录过的草房与吊脚楼，竹林与飞流。我十分看重书中那些高维生对沈从文作品解读的篇章，看得出，高维生并没有按照文学史的指点，只围绕着那几篇"代表作"，高维生是由着自己的性情与喜好的，许多别人鲜有提及的作品被他反复品味咀嚼。而且，他的品读方式也是十分私人化与感觉化的，是一种作家式的阅读，他不在乎作品的整体全貌，更不在乎微言大义，或人物、或场景、或语言、或细节，有时就那么几个词语就足以让高维生流连忘返，吟咏再三。

我说《浪漫沈从文》是一本相遇的书，不只是说高维生与沈从文的相遇，还有高维生与许多作家、许多朋友的相遇，他们因为沈从文，也因为高维生的邀约走到了一起，走到了这同一个话语空间。江曾祺、杨绛、黄永玉、金安平、金介甫、张元和、张炜、凌宇、李辉、李扬、摩罗、祝勇、刘洪涛、凌云、王一川、庞培、沈红……这里有沈从文的同辈、同乡、亲戚、朋友和学生，也有研究沈从文的海内外专家，还有一些作家和诗人，他们从不同的角度，以不同的身份，从自己的体悟与理解出发，说出了各自心中的不同的沈从文。沈从文的作品与这些回忆和评价，以及高维生的文字一同构成了一个互文的空间，相互映衬，相互发明，诉说着已经过去的浪漫故事，复活了一代文学宗师的丰富人生。

沈从文在中国现代文学史上的遭遇是富于戏剧性的，他的接受史非常值得研究，这本身就是有意味的文化现象。沈从文虽然是中国现代文学的重要作家，但他主要的创作已经过去了大半个世纪，他于上世纪八十年代末去世，而且，共和国成立后几乎就一直没有从事过严格意义上的文学创作，但是，这位其实并不主流的作家，在其生前身后却一直有大量的追随者，而且近几十年影响日隆，不断改变了过去文学史的叙述格局。沈从文自称是一个"对政治无信仰对生命极关心的乡下人"，他对人性充满了关怀，一直用一种近乎天真的眼光观照着人类的童年，留恋那些处在文明之外民众的几近消失的生活方式，连同那些自然风貌与民俗风情，他以抒情诗一样的笔调记录着化外之境，以梦幻般的唯美风格表达着自己对社会伦理的孩童般的理解。这样的艺术在政治与战争思维占主导的时代注定是边缘的，但即使在那样的时代，对淳朴、美好、自然、诗意，对自由、个性、率真的向往依然是人们隐秘的冲动。而当社会发生转型，当人们能从生与死的境遇中脱身出来时，这种冲动便如水般涌出地面，无处不流，并且氤氲而成一种文化心理氛围。尤其到了今天，在这样一个处处物质化、人工化、技术化、欲望化、功利化的时代，自然大幅消褪，精神日趋荒漠的时代，沈从文笔下的人性之美、自然之美、诗意之美更显出无与伦比的吸引力，更容易激起人们情感上的反弹。沈从文连同他所营构的小说世界早已超出了文学的边界而成为一个符号系统，承载着人们对文明的反思，对流俗的反抗和对古典与民间和谐之境的追寻。所以，重读沈从文就不仅是对一位文学大师文学遗产的继承，其本身就是一种具有明确的象征意义的文化行为，高维生以及一切选择了沈从文的人们实际上是在选择一种文化立场。

　　因此,在当下情境中与沈从文相遇对高维生来说就绝非偶然了。

　　感谢高维生,在这个春天让我又一次面对沈从文,并让我有了许多的联想与感慨,匆匆记下,作为对远方朋友的应和。

约好今秋看溱湖

——吴萍评论集《遇见》序

即使吴萍不提出来，我也是要为她的新作写上那么几句的。江苏文学评论界这些年冒出了一茬又一茬青年才俊，但我还是特别留意吴萍。也许因为她的成长与写作姿态与我有许多相似的地方吧，而这种方式在时下的文场已经非常少见了。

我没有问过吴萍的履历，甚至她毕业于哪个学校，学的何种专业都不知道，我只知道她在苏中的一个县区工作，供职于一个与文艺怎么也挨不着边儿的电信公司。如此说来，她与文坛的距离比我当年还要远，她能获得的成长资源比我当时还要少。但吴萍对此似乎并不在意。她很满足现在的生活状态，有一份安定的工作，拿一份能养家的薪水，有二三知己的朋友，这还不够吗？

知止有定。这确实够了。我已经无法回忆起自己当年的情境，在那个苏北县城，那所古老的师范学堂，需自己订阅几十种报刊，

人与自己的内心有多远

为写一篇文章不得不到图书馆去抄作品，自己的教学与当代文学评论的关系也似有若无……我们觉得辛苦吗？艰难吗？有边缘化的焦虑吗？有不被承认的失落吗？……似乎也没有。读书、写作，与学生徜徉于水绘园的洗钵池，听学校对面定慧寺的暮鼓晨钟。有朋友从远方来，不亦乐乎，把酒言欢，不知东方既白……那种快乐真不比现在少。

这里面，确实有许多人生意味。简单地说，阅读也罢，写作也罢，不过是自己的生活方式，而且是"业余"的生活方式，如同有人喜欢垂钓，有人喜欢下棋一样。没有什么目的，也不会为了什么人。这也是吴萍与江苏其他青年批评家有所区别的地方。她不需要职称，也不需要拿什么项目，更不必在意自己的文字是否符合现代学术体制。她不在文坛，她远远地行走在边缘处，但她是自由的。

所以，也就能理解吴萍作品的风格了。除了少数友情的捧场之外（这也很有人情味，很美好啊），几乎都是她自己的阅读。真的很羡慕吴萍的阅读，古今中外，只要她喜欢就读，就写。有些作品我也听说过，也想读，说实话还真的抽不出时间，也没有那份心情。还有吴萍的观影，看电影的瘾头还真大，那么多电影，想像着她一边嗑着瓜子喝着茶，一部一部地看下去，看完了再信马由缰哇哩吐啦议论一番，不让人羡慕么？因为是自己喜欢的，因为是自己的印象和感觉，所以就写得随意，行于所当行，止于所不得不止，没有承应谁的盼咐，也不想成一家之言，所以写下来的都是率性文字，真实、感性，带着女性的那份细腻和任性。

现在，吴萍已经被越来越多的人知道了。她的文字也令许多人喜欢。个性，真切，与作品贴心贴肺，同时，又那么固执己见、不由分说，这确实是时下的批评所匮乏的清新之风。吴萍不会因了与文坛越来越近的距离而改变自己吧？文坛上多一个批评家并不太重要，而远方少了一个自在的悦读者倒会黯淡了风景。看吴萍在微信上晒着自己的书单和影碟，依然那么广谱和没来由的兴趣，看她时不时感慨几句，半文半白的，时而天真烂漫，时而老气横秋，心中真是非常的熨贴。那个人还在，还是那个样子。

忽然想到吴萍约我去看溱湖的。就此答应，今年就去，今秋就去。

人与自己的内心有多远

文字因年轻而美丽

——曹子健《手心里的七朵云》序

曹子健同学虽然远在广东的东莞,却是我的小同乡,所以尽管我们没有见过面,但看到她的文字,还是觉得十分的亲切。

作文,在许多学生那里被称为最辛苦的作业,但看得出,在曹子健同学那里,作文是一件快乐的事件。因为她的文章是活泼的、轻松的、有趣的,没有什么束缚,想写什么就写什么,想怎么写就怎么写。文章要写得好,首先就是要有这样的心态,只有自己自由了,文章才会自由,如果将作文看成一件痛苦的事情,脑子里琢磨的是怎么快点完成任务,怎么才能符合老师的要求、符合书本上的规矩,那么不管你花多大的气力也不能解放自己,更不能使文章生动活泼、生龙活虎。

我是主张孩子要会写文章的,能写得一手好文章更好。学习语文,最终连写文章都吃力是不能算成功的。语文不仅是一门学科,更是一种生活。学习语文,从本质上说就是在学习生活。我现在经常说,我们应该拥有高质量的语文生活。而从祖国文字中获得滋养和乐趣,具有写作的能力,从而能够自由地表达自己的思想感情,在自己的写作中获得审美的愉悦,通过书面交流结识更多的朋友,得到更多的机会,赢得别人的理解和尊敬,从中体会到成功感,应该是高质量的语文生活的幸福指标。从这个角度讲,写好文章并不只是掌握一种表达技能,而是在追求自己的美好生活,争取一种好的生活方式。也是从这个角度讲,我们每一个人都应该从学会生存、学会生活的高度来理解写作,并且将写作作为一种自我成长、自我修炼的途径。

要知道,我们都在与写作共成长。

所以,摆在我们面前的不仅仅是曹子健同学从小学到高中的一篇篇习作,它是曹子健成长的轨迹、是她生命之树成长的年轮、是她童年与青春的一幅幅图画。她是在用笔记录她的生活,也在与我们分享她的快乐。从这些文字里,我们可以看到,她的生活是丰富多彩的、她的感觉是尖新细腻的、她的思想是纯净而又鲜活的。我们看到的是一个充满热情与幻想,热爱生活的女孩子。她爱看书,她热爱大自然,她与老师和同学们友好相处,并且喜欢用文字把他们贮藏在自己的心里。我特别看重她的那些观察社会生活的评论文章,激浊扬清,爱憎分明。虽然她的观点不免有些幼稚,虽然她的小大人式的严肃让人有些忍俊不禁,但从小养成对社会的关心总是好事,一个人的现实情怀比什么都可贵。

第一次看到曹子健这三个字,我一下子就想到魏晋时期的那位青年才俊,子建七步成诗,一直是中国文学史上的佳话。但愿今天的子健也会有那样的才情,更会有一比前贤的理想和追求。她在

人与自己的内心有多远

《追寻》中说,她要马不停蹄地追寻高山,永无止境地追寻阳光、追寻雨露,永不停歇地追寻世间万物,直到永远,永远……有这样的理想与追求,曹子健同学一定会写出境界更加高远的文章。当然,她也一定会健康成长,拥有更加幸福的生活。

挽留时光

——孙建国散文集序

建国兄的散文要结集出版，打来电话要我写篇序，我问怎么想到我，他说因为我了解他。

这话真让我感动，这是信任，是放心，也是托付。我知道建国兄所说的了解的意思。若是从通常的意义上说，我对他还真说不上了解，他的经历，他的家庭，他的工作和为学，许多方面我都不甚了了。但是奇怪，我们一直有一种老朋友，甚至同乡同事的感觉，原因大概就是我们都曾经在中等师范学校工作过许多年。

我曾在江苏省如皋师范学校工作，建国兄则多年执教于江苏省泰兴师范。两所师范都办在县城，相当于农村师范，传统、师资、生员等方面都很相近，再加上地处苏中，自然与文化环境也差别不大，所以两所学校似乎具有天然的亲近感，交流也特别多。第一次到泰兴师范是上世纪八十年代中后期，好像是1987年。那时，中

人与自己的内心有多远

等师范学校已经站在了快速发展的起跑线上,每到一所学校,都能感受到一种蒸蒸日上的气息,老师、学生,也都洋溢着喜悦、奋发和憧憬的神情。泰兴师范为我们呈上公开课全套大餐,从课堂教学到课外活动,令我大开眼界,特别是一批高素质的老师给我留下了深刻的印象。陆晓声、郝战平、蔡德熙、常康等都是当年的中师才俊,在其后的岁月中,我与这些老师一直保持着联系,虽然有些人后来离开了师范,走上了另外的道路,但他们身上的"师范气质"却仍然保留着。这样的气质,只要对师范有些了解的人都不难感受到。我与建国兄就是在那时的交流中认识的。当时,他术有专攻,已经是有影响的儿童文学研究者了,印象深刻的是他给我们展示的儿童文学作品阅读指导。他对这一领域的熟悉和精研,对活动过程的把握与调控,以及对学生的了解与体察和阅读教学的艺术都使我获益良多。

现在还有多少人在关注已经成为历史的中等师范教育呢?也许,这一学制的专业教育早已淡出了人们的视野。回顾上世纪直到新世纪初,不少人的记忆依然停留在学制、专业设置,以及它的生死存亡上。然而,当尘埃落定以后,蓦然回首,许多争论已经失去了原有的支点,许多的设想可能确实不能适应时代的大趋势,而许多现在看来依然纠缠不清的悬案向后再推若干年结果也就瓜熟蒂落,结论水到渠成。唯有一点是真实的,那就是曾经在中等师范学校工作过的老师,以及从中等师范学校走出来的莘莘学子们,他们鲜活的青春、花样的年华,那种不可重复的生命具有不可轻慢的价值。他们的生命还在延续,他们的事业还在提升。特别是大批中师毕业生,他们是基础教育的中坚,薪火相传,以自己的实践传递着千年的文明。我们可以看看建国兄的文集,不少篇章都写到了那段岁月。谈到自己的师范教学经历，他是那么清晰，做过几任班主任，教过哪几届学生，说起来清清楚楚。那篇《年轻的朋友来相会》和几篇学生的回忆文章我读了好几遍，一方面感同身受，与心戚戚，另一方面确实为建国兄感到自豪。他的敬业，他的爱生，他有资格接受学生的爱戴，可以问心无愧地享受桃李满天下的成就。

我为什么特别在意建国兄的这段人生经历？并不都因为我们有相同的人生体验，也不仅仅因为我们是因这份机缘而相识。我确实认为应该好好地研究中国的中等师范教育。这种研究当然是多方面的，更多的是教育史的。但有一点我非常固执，即中国的现代中等师范教育确实形成了自己的传统，并且拥有了自己的文化性格。这就是我为什么常常把在中师工作、学习过并且融入过这一教育机构的生命个体称为"师范人"的原因。学校，教师，学生，以及主持、主导过师范教育的机构与个人，共同构成了一个特定的生命共同体。在整个国家与社会中，在国民教育体系中，当年的中等师范教育虽然不可避免地与各方面有着复杂的联系，但是，它又是一个相对独立的存在，正是这个相对独立的存在使它拥有了自己的个性，并渐渐涵育出了自己的品质、内容和文化。为什么上到国家教委的师范司、各省教委或教育厅的师范处，下到各师范学校，都不断提出风行一时的师范教育办学主张，并且能落地生根，行之有效，是有道理的。这种相对自由的教育氛围和相对专注的教育行为此后再也见不到了，所以更有保存、反思和汲取的价值。

我只约略说说师范对我们老师的影响和涵育。中师不同于中学，中师也不同于大学。因此，它对老师的要求也就不尽相同。相对于中学，师范不在意什么"升学率"，它重视的是学生的全面发展特别是人格的养成，它重视学生的能力以及各方面的素养的形成

人与自己的内心有多远

和积累,如果要说到素质教育,中师大概是与生就有的。同时,中师的教学要培养学生的教学能力,学生不但要知其然,而且要知其所以然,所以,中师老师们的工作是要有些科研性质的,这就是为什么当时的中等师范学校能够出现许多科研人才的原因。我当时所任教的学校,就有许多甚至具有全国影响的专家。虽有专家,但中师又不同于大学。它的生员基本就是所在地区,培养的学生以后也大都回原籍服务于基础教育。所以,中师的教育必须脚踏实地,必须与地方的社会、与地方的经济和文化相结合,必须与地方的基础教育相衔接。同时,中师的教育具有相当的实用性,它所培养的学生走出校门就要走上讲台,所以师范的老师都要从具体的教学技艺入手,那都是手把手的。因此,中师的老师即使再"专家",那也是实践型而非书斋型的。

就这么浮光掠影地说一说,中师老师的为人为学的个性差不多也能见出个大概了,这些风格与个性是不是可以在建国兄身上见出一二?我觉得可以,至少,从这本散文集中可以体会到。他的文章是有情怀的,这种情怀表现在他对社会的关注,对地方社会建设的投入,对生活的热爱和思考;表现在他对亲情、友情和师生之情的看重,也就是说,他关心人,关注生命,他的许多作品都是对人性的书写;它还表现在写作的多样性上,这种多样性不仅是题材,更是趣味、性情,是生命的宽度与厚度。所以,建国兄虽然后来执教于高校,但他对社会,对时代,对现实一直保持着热情。他是一个有根的人,因此也一直充满着旺盛的生命力,读过他作品的无不为他的情怀所感染。他是一个学者,但并不专门于某一狭窄的学术领域。他的学术兴趣始终与他的工作,与他的服务对象,与他从业和生活的地方息息相关。他的地方文化研究、中国文学研究、中西文化研究、旅游文化研究、古典戏曲研究、新闻传播研究、儿童文学研究和企业文化研究都可以找到来时的路径，往时的方向，而他写作的文体更是涉及小说、童话、寓言、散文、文艺评论和学术论文。所有这些都说明，建国兄是学者，教育家，作家，是一个生活的艺术家。他是复合的，实用的，接地气的。难怪他总是受到学生的推崇，朋友的认同和读者的喜爱。我想，这些多多少少都有着师范的影响。

我不知道建国兄希望我写一篇怎样的序。感谢他给我这个机会，更感谢他的文字挽留了那段时光，让我回忆起当年的师范生涯，并谈谈对我们这代人的影响，也让我找到一角度，说说我对他人与文的理解。

只是不知建国兄以为然否？

人与自己的内心有多远

君自故乡来

——储成剑《若即若离》序

储成剑是我的同乡，而且读中学时是我父亲的学生，但我与他相识还是在 2008 年江苏作协举办的青年作家读书班上。通过这个读书班，我认识了不少江苏各地年轻的写作者，有的听说过，有的则完全陌生，但他们都有一张年轻的面孔，一颗年轻的心。能到读书班学习，他们都说是一件幸运的事，但不知为什么，我觉得幸运的是我们，我们这些在作协工作的同志。现在已不是八十年代全民文学的时代，天下攘攘，莫不为生存奔走，能静下心来看书写作，能抽出时间来到读书班学习，以为将来更好地创作，这是对文学最大的支持，如果没有这些年轻的写作者的支持，文学将何以为继？我曾不止一次地说过，小到一所学校、一个单位、一个地区，大到一个国家、一个民族，看文学的兴盛不能仅看几个名家、几部名著，而要看它的文学人口，有多少人在谈义学，有多少人在写作，这是最基本的，必须要有相当数量的文学人口才能产生大家。反之，已有的大家也会寂寞而亡，只有广大的文学人口的参与，文学才能良性循环起来，形成良好的文学生态。这与竞技体育一样，一个项目如果爱好者少了，业余选手少了，你就别指望这个项目会有大前途，会产生大冠军。

也因为这个原因，我不太同意对文学有太专业的看法，而主张让文学返回日常生活。所以，一个写作者不必太看重自己的写作，它就是你生活的一个组成部分，并不比你的其他生活来得重要。你用文学表达、交流、对话，以此留下生命的痕迹，确证自己，找到意义与价值，如此而已。不能轻看这种视角的转换，如果每个人都如此看待写作，选择写作，而不是将写作看作高不可攀的只有那些专业作家才做的事情，那会是怎样的情景？要知道在教育普遍提高的今天，谁都可以使用文字来表达自己，谁都是潜在的写作者，当这样的可能都成为现实，那是怎样的一个文学氛围呢？

将写作看成一件日常的事，我们会采取一种平民化的写作姿态，会以宽容的、接纳的心去看待生活，一花一世界，一木一天地，无一不可以书写吟咏。不必有什么奇特的经历，也不必感慨自己生活在一个平常的时代，即使两点一线的上下班，其家常琐事、沿街风景都可以激发灵感，兴味无穷。我看储成剑的《若即若离》，其内容并无什么特别之处，仅从题材上讲，任何人初一看都会产生与自己的生活无甚差别的感觉，但不同的是，储成剑把这大众化的、看上去人人皆有的生活写下来了，如果说文学有什么奇妙之处大概就在这儿，一旦经过了思考，写下来，转换成文字，就别有一番滋味，仿佛我们家里的一个小物件，你把它放到框子里，装裱起来，挂到墙上，它就不再是日常什物，而成了艺术品，别小看这个

人与自己的内心有多远

看似简单的过程，这就叫艺术化，审美化。

我希望储成剑保持这样的写作姿态，它使一个人的生活丰沛、充盈、阳光普照，会使一个人的心变得敏感、柔软、充满了善意的理解，会使一个人的思想变得尖新、细密，发现尘世中被遮蔽的意义。年迈的邻居，弄堂的鞋匠，小饭店里把酒豪饮的民工，羞涩而善解人意的导游，聪明而倔强的同学，走街串巷卖麦芽糖的老人等，都是让人感动的。特别是储成剑笔下的故乡，那清澈的小河，袅袅而升的炊烟，立夏馒头，以及星光之夜门板上的纳凉和露天电影，更是唤起我对儿时生活的回忆。海安，还有南通，有我的亲人、朋友、同学和学生。时近岁末，储成剑的文章告诉我，该回去看看他们了。

我们如何赞美

——周荣池《大淖新事》序

青年作家周荣池工作生活在里下河小城高邮,小城虽无大事,但小人物的小事情也常给人大感动。这位细心的写作者做了一件很有意义的事情,以身边的好人好事为原型创作了一部短篇小说集,这就是呈现在大家面前的这本《大淖新事》。

近年来高邮连续组织了多届高邮好人评选活动,这些好人的事迹不仅感动了邮城也感动了中国,管霞、王坤、耿高鹏、冯红英、杨文华、王瑞华等多人入选中国好人榜。如何进一步放大这些基层人物的形象,发挥他们在社会建设中的效应是值得进一步认真探讨的问题,用文艺的形式演绎好人形象无疑是找到了一条切实可行的路径。荣池的《大淖新事》用小说的形式给高邮好人塑造了一个"群像"。作品虽然采用了小说的虚构手法,但是细细读进去,人们很容易就能看到那些生活中熟悉的好人,如《杨大眼造梦记》中为

人与自己的内心有多远

无名烈士筹款建碑的杨文华,《写心》当中热心公益的基层写作者吕立中,《守候》中十多年如一日照顾瘫痪邻居的翁国英,《唱唱》中拾金不昧的管霞,《大淖新事》中为爱守候女友的王坤等。小说与纪实作品各有其优势,这本书中,许多人物就是融入了多位好人而塑造出来的,比如《一路春风》中爱岗敬业的徐善兰、见义勇为的耿高鹏、扶起跌倒老人的管仲培,再如《上门女婿》中的扎根基层数十年爱岗敬业的高金斌、孝顺丈母娘的上门女婿钱寿江等,这就使人物形象不再是生活中的那一个,而具有了更加丰富的意义,具有了更高的概括性。

小说集写的是高邮人,自然也就离不开高邮城和高邮事。作品在推进故事的叙述中穿插了大量的高邮文化元素。尤其值得一提的是对于高邮民歌文化的传扬。在《唱唱》《寻找乡音》《哪儿来的锣鼓声》等作品中,大量的高邮原生态民歌的展示,在为小说本身的艺术性增添亮色的同时,也把民歌这种高邮文化的要素传播了出去。这样的艺术尝试值得肯定。文学的色彩不应该单一而要丰富杂色,要达到这一点就要向兄弟艺术形式多借鉴、多借用。何况,小说写的就是高邮的人与故事,借助地方的民间文化无疑有助于渲染地方的文化环境,揭示人物性格形成的本土文化因素,所谓一方水土养一方人。而当这两者有机融合在作品中时,它所展现的既是高邮好人的风貌,也是一座城市的人文精神。

说到高邮,人们会想到她的"邮"文化,想到宋代的秦观,想到清代的二王绝学,想到现代的文学大家汪曾祺,以及美丽的高邮湖和闻名遐迩的双黄蛋。特别是汪曾祺,他对故乡高邮的叙述与描写是他作品的主要内容,他的许多小说与散文作品对这座苏北里下河小城的生活进行了诗意的表现,所传达出的风情之美与民俗之美已经成为文学史上的经典，也成为高邮这座小城的文化名片。荣池对这位同乡文学前辈显然是非常崇敬和景仰的，汪曾祺有名篇《大淖记事》，荣池为自己的小说集选名《大淖新事》，其中的心事可见一斑。不管是内容上还是艺术上，荣池都在向汪老致敬。汪曾祺说，写作要有益于世道人心，荣池是做到了。

这里，我要着重说说荣池这次写作的价值取向和意义。说实话，我是非常佩服这位青年作家的勇气的，因为这是一部歌颂与赞美的作品。不可否认，我们的社会存在许多的问题，因此，批判是可以理解的，但是，不知道从什么时候开始，批判已经成为人们首选的甚至是本能的和唯一的动作，这就需要反思了。一个社会永远不可能缺少批判，但如果一个社会只有批判这样一种动作那可能也是一种畸形甚至灾难。怀疑、质疑、批判，如果缺乏理性的规约，如果总是弥漫着非理性的愤怒，它所酿成的社会情绪会遮蔽甚至伤害许多善良与美好的事物。大概谁都不会想到，现如今，本来与勇气和孤独为伴的批判会成为哗众取宠的媚俗。以文学而言，我们正在丧失正面书写的能力。也许，人们早已忘记了古典时代的写作经验，即从写作的难度上说，描写苦难与愤怒固然不易，但歌颂正面，传达美好更难。古人说，欢愉之辞难工，穷苦之辞易好，说的就是这个道理。我说周荣池有勇气，就在于他在批判成风时选择了赞美并且挑战赞美的难度。这种挑战表现在作家的真实与本色上，整部小说集平实、家常，丝毫没有一惊一乍的哗众取宠，没有拔高与夸饰，他让人物说话、让故事说话，他不将评价置于叙述的前面，更不试图让读者接受本来已经预设在那里的观点，他追求的是自然的感动，是读者面对人物与事件时自然的反应。在这方面，周荣池确实显示了一定的小说功底。细节的力量，气氛的感染，戏剧

人与自己的内心有多远

化的叙述，将人物真实、完整、生动地推到读者面前。正面的写作与赞美的力量还来自作家内心的认同与充实的情感。对自己笔下的人物，周荣池首先被感动了，整个写作过程都是在感动中进行的。要别人感动，自己就要感动在先。这一点周荣池做到了，因为这些人物就在他的身边，这是他的幸运，也是一个写作者的幸运。

这是这本小说集在当下特别的意义，也是青年作家应该好好思考的地方，应该好好想一想，我们如何去发现和表达美好的人与事，给人们温暖和希望。所以，我愿意为它说几句话，并作郑重的推荐。

紫金文库

张晓林文学评论集序言

张晓林的文学评论要续集出版了，这是一件值得祝贺的事。

其实，说晓林的这部作品是一本文学评论集是不太准确的，它实际上可以看作是一本文学研究专著，起码，应该是一本专题性的文学评论集。于此，便有说焉。这专题是淮安当代文学的专题，一本江苏当代地域文学的专题，这意义就非常大了。这意义或许不在于张晓林的研究有多么精深，而在于一位评论家的姿态和评论的方向与价值指向。这些年来，我比较关注淮安的文学创作，那里的小说、散文、诗歌和儿童文学都有不俗的表现。每次到淮安参加文学活动特别是文学研讨，我都十分在意那里的批评力量。因为我深知，一个地区的文学繁荣，单有文学创作是不够的，只有创作与批评的共同繁荣才是真正的文学的全面繁荣。更准确的说法是，只有文学评论在一个地方落地生根了，真正地参与到地方的文学活动中，才有可能催生出创作的兴盛。文学批评以理论的方式回答创作的问题，指出创作上的成败得失，呈现出作品传播接受后的效果，使创作有了镜子，得到了互应。而当这种批评以主体的方式成为一个地区的文学力量后，就与创作成为相互欣赏与论辩的朋友，成为创作与接受的桥梁。而从后者的意义上说，一个地区的文学批评不但有助于创作，而且有助于文学消费、有助于文学传播、有助于地区大众文学欣赏水平的提高，说大了，有助于地区的文学生活品质甚至文明水平的提升。

恰恰在这方面，淮安值得称道。那里有令人吃惊的文学评论从业者，他们不但是高等院校的学者教授，文艺团体的专职人员，他们还分布在社会的各行各业，是政府公务员、检察院的检察官、报社的编辑记者，是中小学老师，甚至是普通的工人和市民。每次到淮安，见到他们，听他们说淮安的文艺、文艺家是一件愉快的事。他们对淮安这方土地情感深厚，对淮安的文化了如指掌，对淮安的文艺家知根知底，对淮安的文艺作品如数家珍，他们怀着振兴淮安文化的热忱，不计得失、不计名利，这些都让我十分感动。说他们是淮安文学的灵魂真的一点不过分。

张晓林就是这个批评群体中的一员。我已经记不清楚是在哪次研讨会上认识他的了，但他的认真、踏实、勤奋，对作家作品的体贴了解，每次都留给我很深的印象。这是一个批评家难得的品格。每次研讨，他都写好了文章，但总是静静地、微笑地倾听别人的发言，总是推辞到最后才谦虚地把自己的观点简短地说出来。

了解深了，才知道张晓林原先并不是操弄批评的，即或现在，他仍然有着诗人的身份，是一位创作与评论的两栖作家。这也许是他的评论对作家作品更细致入微、体贴关怀的原因吧。我非常推崇作家兼修理论批评，我以为一个作家的理论素养与创作自觉直接关系到自己的创作。而且我觉得，如果一个作家投身到文学评论和文学研究中，常常会有比单纯的评论家更别致的发现和体悟。不说古代与近现代，即以中国当代文学而言，刘心武、格非、残雪、王小妮、王家新、王安忆、毕飞宇、刘恪、邱华栋、阎真、鲁敏……都是有影响的两栖作家。我们必须认真地对待一个问题，即文艺评论史上一直有文艺家的评论这一类别，而更要认真对待的一个问题是，在文艺理论史上产生重大影响，乃至推动了文艺进步、至今依然是经典的也大多是文艺创作家们的理论之举和美学主张。

再次祝贺张晓林文学评论集的出版！感谢他的信任和邀约，让我在文集前面说几句，借此机会，我对地方文学评论和作家评论发些议论，因为这实在是晓林文学评论及这本文集鲜明的特色，也是其值得借鉴、鼓励和推介的地方，不知同行们以为然否？

是为序。

人与自己的内心有多远

作为一种生活的诗歌

——刘张华诗集《光阴的倒叙》序

因为学生的介绍，我读到了刘张华先生的诗集《光阴的倒叙》。说实话，我与诗歌的联系一直可以说若有若无，所以这些年来肯定错过了许多优秀的诗人与诗作，刘张华的诗也是第一次读到。我注意到他似乎并不在意自己是否是一位"诗人"，也并不在乎自己的作品是否以通行的方式发表或出版，见诸公众。这让我想到一些话题，即诗歌的本质与诗歌与我们生活的关系。如果要钻一点牛角尖的话，我想提出这样的疑问：一位未曾以现代社会文学规则经常向公众发表自己诗作的人是否可以称为"诗人"？作为生命的个体，他写作诗歌的最本真目的是什么？

我建议读到这本诗集的读者不妨先读一读它的后记。在后记中，刘张华回顾了他写诗的经历，或可回答我上面的疑问。刘张华说这些作品写作已经好多年了。"翻阅这些文字，旧梦重回心头，我看到倒叙的光阴一幕幕回放，甜蜜、酸涩，时而忧伤。……因为诗歌，因为爱，使我的生命之河激起了些许浪花，使我的苍茫岁月留下了些许痕迹。我知道，虽然我一直生活在低处，但诗歌却一直在试图拯救我，使我的灵魂走向高处""这些分行的文字，当初并不是为了发表，也不是为了示诸众人，只是记录一闪而过的思绪和描述当时心情"。我以为这是一种值得称许的写作心态，也是一种自然而自在的人与诗的关系。诗歌的存在要比"诗人"久远得多，作为一种文学体裁，诗歌的发表或出版，以至作者可以将其写作作为一种职业或兼职更是近现代以后的事情。我时常想象中国古代诗歌的存在方式，它好像是与日常生活不可分割的，上到庙堂，下到江湖，诗歌无处不在。说到诗歌，人们总会想到唐朝，想到唐朝的诗人，其实，这诗人也是后来的文学史家命名的，我们在唐朝能找到一个专职的诗人吗？而反过来说，在那个朝代，又有哪个粗通文墨的人不去写作诗歌呢？如果仔细读读他们的作品，会觉得诗歌无时不在，无处不能。那是一种诗歌化的生活或生活化的诗歌。可惜随着近现代社会的变化，诗歌似乎逐渐从生活中剥离出去了，写诗成为一些特殊人群的行为，也似乎成为一种人的特权。人们已经忘了如何与诗歌在日常生活中和谐相处。

　　所以，我不在意刘张华是否在诗坛获得过什么功名，也不在意他是否是一位"诗人"，我更在意他的这种写作方式，他与诗歌的关系，他的一种诗歌化的生活方式。他以诗歌记录他的心情意绪，叙述他的生活，记录他生命的年轮。诗歌成为他对话的对象，成为他的另一个自我。在与诗歌的这种相处中，他与诗歌一同成长，他以自己的存在赋予诗歌属于他的、个性化的生命，而诗歌则帮助他观照、反思、复现、凸显和放大他的世界，并一路催促他前行，使他的灵魂走向高处。我想拥有如此生活的人是幸运而幸福的。诗歌具有这样的功能，会让人们在喧嚣中获得宁静，使人的精神得到慰藉，会帮助我们认识到生活的意义、生命的价值，会使我们变得智慧、敏感、仁爱和优雅。我不知道现在还有多少像刘张华这样与诗歌为伴的人，有多少这样的未被人知道的潜在的诗歌写作者。毋庸做人口普查式的调查，其实最好的方式便是不去打扰他们，他们可以免除公众写作的诱惑，避免陈诸有识者的害羞，从而了无障碍地与他们的诗在私语喁喁中安度时光。

于是，对这样的诗歌从诗艺上予以评判是多余的，也是可笑的。只要看看刘张华的这些作品，它们的率真、质朴，就可以明白它们之于作者生命的意义。显然，这些作品满足了作者情感的诉求，是自满自足、通脱圆润的，这就够了。当然，每个写作者都有他与诗歌相遇的那一刻，他是在什么时候与什么样的诗歌相遇并相互接纳，也就相当程度上决定了他的诗歌方式，不同的诗歌与作者相互选择，通过对话、争辩、妥协，最终相互认同。比如刘张华，我特别欣赏他的那些抒情短章，有近现代欧洲抒情诗比如普希金的风姿，也有中国现代一些抒情诗人如湖畔派的遗风。显然，刘张华更认同近现代经典抒情诗的艺术风格，这不是形式上的考究，而是他自己觉得这样的风格更贴近他的内心。其实，如果将诗理解为我们日常生活中的话语，那么，过多地追求诗艺实际上倒是有悖诗歌本意的，它会导致诗歌的异化。当诗人们为那个派这个派争得不可开交时，当诗歌的形式翻新得几近离奇时，诗歌可能事与愿违地渐行渐远。这也许是当今人们难以与诗相处，且至相互排拒的原因吧。

不能算序，只是由刘张华的诗，特别是他与诗歌的关系让我想起了一些话题,借此与关心诗歌的人们一起探讨。不管怎么说,让诗歌回到我们的身边应该成为一种现实,一种为更多人拥有的生活。

兴化女作者文集序

这是一套江苏兴化市女作家的文学丛书。

按说,女作家出文丛不该找我来写序,应该让研究女性文学的专家,或者哪位女作家、女性评论家也行。但是,或许我对兴化的文学情感太深了,所以,当钱国怀主席向我征序时,我不假思索便应答了下来。

兴化地处苏中平原里下河的腹地。如果从现代工业文明的角度去审视,似乎并没有什么区位优势,但是在漫长的农业文明时期,肥沃的土地,纵横交叉的河网和星罗棋布的湖泊成就了兴化亦渔亦农的生活方式,为自给自足的自然经济创造了得天独厚的条件,从而也形成了自己的文化。这里不但自产文人骚客,优渥的自然条件,相对安全的地理位置也吸引了不少富有传奇的风流雅士,以至在这方土地上积下了深厚的文脉,出现了至今影响仍在的名家名作。更为难得的是,这样的文脉传统至今不颓。如此的文化现象是非常难得的，因为当今文学艺术的生产方式已经和过去大不相同了。过去，文化在乡野，而如今，随着社会结构的调整，随着城市化的跨越式发展，文学艺术的精英阶层大多不在乡间、不在基层，即使偶有在文学艺术上有所创造的人，也被城市所吸引而由乡进城，脱胎换骨。所以，在中国，像兴化这样有着灿如星空的古代文学传统的并不鲜见，但大都只能重温过去而不能细说当下。但在兴化，不止于有过去，更有当下。

我曾将中国乡土写作从作家与乡土的关系上分为三种类型，即离乡、在乡与返乡。中国的乡土文学一直很兴盛，但这种兴盛大都是从主题和题材上说的，如果从作家的身份和与乡土的关系上说，真正的乡土作家不多，在乡的写作方式也不多，因此，总体上说，乡土写作是一种"在别处的写作"。而兴化不同，离还乡与在乡这三种写作方式对兴化的文学来说都存在。这块土地上似乎天然出产文学写作者，如春韭，割了一茬，又长出一茬，永远茁壮葱绿，兴化籍作家分布在全国各地。但我曾经说过，衡量一个地区文学昌盛的标准不仅要看它贡献了多少名家名作，更要看它文学人口的多少，也即一个地区有多少人在从事文学活动，不管他们是在阅读还是在写作。如果再仔细分析，还要看这一文学人口的构成。据我所知，兴化的文学人口构成之广实在令人叹为观止。在兴化，喜欢文学绝不仅仅是作家的事，从公务员到老师，从公司职员到普通工人，从在校学生到乡村农民，文学是兴化最大众化、最日常也最自然的事情。在兴化城，最受小朋友们欢迎的是兴化市作协开办的小作家班，一批批稚气未脱的孩子走进作家班，阅读、写作，开始了人生的文学启蒙，畅游在浩瀚的文学长河，学会以文学的眼光打量这个世界，并以纯洁的而富于朝气的语言表达美好的事物。看着孩子们的习作，真让人欣喜而感动，并由此更对文学兴化生出无穷的信心。

毫无疑问，兴化庞大的文学人口中有着兴化的文学女性，这次推出的女作家文丛便是一个证明。如果细读过去，我们确实可以感受到这一群体独特的风姿和韵味。许多批评家在谈到兴化文学时总要说到水，确实，因为兴化是苏中里下河的最低处，自古以来，就流淌着不尽的河流水泊，离开了水，是不大能说透兴化人的生活的。水，无论是从自然意义还是从社会意义上，抑或是从文化和审美意义上，它都浸透到兴化人生活的方方面面，涌入到兴化人的性格中去了。在兴化文学中，无论是作为环境、背景，还是作为细节和意象，水都是一个重要的内容与象征。不过，真要说到对水的表现、真要说到与水的至情至诚、真要说到兴化与水的神韵、最具兴化水色的文字，还得要数兴化的女作家们的作品。收入这部兴化女作家文丛的作品体裁多样，内容丰富，写作者的年龄、阅历和性情也各有差异，唯有水，能够概括她们，能够说明她们和象征她们。这是苏北里下河的水，它不汹涌，也不浩大，它平缓、丰润，家常而亲和，而这正是兴化女作家们文字的风姿，也只有兴化的女作家们才能深悟这家乡之水的性情与品格。

这是兴化文学的另一面，没有了兴化的女性写作，兴化的文学是不完整的。所以，我推荐读者们阅读这套文丛，去品味这水一样灵透温婉的文字。我更赞赏钱国怀主席的创意，赞赏为这套丛书的编辑出版付出了劳动的人们，正是你们，使兴化的女作家们有了这次成功的亮相，使得兴化文学有了一次别样的呈现。

再次祝贺！

如何建立中国新诗认同

——写在《中国新诗论坛论文集》的前面

收在这本论文集中的文章是三届中国新诗论坛的成果。这三届论坛都是在江苏太仓沙溪举办的,来自全国各地的诗人和诗评家聚集这个江南古镇,把酒临风、举杯邀月、泼墨挥毫、纵论诗坛,令人难以忘怀。

中国新诗论坛与一般的诗歌笔会不同,与一般的诗歌理论研讨活动也不同。我们的初衷是想把它办成一个连续性的诗歌学术沙龙,试图在一个相对独立的话语空间中讨论一些具体的诗歌理论问题。中国新诗的历史说短不短,说长不长,但中国人的"百年"情结还是让我们不能免俗地生出许多理论上的焦虑,觉得中国的新诗建设似乎没有达到人们想象或期许的高度,许多基本问题似乎也未能取得共识。而作为对比的共时性的情形是,诗歌又仿佛在所有文体中最为活跃。它的流派最多,创作者最众,主张最多其更易也最频繁，它的革命性最强，美学姿态也最为前卫和决绝。这样的比照是富有戏剧性的，也是有意味的。也许，稍微静下心来，从一些基础性的层面入手，注重积累，做一点长线的工作，或许会有一些收获。哪怕将此前匆匆赶路而未及收拾的果实重新捡起来、打量一番也是颇有益处的吧。

设想总是好的，但做起来并不容易，所谓知易行难。比如，什么是中国新诗根本性的问题？什么又是它基础性的层面？许多说法似乎一开口就错。不得不承认，人们在汉语新诗上的认同度确实不高，郢书燕说，方枘圆凿，类似"三岔口"摸黑打的现象处处存在，时时上演。如果稍微悲观一点地说，汉语新诗的共同体似乎一直没有真正建立起来。共同体是要有共同条件的，特别是成员之间要有社会与心理的支持，有共同的价值认同与利益诉求。而新诗自产生以来，其成员之间就没有形成这些本质上的认同，这也是诗歌团体聚散无常，反而时现同室操戈、反出山门之举的原因所在。平心而论，这是其他文体写作共同体中少有的。所以，至少在中国新诗论坛发起者的初心，是试图借助社会和文化的力量，通过现实的和虚拟的平台，在对话中进行磨合，在平等、自由、宽容的气氛中，求得新诗美学的最大公约数，从而尝试建立起较为广泛的新诗认同。也许在不久的将来，新诗会形成真正的共同体？为此，在话题的选择上就颇费心思。比如，第一届论坛，选定的是新诗的经典化问题，这个话题又恰巧延续了《扬子江诗刊》策划的"新诗十九首"活动。"新诗十九首"显然是"古诗十九首"的仿辞，它潜在的愿望是想在百年新诗的长河中认定一批尽可能得到公认的代表性作品，而更一厢情愿的想法或判断无疑是一定存在这样的作品。每个推荐者举出十九首作品应该不是什么难事，但要自己的榜单得到其他举荐者的背对背的应和就有些心中无数了，它牵扯出的问题是新诗的美学标准，以及新诗的经典化与新诗如何经典化，甚或关涉到对近百年新诗史的反思等宏大的论题。不消说，其中的核心依然是如何形成共识，达成认同。

再如第二届，我们设计的论题是"中国新诗建设：问题与对策"。看上去这个论题较上一届显得开放而阔大，但还是设定了论题的方向，即建设。综观近百年的诗歌实践，特别是诗歌理论，一个突出的印象就是争论与批判成为重要甚至主要的话语特征，许多诗歌理论都是从否定句开始的。每次话语都是新的对局，前提是扫清棋盘，从零开始。这样的话语特征一方面显示了诗歌的开放、自由、活力与个性，显示了新诗以对抗旧体诗博取生存空间的基因性格，但客观上确实使这一文体的成长付出了巨大的成本。虽然生产轰轰烈烈，但效能却并不高。因为它缺少守成、借鉴、肯定与持续性增长，缺少这一文体的财富性积累。因此，第二届论题的重心并不期待指出多少问题，因为，问题已经提得太多太多，也不在于提出多少对策，因为对策也已经太多太多。我们强调的是建设，这是一种态度，一种行为方式，一种价值立场，一种信心和诗学话语的风格与出发点。一切从肯定出发，从增量出发，从协商出发。破坏总是容易的，难的是建设。而一旦大家都取一种建设的态度，就会将对手视作伙伴，将路人视作朋友，就会去求同存异，寻找共同点。这当然是一种理想状态。

有了这样的愿望，或者，当这样的理想成为共识，新诗任何困难之处都可成为具体设计的出发点。因此，第三届的"诗与现实"从理论诉求上其实并不具备内在的必然性，因为论题可以是新诗理论与创作诸多维度中的任意一个。之所以选择这个论题显然与当今中国的社会状况有关，与诗歌和现实尴尬的关系处境有关，与诗人身份和角色的含混有关，更与如何理解新诗的伦理与美学功能有关。我们发现，一旦进入具体论题，随便哪个论题，都会将先思考的粗疏凸显和放大，即使在一些基本的问题上，我们都缺少明晰的界定，明确的语义和明朗的路径。然而，就在那些含混和紊乱之中，许多立场、概念、语词又纷纷闯入，从而造成更为庞杂和错综的语义场。比如，什么是"现实"？什么是"介入"？具体的论题不过是抓手，拎起来的常常是系统性、体系性的问题。即以诗与现实而言，它事关新诗的伦理立场，诗人的现代公民身份，诗歌对社会建设的参与，诗歌与特定族群的命运关联，诗歌史的梳理，以及诗歌如何把握现实的美学策略与具体的技术安排。所幸参与讨论者并未被新诗理论先天的混乱与歧路所阻拦，而是勉力向前。所以，不管这样的讨论成果如何，以建设的姿态探讨具体的问题，希冀在日后有汉语新诗确凿的存在与理论的模式，这样的用心，我以为总是好的。

　　收在这本论文集中的文章无法一一论及，也没有必要。读者可以看得出诗人与诗评家们的响应与诚恳，他们从各自的诗学立场出发，或远或近、或紧或松，探讨着上述论题。有宏观的描述、有哲学的沉思、有即兴的感怀，也有技术性的文本解读，虽角度不一，风格各殊，但都有着平和的心态，有着肯定的建设的愿望，不急不躁，这使我们看到了中国新诗新的理论风度与诗学面貌。这一切都要感谢论坛的每一个参与者，感谢论坛的策划者、组织者、支持者。为了论坛的举办，那么多陌生的人为这一目标而努力。它让我在当时的诗歌现场萌生出另一个诗学论题，为了建立新诗认同或新诗共同体，确实应该特别点出新诗参与者这一概念，更要看重这一概念所指的固定与偶然的人群。这一概念扩大了中国新诗的人口，它让我们发现，诗歌，绝不应该只是诗人与诗歌理论家的事，而可能是、也应该是每一个诗歌参与者的事，那些翻开诗歌作品的人，诗歌的受教育者，那些为诗的诞生和传播奉献过劳作的人，都是新诗共同体中的一员。这一中国新诗主体的新认定所意味的理论与实践上的意义有待阐释与在现实层面推广。

在编辑这本文集的时候，在我写作这篇文字的时候，听到了诗人、诗评家陈超教授离开我们的不幸消息，震惊与悲伤无以言说。现在还能想起在沙溪中国新诗论坛上陈超教授的身影，身材魁梧，面容黝黑，热情、真诚、睿智而恳切。这本论文集中收有陈超教授贡献的论文，再次展读，更让人心生悲痛和遗憾。先行者们留下那么丰厚的诗学遗产，我们没有理由不努力前行。

让我们继续，不管前途如何。

人与自己的内心有多远

知识生产与地方文化

——写在《泰州知识丛书》的前面

在泰州刘仁前、泗阳张荣超、淮安张以俭、徐州薛友津、南通龚德等人的作品中，我们可以看到他们对地方变迁自觉的书写意识。这些作品有的是全景式的，有的则选取了一个切面，但都可以看到某个地方正在远去的年代如大事记一般的重大事变，这一点非常有意思。他们的作品中有对一个地方历代主政者任职、起伏、命运和他们对地方经济与社会发展的清晰的记忆。这是一种来自传统的知识自觉与历史思维，体现了具有中国文化特色的集体记忆模式，在中国具有普遍的意义。自古以来，一个地方的言说都是由这样连续的"微观政治史"构成的。不过，这些历史、知识与记忆，这种"微观政治史"是以有别于"正史"和文书档案的方式被传播和书写的，它们被生活化、细节化、个体化、传奇化和情感化了。这样的叙述还是一种策略，地方官僚有时不过是一个符号，是一种叙事的线索，通过对政治人物的叙述，人们可以方便地将一个时期的生活整合串并，使本土历史单元化，并且通过这样的叙述进入富于本土特点的话语情境和交流空间，分享共同的经验，而个人的体验和创造性也会自觉或不自觉地融入其间。不过还有更具意味的，不但民间的微观政治没有取代日常生活，而且外面的政治风云与地方也有着奇妙的关系。在这些作者的叙述中，乡土人物一方面重复着上面的口号，一方面依然故我地安排着自己亘古不变的生活。这种两张皮的结构是作家们对中国乡村生存方式的直观写照。从中我们可以看到中国乡村在城镇化之前顽强的生命力和它对中国社会传承与稳定的独特贡献。其实，说大了，这就是社会学中经常说到的大传统与小传统的关系。在最初的意义上，"大传统"指的是以都市为中心，社会中少数上层士绅、知识分子所代表的文化，"小传统"则指散布在村落中多数农民所代表的生活文化。在中国乡村，来自城市的政治与权力并不如想象中的那么强大，它们被乡村的宗族力量、乡规民俗和民间宗教等"小传统"消解和重新表达。正如费孝通等所指出的，"乡土中国"在长期的生存中生成出相当强大的自满自足的具有抵御、同化、包容与自我修复功能的文化体制，相对于各个时期的国家制度生活，它们看似弱小，但实际上却相当顽强，从而使中国的乡土生活始终呈现二元并峙、交融与妥协的局面。所以，这些作者用乡土叙事呈现的不仅是在小传统下安全而自足地运行的"乡土中国"，也在后乡土社会为人们留下了具有实证意义与方志价值的风俗画。说到这里，我要特别提及泰州正在做的一件事，就是泰州知识丛书的编写。这是一个庞大的工程，主事者召集了泰州地区的一批作者，将泰州成陆以来的历史、文化、风土人情、行业百工、民间传说、讲史读经、重大事件、著名人物、文学艺术、学术传承、中西宗教等等分成几十个选题,以文学和历史相结合的方式组织编写,目前已经初具规模。这从另一个侧面彰显了地方写作的意义。自文明史以来,地方话语在知识生产中一直是极其重要的一个环节。知识如何生产?现在的格局并非自古而然,也并不是唯一的。历史上,知识生产大部分是由下而上,而不是由上而下的,民众的实践和经验,乡绅、民间知识分子的总结、记载、提升与系统化,成为知识生产的主要渠道。学在民间,学并非都在官府。官府做的是采编、汇集和审订,使知识规范化、规模化,并得以传播和普及。随着现代教育、科研制度的建立和专业的分工,知识生产的传统格局被改变了,但我们不能因此就放弃地方、放弃民众知识生产的权利与责任。如果知识生产与传播都是自上而下,不仅地方与民众的创造力会钝化,而且会导致文化土壤与知识温床的板结,导致地方与民众文化地位的矮化,这样的后果是很严重的。即使在现行的科研体制下,许多知识也不是"上"能生产的,地方经验就是如此。所以,这样的工作实际意义很大,象征意义也很大。